Angeline Bauer
Im dunklen Tal

Angeline Bauer

Im dunklen Tal

rosenheimer

© 2013 Rosenheimer Verlagshaus GmbH & Co. KG,
Rosenheim
www.rosenheimer.com

Titelbild: Franz von Defregger
Satz: Satzpunkt Ursula Ewert GmbH, Bayreuth
Druck und Bindung: GGP Media GmbH, Pößneck
Printed in Germany

ISBN 978-3-475-54184-1

Niederwessen
11. Februar 1742

Der Pandurenüberfall

Durch Todesnacht
bricht ew'ges Morgenrot.

1. Kapitel

Weinend klammerte sich das Mädchen an die Mutter. »Und den Streichenwirt ham's auch angezündet!«, schluchzte es.

Anna Greimbl bekreuzigte sich. »Jesus, Maria und Joseph!« Sie strich ihrer Tochter über's blonde Haar. Maria war erst vierzehn Jahre alt, diente als Magd in der Wirtschaft auf dem Achberg. »Und du?«, fragte die Mutter. »Haben sie dir auch was angetan?«

»Ich bin ja gar nicht droben gewesen! War von der Hausmutter nach Schleching geschickt worden, um den Zimmermann für eine Reparatur am Dachstuhl zu bestellen. Als ich dann auf dem Waldpfad zurückging und nicht mehr weit nach Hause hatte, hörte ich das Geschrei der Soldaten und wie das Vieh gebrüllt hat und die Leute um Gnade flehten. Wir haben nicht mehr Geld, wir können euch nicht mehr geben, hat die Hausmutter gerufen. Und dann wieder Schüsse, und plötzlich die Flammen und das Prasseln von Feuer. Durchs Geäst hindurch hab ich zugesehen, wie einer die Zenzi niederstach.« Maria presste das Gesicht an die Schulter der Mutter, wimmerte: »Gelacht hat er dabei und der Toten noch die Hände und Füße abgeschlagen, mit denen sie zuvor nach ihm getreten hatte. Da hast, was dir gebührt, hat er geschrien. Von einem Weiberleut lässt sich ein Pandur nicht prügeln!«

»Und du?«, fragte die Mutter wieder.

»Losgerannt bin ich da, so schnell wie ich konnte.« Maria deutete auf ihr zerschundenes Gesicht und die zerschundenen Hände. »Bin hingefallen, hab mich überschlagen und bin auf dem eisigen Schnee Kopf voran den Berg hinuntergerutscht. Bin wieder aufgestanden und weitergerannt bis zum Flussufer, weil ich mich im Wald so gefürchtet hab.«

Inzwischen waren auch die Nachbarn auf die Straße gelaufen, umringten die Greimbl-Bäuerin und ihre Tochter, hörten was die Maria unter Tränen erzählte und starrten zum Achberg hinüber. Dicke schwarze Rauchwolken stiegen dort auf und verdunkelten den Himmel, Schüsse hallten zwischen den Schlechinger Bergen hin und her.

»War grad am Staffen vorbei«, berichtete das Mädchen weiter, »da hab ich gesehen, wie der Toni vom Chronlachner und der Knecht, der Otto, aus dem Wald gerannt kamen. Der Toni voneweg, der Otto hinterher, als wollte er ihn einfangen. Und der Toni hat gebrüllt wie am Spieß und war ganz von Blut besudelt. Und dann kam auch sein Bruder, der Alois noch, und sein Vater ist vom Hof zum Wald hinaufgelaufen und hat auch geschrien. Saubande, hat er geschrien, verreckte Saubande.«

Hufgetrappel war plötzlich zu hören. Die Menschen auf der Straße fuhren herum und blickten hinter sich, dachten schon, es wären die Panduren, die ihnen jetzt an den Kragen wollten, aber es waren zwei von Oberwessen. In gestrecktem Galopp kamen sie angeritten.

»Habt ihr's mitbekommen«, schrie der Ältere schon von weitem, »die Österreicher mit den Kroaten sind eingefallen, in aller Herrgottsfrüh! Konnten die Grenzpatrouillen an der Achen umgehen und sind im Schutz der Wälder und des Schneegestöbers ins Land vorgedrungen.«

Sie parierten vor der Gruppe Menschen durch und sprangen von den Pferden. Der Ältere war ein Rossknecht, der jüngere der Sohn des Bauern, bei dem der Rossknecht arbeitete.

»Oberwessen haben s' eingenommen, die Höfe geplündert und in Brand gesteckt, die Frauen geschändet, die Männer erschossen, das Vieh niedergemetzelt!«, rief der Ältere. »Bei uns im Dorf und droben am Achberg und beim Peterer und auf der Petereralm. Zwei Soldaten haben die Unseren dabei aber auch erwischt.«

Der Jüngere fing an zu weinen. »Sogar an meiner achtjährigen Schwester haben sie sich vergangen! Und ich war so feige und bin geflohen statt ihr zu helfen.«

Die Frau vom Mesner nahm ihn in die Arme. »Recht hast getan, Bub, sonst hätten sie dich auch noch umgebracht.«

Die Männer auf der Dorfstraße von Niederwessen drohten mit Fäusten zum Achberg hinauf und gaben ihre Flüche dem scharfen Wind mit, der von Österreich herüber fegte.

»Saubande, elendige!«

»Tollpatschengschwerl!«

»Da hilft das Fluchen auch nichts«, sagte der Schafferer-Wirt, »es wäre gescheiter, wir würden alle nach Hause gehen und unsere Türen verrammeln.«

»Was soll das bringen? Wenn die hierherkommen, dann zünden sie uns das Dach überm Kopf an und wir verbrennen in unseren Häusern!«

»Dann eben in die Kirche!«

»Die brennt genauso gut!«

Wolf Greimbl – zusammen mit dem Schafferer-Wirt, Peter Brandstetter und Nepomuck Schmidthauser war er einer der Vierer vom Dorf – sah den Jungbauern vom Hörterer an. »Bei deinem Schwager droben, beim Schweitzer, da haben s' doch einen Erdkeller, da wären wir sicher.«

Der nickte. »Und seine Nachbarn und die beim Gatterer haben auch einen.«

»Dann hopp und los!« Greimbl deutete auf den Entfell-
ner. »Ihr geht's so rum, und wir gehen so rum und warnen
die anderen auch.«

Sie brachten die Rösser in den Stall vom Greimbl und
machten sich auf den Weg.

Bis zum Einbruch der Nacht hatte sich ein Großteil der
Niederwessener in drei Erdkellern zusammengepfercht,
ehe sich die Vierer hinaus trauten, um nach dem Rechten
zu sehen. Im Dunklen schlichen sie durchs Dorf, jeder
einen Prügel in der Hand. Als sie am Seidenfadengütel
vorbeikamen, schlugen die Hunde an, die anderen Hunde
des Dorfes fielen mit ein. Doch weiter war alles still, kein
Angstgeschrei und Kriegsgetümmel mehr, auch keine
Feuersbrunst irgendwo auf den Bergen ringsumher, einfach nur kohlrabenschwarze Nacht. Es schien, die Panduren waren weitergezogen und hatten die Niederwessener
verschont.

Doch der nächste Morgen brachte Grausamkeiten ans
Licht, die selbst den hartgesottensten Männern des Dorfes
Tränen in die Augen trieben.

Weil Maria Greimbl erzählt hatte, dass sie den Buben
vom Chronlachner draußen am Waldrand schreiend und
blutbesudelt herumlaufen sah, spannte ihr Vater seinen
Braunen vor den Leiterwagen und holte den Brandstetter
und den Schmidthauser ab, um bei den beiden Einödhöfen
nach dem Rechten zu schauen.

Vom Schlechinger Tal her fegte ihnen ein eisiger Wind
entgegen, peitschte ihnen Schneenadeln in die Gesichter.
Geduckt, ihre Hüte tief in die Stirn gezogen, saßen die
drei Männer auf dem Wagen; vorne auf dem Bock der
Greimbl, hinter ihm, auf der Ladefläche, die beiden anderen.

Schon von Weitem hörten sie das Vieh im Stall vom
Puchberger brüllen und tauschten unheilvolle Blicke. Im

Näherkommen sahen sie, dass kein Rauch aus dem Schornstein kam, kein Hund herumlief, keine Menschenseele ums Haus unterwegs war. Ein Fensterladen hatte sich aus dem Anker gelöst und schlug im Wind gegen die Mauer.

Sie hielten an, stiegen ab und warfen dem Ross eine Decke über. »Geh du vor«, sagte Peter Branstetter zum Schmidthauser, der schüttelte den Kopf, und sah Wolf Greimbl an.

»Jetzt macht euch nicht in die Hosen!«, schimpfte der. Er griff nach einer Mistgabel, die hinter ihm auf dem Wagen lag, ging zur Haustür und drückte die Klinke herunter. Doch die Tür war verschlossen. Wie um sich Mut zu machen riefen sie:

»Puchberger!«

»Puchberger, bist daheim?«

»Mach auf, Puchberger!«

Nichts rührte sich, nicht einmal der Hund bellte.

Sie versuchten durchs Fenster zu schauen, doch drinnen war's zu dunkel, um viel erkennen zu können.

»Dann eben durch den Stall!«

Sie schlichen ums Haus, Wolf Greimbl mit der Mistgabel voraus. »Puchberger!«, schrie er wieder. »Bist' da? Maria! Michel!«

Am Eingang zum Stall lehnte eine Schaufel. Brandstetter bewaffnete sich damit. Sie gingen hinein. Drinnen, ganz vorne, stand der Zugochse. Sein Hals war blutig vom Reißen an der Kette, vom Versuch, sich zu befreien. Als er die Männer sah, warf er den Kopf hoch, riss dabei die Augen auf, dass das Weiße zu sehen war und brüllte. Die Kühe brüllten mit ihm, die Rösser wieherten.

Brandstetter stieß den Finger nach vorne in Richtung auf eine der Kühe, deren Flanken ganz eingefallen waren. »Ja Sakra, die haben wer weiß wie lange nichts zum Saufen und zum Fressen gehabt!«

11

Ein paar Schritte weiter entdeckten sie den Hofhund, der mit blutigem Kopf und heraushängender Zunge hinter einer Kuh lag. Erschlagen! Zu dritt starrten sie den Kadaver an.

Wolf Greimbl gab sich als erster einen Ruck und ging weiter zur Tür, durch die man vom Stall in die Tenne und von dort ins Haus kam. In der Tenne war nichts Ungewöhnliches zu sehen. Ein Wagen stand da, eine Egge, der Hahn und seine Hühner pickten im Staub nach Körnern, die beim Dreschen abgefallen sein mochten.

Noch einmal wurden Blicke getauscht, dann zog Greimbl entschlossen die Tür zum Haus auf und stieß im nächsten Moment einen Schrei aus. Vor ihm im Fletz lag der Altbauer in seinem Sonntagsg'wand, halb auf der Seite in einer Blutlache.

»Jesus-Maria!« Die Männer bekreuzigten sich. »Der Schorsch!« Sie starrten auf seinen zertrümmerten Schädel. »Den hams erschlagen!«

Greimbl fühlte, wie ihm der Schweiß auf die Stirn trat. Seine Hände zitterten, er griff sich an die Brust. »Maria!«, rief er nach der Hausmutter, »Michel!«, nach dem Sohn.

Es blieb still, keine Antwort.

Sie stiegen über den Toten hinweg und gingen weiter. Links war die Kuchel, die Tür stand halb auf. Er blickte hinein, fuhr zurück und lehnte sich mit aufgerissenen Augen gegen den Türstock. Drinnen lag die Maria vornübergefallen neben einem Schemel, sie hatte man erstochen. Eine tiefe Wunde klaffte in ihrem Rücken, zwei Schnitte gingen quer über den rechten Arm.

Nepomuk Schmidthauser fing an zu würgen. Wie vom Teufel getrieben stürzte er hinaus in den Stall, wo er sich übergab.

Brandstetter wollte ihm folgen, aber Greimbl hielt ihn zurück. »Bleib da! Wir müssen das jetzt hinter uns bringen!«

Zu zweit gingen sie weiter, stießen die Stubentür auf und fanden halb unterm Tisch den zwölfjährigen Johann, auch er erschlagen. Im Eck hinterm Ofen lagen der Jungbauer und seine schwangere Frau, beide erstochen.

Peter Brandstetter schüttelte den Kopf, er schüttelte ihn wieder und wieder. »Die sowas machen, das sind doch keine Menschen, das sind Bestien!«

»Pandurenschweine, elendes Pack!«

Wolf Greimbl ließ die Mistgabel fallen und taumelte zur vorderen Haustür. Der Schlüssel steckte. Er drehte ihn um, riss die Tür auf, trat hinaus, stützte sich vornüber auf den Brunnentrog und fing an zu weinen. Das war zu viel, selbst für ein gestandenes Mannsbild! Der Johann war sein Patensohn, mit seinem Vater ist er gut Freund gewesen.

Brandstetter folgte ihm, setzte sich auf den Rand des Brunnentrogs, tauchte seine Hände ins eisige Wasser und versuchte, einen klaren Gedanken zu fassen. »Da fehlt noch das Mädel, die Amrei«, sagte er nach einer Weile.

Schmidthauser kam mit zwei Holzkübeln ums Hauseck auf sie zu. Seine Hände zitterten, als er einen der Eimer ins Wasser tauchte und dabei sagte: »Ich geb dem Vieh zum Saufen«, und mit Blick auf Brandstetter, »könntest mir helfen und Futter hinwerfen.«

Brandstetter folgte ihm. Wolf Greimbl stand langsam auf, nahm den Hut ab und fuhr sich durchs Haar. Dann ging er ins Haus zurück und die Treppe hinauf in den Oberstock. Unter seinen Tritten knarzten die Stufen, sonst war es so still, dass er glaubte, sein Herz schlagen zu hören.

Er sah in die erste Kammer, hier schienen die jungen Leute geschlafen zu haben. Er sah in die zweite Kammer, offensichtlich die der Altbauern, denn am Haken hing das Stallg'wand von Maria. Gegenüber die Mädchenstube, eine Tür weiter die Bubenkammer.

13

Doch von Amrei keine Spur!

Greimbl wollte schon wieder gehen, als er etwas wimmern hörte. »Amrei?« Er lauschte auf Antwort.

Für einen Moment verstummte das Wimmern. Greimbl sah sich um. Vorne, bei der Tür die auf den Balkon führte, stand ein großer Kasten, hinter ihm beim Treppenaufgang eine Truhe. Greimbl ging zum Kasten und sah hinein. Leinen und Wäsche wurde darin aufbewahrt, so viel, dass keine Hand mehr dazwischen gepasst hätte. Er schloss die Türen wieder, ging zur Truhe zurück und hob den Deckel an. Sie war bis zur Hälfte mit Weizen gefüllt, und oben auf dem Weizen lag das Mädchen, die Arme über dem Kopf verschränkt, als rechnete es damit, geschlagen zu werden.

»Jesus, Amrei!« Greimbl öffnete den Deckel ganz und griff nach dem Kind, das anfing zu schreien.

»Nur ruhig«, sagte er. »Ich bin's, der Greimbl, der Pate vom Johann.«

Amrei schrie nur noch lauter.

»Schau, ich tu dir doch nichts! Du musst aus der Truhe heraus. Ich nehm dich mit zu mir nach Hause, die Anna, meine Bäuerin, die kümmert sich dann um dich.«

Er nahm das Mädchen auf die Arme und trug es die Treppe hinunter, dabei presste es die Handballen gegen die Ohren und das Gesicht an Greimbls Brust, um nichts sehen und nichts hören zu müssen.

Brandstetter und Schmidthauser warteten beim Wagen. »Gott sei's gedankt, die lebt noch!« Sie schlugen ein Kreuz.

»Holt einer eine Decke aus dem Haus«, sagte Greimbl.

Schmidthauser ging hinein und kam bald darauf mit einem Schafsfell und einem Wolltuch zurück. Er setzte sich mit Brandstetter hinten auf den Wagen. Sie legten das Fell zwischen sich und Amrei darauf und deckten sie zu.

Dann kletterte Greimbl auf den Bock und gab den Rössern die Peitsche.

Nach einer Weile sagte Brandstetter: »Das ist noch nicht alles, zum Chronlachner müssen wir auch. Aber ich mach das nicht mehr, da nehmt ihr den Schafferer mit. Außerdem sollten wir nach dem Geld suchen, damit es nicht in die falschen Hände gerät.«

»Welches Geld?«

»Das Gesparte vom Puchberger und das Brautgeld von seiner Schwiegertochter. Das kann nicht wenig sein. Sie wollten sich davon freikaufen, das hat mir der Georg selbst erzählt.«

»Das Geld«, sagte Schmidthauser, »werden wir nicht finden, das haben bestimmt die Pandurenschweine mitgenommen. Die wissen schon, wie sie es anstellen müssen, dass man ihnen ein Versteckt verrät.«

»Trotzdem suchen wir danach.«

Zu Hause übergaben sie das Mädchen Anna Greimbl. Brandstetter ritt nach Marquartstein, um den Burgsassen zu informieren, Schmidthauser holte mit vier anderen die Toten, um sie in der Kirche aufzubahren, und Wolf Greimbl machte sich mit dem Wirt wieder auf, diesmal zum Chronlachner hinaus.

Der Weg führte noch einmal am Puchberger-Hof vorbei, dort zogen sie zu Ehren der Toten den Hut, dann drei-, vierhundert Pferdelängen über eine Wiese, in den Wald hinein und gleich wieder heraus, und da sah man auch schon den Hof vom Chronlachner. Er war in einen Hang hinein gebaut. Man konnte von hier aus zur Achen hinunter sehen, aber nicht zum Puchberger hinüber.

Der Schornstein rauchte kräftig, Katharina, die neunzehnjährige Tochter, schöpfte mit einem Eimer Wasser aus dem Brunnentrog. Erleichtert blickten sich die beiden Männer an. Also lebten die Chronlachners noch!

15

Als sie vom Wagen abstiegen, nickte ihnen Katharina flüchtig zu und verschwand mit dem Wasserkübel eilig im Haus. Kurz darauf trat ihr Vater vor die Tür.

Greimbl begrüßte den Bauern. »Da bist ja, Chronlachner, und zum Glück lebst noch!«

Xani Chronlachner nickte. »Ich schon, unser Knecht, der Otto, aber nimmer. Und mein Jüngster, der Toni, der liegt im Fieber, wir fürchten um sein Leben. Aber jetzt kommt's erst einmal herein.«

Die beiden Männer folgten dem Bauern in die Stube. Die Tür zur angrenzenden Kuchel stand offen, man konnte Katharina am Feuer hantieren sehen. Sie hatte den Eimer an der Herdstelle abgesetzt und schöpfte daraus Wasser in den Kessel, der über dem Feuer hing.

Xani öffnete den Wandschrank, holte Stamperl und eine Flasche Schnaps heraus, goss ein, sagte »Prost« und kippte den Schnaps.

»Prost!« Die beiden anderen taten es ihm nach.

Wolf Greimbl wischte sich über den Mund und fragte: »Hast nicht gemerkt, dass drüben beim Puchberger alle tot sind?«

»Was?« Xani riss die Augen auf.

»Das heißt alle, bis auf das Dirndl, die Amrei.«

Seine Augen wurden noch größer. »Bis auf das Dirndl?«

»Die hat sich in der Korntruhe im Oberstock versteckt, als das Pandurenpack die ganze Familie umgebracht hat.«

Xani goss sich und den anderen einen zweiten Schnaps ein. »Und alle anderen sind tot?«

»Dass du das nicht gemerkt hast? Wenigstens heut in der Früh. Das Vieh hat doch gebrüllt vor Hunger und Durst.«

Er schüttelte den Kopf. »Wenn der Wind von Schleching herüber weht, hört man von dort nichts. Und ich hatte weiß Gott andere Sorgen, als auf das Vieh vom Puchberger zu achten. Gestern in der Früh, kaum dass wir mit dem Stall fertig waren, da haben wir plötzlich Schüsse und Geschrei gehört. Uns war gleich klar, dass da etwas nicht stimmt! Das konnten keine Jäger sein, das klang nach Kriegsgetümmel und Angstgeschrei. Es kam von drüben, vom Achberg. Ich hab den Otto losgeschickt, er sollte nachschauen, was da ist. Und was tut der Toni, der dumme Bub? Läuft dem Otto hinterher! Ich habe es nicht gemerkt. Erst als das Schießen und Schreien immer lauter wurde, hab ich nach den Kindern gerufen, wollte sie zu ihrer Mutter und zum Großvater hinaufschicken, die liegen ja beide krank im Bett. Der Großvater fast blind, die Fanny hat ein Geschwür am Hals, das so dick ist wie ein Katzenkopf. Hab mir gedacht, es ist besser, wir bleiben alle zusammen. Die Katharina und der Alois, die waren im Stall und kamen auch gleich, der Kleine, der Thomas, war eh bei seiner Mutter, bloß den Toni fanden wir nicht. Als ich dann raus bin, um nach ihm zu suchen, da kamen sie auch beide schon vom Wald her. Der Bub schreiend, der Otto hintennach. Wir mussten den Toni einfangen wie ein wildes Tier und überwältigen, haben ihn ins Haus gebracht, und dort hat mir dann der Otto erzählt, was sie erlebt haben. Mord und Totschlag haben sie gesehen, es muss furchtbar gewesen sein. Der Toni hat das nicht verkraftet. Er hat geheult in einem fort und um sich geschlagen. Wir mussten ihn schließlich ans Bett fesseln, damit er Ruhe gab. Dann kam das Fieber. Ob er sich erkältet hat oder ob's die Seele war, die krank wurde, ich weiß es nicht. Heute Nacht stand 's so schlimm um ihn, dass wir dachten, er stirbt uns.«

Wolf Greimbl nickte. »Unsere Maria war während des Überfalls zum Glück nicht am Streichen sondern in Schleching, und als sie heim wollte, da hat auch sie zuschauen müssen, wie die Saukerle die Leute umbrachten und alles anzündeten. Und dich, den Toni und den Otto hat sie dann auch noch gesehen.«

»Uns?« Chronlachner schaute Wolf Greimbl erstaunt an.

»Ja, am Waldrand, wie ihr den Buben einfangen wolltet. Ganz blutbesudelt war er, hat sie gesagt.«

Chronlachner nickte. »Im Wald, da ist er gestürzt und hat sich an einem scharfen Ast aufgerissen.«

»Aber was ist dann mit deinem Knecht passiert? Warum lebt er nicht mehr?«

Chronlachner kippte den Schnaps, den er zuvor eingegossen hatte, stellte das Stamperl auf den Tisch und starrte auf seine Hände. »Nachdem wir den Toni ins Haus geschafft hatten, ist der Otto wieder weg. Er hat ja seine Schwester noch, die in Dienst beim Peterer-Müller ist, da wollte er unbedingt hin. Ich hab ihm gesagt, bleib da, das bringt nichts, das ist zu gefährlich, aber er wollte nicht hören. Er ist ein erwachsener Mann, hab ich mir gedacht und ließ ihn gehen. Wir selbst haben uns eingeschlossen, alles verrammelt. Haben uns um den kranken Buben gekümmert und um unser Leben gefürchtet. Erst heute früh, als alles wieder still war, haben wir uns raus getraut. Die Katharina und der Alois sind in den Stall, um sich ums Vieh zu kümmern, ich wollte rüber zum Puchberger. Doch weit bin ich nicht gekommen. Da fand ich den Otto tot im Wald. Erschlagen. Ich bin gleich umgekehrt und zurück, hab den Alois geholt, zusammen haben wir ihn heimgebracht. Jetzt liegt er draußen in der Tenne aufgebahrt, die Katharina wollte ihn gerade waschen, als ihr gekommen seid. Möchtet ihr ihn anschauen?«

Die beiden Männer tauschten Blicke. Greimbl hätte lieber Nein gesagt, für heute hatte er genug Leichen gesehen, aber der Schafferer nickte.

Mit gefalteten Händen lag Otto auf einem aufgebockten Brett, Katharina stand neben ihm und wusch ihm das Blut aus dem Gesicht. Greimbl und der Wirt zogen die Hüte, bekreuzigten sich und murmelten ein Gebet.

»Also, dann sind es jetzt sechs von uns, die es erwischt hat.« Greimbl setzte den Hut wieder auf und fragte Katharina: »Hast du mitbekommen, dass die vom Puchberger drüben alle umgebracht worden sind? Alle, außer der kleinen Amrei?«

»Ja, ich hab's gehört.« Katharina warf den Lappen in den Eimer und lief heulend davon.

Es kommt geschwind ein Leid
und nimmt beim Gehen sich Zeit.

2. Kapitel

Anna, die Greimbl-Bäuerin, hatte Amrei gewaschen, ihr rotes Haar ausgekämmt und zu einem Zopf geflochten, ihr einen frischen Kittel angezogen und sie in das Bett gelegt, in dem sonst ihre Töchter Gertrud und Barbara schliefen. Jetzt saß sie auf einem Hocker daneben und hielt ihre Hand. »Magst mir erzählen, was du erlebt hast?«

Das Mädchen starrte mit dumpfem Blick auf das Kreuz, das zu seinen Füßen über dem Bett hing und antwortete nicht.

Anna Greimbl strich ihr mit einer Hand über die Wange. »Dann bete ich jetzt für dich.« Sie rief Maria an, die Mutter der Barmherzigkeit, damit sie dem Kind in seiner Not beistand. Sie betete um die Gnade, Gott wohlgefällig zu sein. Sie betete für die Ermordeten, die ohne die letzte Ölung hinscheiden mussten und jetzt in der Kirche aufgebahrt waren, und zuletzt betete sie auch noch das Vaterunser.

Amrei war inzwischen eingeschlafen. Doch als Anna aufstehen und den Raum verlassen wollte, zuckte sie zusammen wie unter einem Hieb, riss sofort die Augen wieder auf und schrie, als steckte sie am Spieß.

Die Bäuerin rief nach Gertrud. Als das Mädchen eintrat, es war acht Jahre alt, hatte sich Amrei wieder beruhigt, schluchzte nur noch leise.

»Du setzt dich da hin.« Die Greimblin deutete auf den Hocker. »Du nimmst die Hand von Amrei und redest mit ihr. Erzähl ihr, was dir einfällt, und wenn dir nichts mehr einfällt, dann bete einfach, egal was. Schläft sie ein, bleib trotzdem sitzen oder leg dich meinetwegen zu ihr ins Bett. Hauptsache, sie ist nicht alleine.«

»Aber das ist langweilig«, murrte Gertrud.

»Es ist auch nicht langweiliger als Gänse hüten. Ich bring dir nachher zur Belohnung ein Stück Brot.«

Wolf Greimbl war inzwischen vom Chronlachner zurück. Die Bäuerin fand ihn in der Stube, dort wärmte er sich am Ofen auf.

»Die Amrei mag nicht alleine bleiben. Sie schreit, wenn man geht. Jetzt sitzt Gertrud bei ihr. Fieber hat sie auch, ich weiß nicht, was das werden soll.«

»Man muss Geduld mit ihr haben.«

»Ja, freilich – Geduld! Aber ich soll ja auch meine Arbeit erledigen.«

»Wir kümmern uns um sie, wir schaffen das.«

»Ja, wir schaffen das – aber ob sie es schaffen wird? Ich hab ihr in die Augen geschaut, da ist kein Lebenswille mehr zu sehen. Und wen wundert es, wo sie miterleben musste, wie ihre ganze Familie umgebracht wurde. Mein Gott, wer hält das schon aus!« Sie setzte sich zu ihrem Mann auf die Ofenbank und sah ihn an. »Seid ihr inzwischen beim Chronlachner gewesen? Und habt ihr das Geld gefunden?«

Wolf Greimbl zog seine Pfeife und den Tabakbeutel aus der Joppe. »Beim Chronlachner waren wir, und nach dem Geld haben auch gesucht, aber es ist verschwunden. Hätte mich allerdings gewundert, wenn es noch da gewesen wäre.«

»Und die beim Chronlachner, sind die wohlauf?«

Greimbl schüttelte den Kopf. »Der Bub, der Toni war auch droben am Achberg und hat das Massaker beobachtet, so wie unsere Maria. Der ist aber durchgedreht dabei. Jetzt liegt er im Fieber, und sie fürchten um sein Leben. Und den Otto, den haben die Saukerle im Wald erwischt, als er zu seiner Schwester wollte. Erschlagen wurde er, wie der Georg und sein Bub. Wir haben seinen Leichnam mitgebracht und neben denen vom Puchberger-Hof in der Kirche aufgebahrt.«

»Jesus, Maria und Joseph!« Die Greimblin bekreuzigte sich. »Dann sind es jetzt also sechs?«

Ihr Mann hatte seine Pfeife inzwischen gestopft. Er zündete sie an und seufzte. »Und vielleicht bald sieben, wenn das Mädel sich aufgibt. Was meinst, müssen wir den Vikar kommen lassen, damit er Amrei die letzte Ölung gibt?«

Die Greimblin dachte nach, schüttelte endlich den Kopf. »Obwohl«, sagte sie dann, »einmal hereinschauen könnte er schon und für sie beten. Und vielleicht erzählt sie ja ihm, was genau passiert ist. Nicht nur für den Burgsassen und die Dorfchronik wäre das wichtig, auch ihr würde es vielleicht helfen. Gift muss raus, hat deine Mutter immer gesagt, sonst bringt es dich um! Und das gilt bestimmt auch für so ein Seelengift.« Sie wedelte ein bisschen mit der Hand, um den Rauch zu vertreiben, den ihr Mann aus seiner Pfeife ausstieß. »Ich weiß jetzt auch, warum die Amrei und ihre Leut' alle ihr gutes G'wand anhatten. Die Rexauerin hat erzählt, dass sie nach Schleching zu einer Beerdigung wollten. Die Elisabeth, die Jungbäuerin, die war doch aus Schleching.«

»Wollen zu einer Beerdigung und werden gleich selbst vom Schnitter geholt.«

Die Greimbl-Bäuerin stand auf. »Ich muss was kochen. Wenn auch die anderen tot sind, wir leben und haben Hunger.«

Der Vikar kam am Nachmittag. Balthasar Winterholler hieß er, war schlank und groß, ein gestrenger Mann, knapp vierzig Jahre alt. Sein dunkles Haar war voll, seine blauen Augen konnten einen mit Blicken fesseln. Das war manch-

mal höchst unangenehm, denn wenn man sich auch nichts
hatte zu Schulden kommen lassen, gaben diese Augen
einem das Gefühl, bei etwas Unrechtem ertappt worden
zu sein. Im Gegensatz zu seinem Vorgänger, ein Vetter
Winterhollers mit gleichem Namen, war er bei den Kindern des Dorfes nicht sonderlich beliebt, mehr noch, sie
fürchteten ihn – dieses Blickes und der harten Strafen
wegen, die er ihnen schon für Geringfügigkeiten zuteil
werden ließ.

Die Greimbl-Bäuerin brachte ihn in die Kammer zu
Amrei und schickte Gertrud los, um Maria herzuholen.
Bis die Tochter kam, erzählte die Mutter, was dem Mädchen widerfahren war. »Seitdem weint unsere Maria nur
noch, und ich weiß nicht, wie ich sie trösten soll. Dazu die
Amrei, die man gar nicht mehr alleine lassen kann, sonst
schreit sie sich die Seele aus dem Leib. Ich hab mir gedacht,
wenn Sie für die Mädchen beten ... das hilft bestimmt!
Und vielleicht erzählt die Amrei ja Ihnen was sie erlebt
hat, mit uns spricht sie nämlich nicht.«

Maria trat leise ein. Ganz rot und verweint war ihr
Gesicht. Sie knickste vor dem Vikar und senkte den Blick.

»Magst reden über das, was du gesehen hast?«, fragte er.

Sie schüttelte den Kopf. »Hab ja schon alles der Mutter
und dem Vater erzählt. Ich mag jetzt nicht mehr daran
denken.«

»Und gebetet hast du auch?«

Sie nickte eifrig. »Zur Mutter Gottes und zu allen Heiligen. Und für die Toten hab ich gebetet und für Amrei
den Schmerzhaften Rosenkranz.«

»Das ist gut. Beten reinigt die Seele. Dann betest jetzt
auch noch mit mir.«

Sie knieten sich alle vor das Bett und falteten die Hände.
Amrei lag wie erstarrt in den Kissen, die Augen hielt sie

geschlossen, ihr rotes Haar umkränzte ihr blasses Gesicht wie ein Feuerkranz.

Eine halbe Stunde mochte vergangen sein, als der Vikar Maria segnete und entließ, dann beugte er sich über Amrei. »Möchtest du mir etwas erzählen, Kind?«

Kurz sah sie ihn an, dann haftete sich ihr starrer Blick wieder an den Gekreuzigten zu ihren Füßen. Sie sagte nichts.

»Waren es die Panduren?«

Sie rührte sich nicht, nicht einmal ein Wimpernschlag.

»Soldaten mit Dolchen und Bajonettgewehren?«

»Mit Verlaub, Herr Vikar, das Dirndl weiß doch gar nicht, was das ist«, mischte sich die Bäuerin ein.

Der Vikar blickte auf. »Wahrscheinlich nicht, da hast recht, Greimblin. Man muss ihr halt Zeit lassen. Ich komme in drei Tagen wieder.« Er stand auf, zeichnete ein Kreuz über dem Kind, sprach einen Segen und ging dann zur Tür. Draußen auf dem Flur sagte er: »Übermorgen ist die Beerdigung. Zwei der Gräber sind schon ausgehoben. Keine leichte Arbeit bei dem gefrorenen Boden. Zwölf Männer mit Spitzhacken sind seit Stunden am Werk. Aber wir können nicht sechs Leichen bis zum Frühjahr aufbewahren. Und wer weiß, wie viele noch dazukommen; es ist ein harter Winter, den überleben nicht alle von den Alten und Kindern.«

Anna Greimbl nickte. »Ich mach mir Sorgen um die Beerdigung. Ist ja außer dem Mädel keiner mehr von der Familie am Leben, wer sollte sie da ausrichten nach alter Sitte und Brauch. Und das wo die Toten doch schon ohne Letzte Ölung verschieden sind!« Sie bekreuzigte sich. »So ein Unglück!«

»Wir beten für sie, mehr können wir nicht tun.«

Der Vikar segnete die Bäuerin und verließ mit langen Schritten das Haus. Von den Bergen wehte ein eisiger

Sturmwind herunter und blähte seinen schwarzen Talar auf. Wie eine Krähe im Flug sah er aus, die langsam im Schneegestöber verschwand. Schon bald war nichts mehr zu sehen von ihm.

»Zum Glück hat er es nicht weit nach Hause«, murmelte die Greimbl-Bäuerin und schloss die Tür.

Tags darauf ging der Leichenbitter von Haus zu Haus, um den Leuten Tag und Stunde der Bestattungsfeierlichkeiten bekannt zu geben. Er hätte es sich ersparen können, es gab ohnehin kein anderes Gesprächsthema im Dorf. Fast ein jeder war beim Rosenkranzbeten gewesen, und aus jedem Haus mindestens einer bei allen drei Rosenkränzen. Was man tun konnte, um den Dahingeschiedenen zu ihrem Seelenheil zu verhelfen, wollte man nicht versäumen.

Von nah und fern kamen Leute zum Begräbnis. Aus Oberwessen, aus Schleching und sogar aus Reit im Winkl. Der Vikar mit seinen Ministranten zelebrierte die Totenmesse, die Kirchsinger bemühten sich um eine feierliche musikalische Begleitung.

Als Winterholler auf die Kanzel stieg, um das Wort an die Gemeinde zu richten, brach draußen für kurze Zeit die Wolkendecke auf, und ein dünner Lichtstreifen fiel durch das Altarfenster herein.

»Was ich gehört habe in den letzten Tagen, wahrlich, das hat mich erzürnt!« Winterhollers Hand stieß in Richtung der Särge, die dicht aneinandergedrängt vor dem Altar standen. »Wie es geschehen konnte, habt ihr gefragt, dass Gott, dass sein Sohn so ein Massaker zuließ? Was haben wir denn getan, habt ihr gezetert, weil ER nicht einschritt und verhinderte, dass Soldaten unsere Schwestern und Mütter vergewaltigten, unsere Verwandten hinmordeten und alles was ihnen gehörte zerstörten! – Ja was

25

glaubt ihr denn?« Er neigte sich weit über die Kanzel, und die drunten zogen die Köpfe ein. »Glaubt ihr etwa, Gott und sein Sohn sind unsere Knechte, die sich nach unseren Wünschen zu richten haben? Dass ihr ein Recht auf Schutz habt? Glaubt ihr das wirklich? Was seid ihr für armselige Christen, die zweifeln, kaum dass ER einmal nicht springt wie ihr es erwartet!« Winterhollers Faust fuhr nieder, seine Stimme donnerte von der Kanzel wie eine Lawine von den Bergen. »Im Zweifeln an Gott ladet ihr mehr Schuld auf euch, als die, die ihr anklagt! Finsternis«, fügte er nach einer langen Pause versöhnlich an, »kann nicht anders als durch Licht überwunden werden! Also bringt Licht in eure Herzen, haltet fest an Gott und seid demütig, damit seine Gnade über euch kommt am Tage des Jüngsten Gerichts!«

Er stieg wieder herab von seiner Kanzel, schlug die Bibel auf, breitete die Hände gen Himmel aus und rief Gott den Allmächtigen an. Die hinter ihm sanken auf die Knie und starrten auf den Gekreuzigten.

Gott vergib uns armen Sündern!

Nach der Totenmesse wurden die Leichen in ihren eilig zusammengezimmerten Särgen hinausgetragen. Selbst Otto hatte einen bekommen, vom Chronlachner für ihn bestellt, nachdem seine Tochter, die Katharina, ihn weinend darum angefleht hatte. Sie hätte den Knecht als Geist an der Scheunenwand unterm Holunderbaum gesehen. Mit einem Spaten hätte er ihr gedroht und geschrien, wenn er keinen Sarg bekäme, würde er ihnen in jeder Nacht erscheinen, von jetzt an bis in alle Ewigkeit. Da hatte der Vater, der doch sonst immer so streng darauf achtete, dass er keinem zu viel rausgab, dabei aber selbst möglichst viel einsteckte, schließlich nachgegeben.

Den Särgen folgten die Beterinnen und Beter, aus jedem Haus mindestens einer. Zu wenig noch für sechs Tote, zu viel für den kleinen Kirchhof mit seinen Holzkreuzen an den Gräbern und den paar aus Schmiedeeisen von Verstorbenen, die es sich leisten konnten.

Es war bitterkalt, und ein eisiger Wind fuhr ihnen unter Rock und Mantel. Doch trotz der Kälte klang das Libera, das an den Gräbern gehalten wurde, recht feierlich. Nur einen Leichenschmaus gab es nicht, wer hätte dazu auch laden sollen. Die vom Puchberger lagen ja jetzt bis auf Amrei allesamt unter der Erde, und die Schwester vom Otto, seine einzige Verwandte, auch. Am Ende ging man nach Hause. Die Hüte tief ins Gesicht gerückt, die Tücher fest um die Schultern gezogen, schritt man schweigend aus.

Zwei Wochen waren vergangen, als der Chronlachner mit seinem Schlitten am Greimbl-Hof vorfuhr. Er stieg ab, warf dem Ross eine Decke über, hängte ihm einen Futtersack mit etwas Hafer um und betrat das Haus.

Wolf Greimbl hatte sein Kommen beobachtet und war ihm entgegengegangen. »Was brauchst?«, fragte er, während er die Tür hinter ihm schloss.

»Ich brauch einen Rat.« Xani setzte sich an den Ofen und nahm gerne auch den Schnaps an, den der Greimbl ihm einschenkte.

»Dein Ross ist schwitzig, warst etwa weiter weg?«

»In Grassau war ich.«

»Bei dem Wetter?«, wunderte sich Wolf Greimbl.

»Das Wetter nimmt keine Rücksicht auf das, was dringend erledigt werden muss.«

»Dringend, so so.« Greimbl sah ihn neugierig an.

»Ich hab einen Brief ans Kloster aufgegeben, es geht um den Hof vom Puchberger. Seit beinahe drei Wochen kümmere ich mich nun um das Vieh und schau nach dem Rechten. Mein Ältester schläft drüben, damit keiner etwas wegholen kann. Bettler und anderes G'schwerl schleicht dort herum, da wäre schon lang nichts mehr da, wenn der Alois nicht aufpassen würde. Jetzt muss eine Entscheidung getroffen werden.«

»Und wie schaut die aus?«, fragte der Greimbl, hellhörig geworden.

»Wir übernehmen den Hof. Der Alois zieht ganz hinüber und heiratet im Frühjahr. Wir stellen noch zwei Knechte und eine Magd dazu ein, dann passt das schon.«

»Und du meinst nicht, das hättest du zuerst einmal mit uns besprechen müssen? Mit dem Schafferer, dem Brandstetter, dem Schmidthauser und mir?«

»Mit euch?« Chronlachner zog beide Augenbrauen hoch. »Warum?«

»Weil wir die Vierer hier sind und das Dorf vertreten.«

»Ihr habt ja auch die Arbeit am Puchberger-Hof mir überlassen, obwohl ihr die Vierer seid. Und wollt ihr etwa in die Einöde hinausziehen?«

Wolf Greimbl sah ihn ärgerlich an. »Auch wir haben Söhne, die das Bauernhandwerk verstehen und ein Interesse hätten an dem Hof. Und überhaupt ist da noch das Mädel, die Amrei, und um die kümmern uns schließlich wir. Glaub nicht, dass das einfach ist.«

»Die zwei Äcker, die ihrem Vater selbst gehörten, das Vieh und den Hausstand, kaufe ich ihr ab und bezahle gut. Alles Weitere entscheiden die Lehnsherren.«

»Aber fragen hättest trotzdem müssen!« Wolf Greimbl stand auf und trat ans Fenster. Draußen ging Winterholler vorbei. Er kam vom Seibold, dort lag die Großmutter im Sterben. »Und was brauchst dann noch für einen Rat, wenn du eh schon alles über unsere Köpfe hinweg entschieden hast?«, fragte Greimbl ohne sich umzudrehen.

»Es geht um unseren Toni. Der ist seit dem Vorfall verwirrt. Er schlägt uns, wenn wir nach ihm greifen und redet

28

daher wie ein Trottel. Da wollte ich fragen, wie es der Amrei geht und was ihr mit ihr macht, halt ob ihr einen Rat für uns habt.«

Wolf Greimbl zuckte die Schultern. »Sie redet nichts. Sie hat immer noch Fieber, und im Schlaf fantasiert sie. Alleine lassen kann man sie auch nicht, dann schreit sie. Ich weiß nicht, ob die noch wird.«

Xani Chronlachner nickte. »Hast schon einmal darüber nachgedacht, ob der Toni und die Amrei vielleicht besessen sind? Das gibt's doch, dass die Seele von einem der stirbt ausfährt und in einen anderen hinein, gerade wenn sie ermordet wurden. Drüben im Tirolerischen gibt's einen, der weiß, wie man austreibt.«

»Damit lass mich in Ruhe. Die Amrei ist krank und dein Toni auch, und wenn Gott will, werden sie wieder gesund.«

»Gott und der Teufel, die sind beide mächtig.« Chronlachner setzte seinen Hut wieder auf. »Dann geh ich jetzt.« Er war schon an der Tür, als er innehielt und fragte: »Darf ich mir die Amrei trotzdem einmal anschauen?«

»Ich weiß nicht, da muss ich die Anna fragen.«

Wolf Greimbl verließ die Stube, ging über den Fletz und verschwand hinter einer anderen Tür. Bald darauf trat seine Frau vor Xani Chronlachner hin. »Wenn's sein muss, in Gottes Namen, kannst dir das Mädel anschauen.« Sie ging voraus, die Treppe hinauf, öffnete die Mädchenkammer und ließ ihn eintreten.

Gertrud saß am Bett. Als sie den Chronlachner und ihre Mutter sah, sprang sie auf und trat zurück.

Chronlachner beugte sich über Amrei. Sie blickte ihn kurz an und wieder weg. »Kennst mich noch?«, fragte er.

Das Mädchen antwortete nicht.

»Wir sind doch Nachbarn. Du warst manchmal mit meinem Thomas beim Beerenpflücken im Wald. Im Sommer bist in die Achen gefallen, und er hat dich rausgezogen.«

Sie antwortete nicht.

Chronlachner drehte sich wieder zu Anna um. »Die sagt ja wirklich nichts!«

Die Bäuerin schüttelte den Kopf. »Hast etwa geglaubt, wir binden dir einen Bären auf?«

»Nein, das nicht. Bloß wegen unserem Toni. Der sagt auch nicht viel, aber wenigstens Ja und Nein, wenn man ihn was fragt. Oder dass er Hunger hat oder austreten muss.«

»Ich bin schon froh, dass sie kein hohes Fieber mehr hat. Nur im Schlaf da fantasiert sie noch, schreit oder weint. Aber reden tut sie auch da nichts.«

Chronlachner seufzte und setzte seinen Hut auf. Draußen, auf dem Flur fragte er: »Wollt ihr die Amrei etwa bei euch behalten?«

Anna ging zur Treppe. »Wir nicht. Wir haben selber noch sechs Kinder zu versorgen, jetzt wo die Maria auch wieder daheim ist. Die Rexauerin möchte sie vielleicht nehmen, die haben ja keine Kinder.«

»So, die Rexauerin.« Chronlachner starrte auf seine Stiefelspitzen, als würde er überlegen, ob das eine gute Entscheidung war. Dann nickte er. »Die Rexauerin, warum auch nicht.«

Anna Greimbl brachte ihn zur Tür und schaute durchs schmale Fletzfenster zu, wie er auf seinen Schlitten stieg und davonfuhr. Als er fort war, holte sie einen Becher Milch und ging noch einmal zu Amrei hinauf. »Da, trink«, sagte sie, »und sei nicht so traurig. Der Tod ist des Schlafes Bruder, und die Deinen haben es jetzt besser, als du vielleicht denkst.«

Auf ein zerrissenes Dach –
fliegen keine Tauben.

3. Kapitel

Es wurde Frühjahr. Ein Dauerregen setzte ein, und von den Bergen strömte das Schmelzwasser in die Bäche. Sie führten Geröll und Schuttmassen mit sich, die das Bachbett erhöhten, die Überläufe verstopften und auf den Hängen liegen blieben. Bald standen die Weiden und die Häuser am Ufer des Wessener Bachs unter Wasser. Der Bachweber, der Neubauschuster, der Rexauer und der Schlechter mussten ihre Häuser verlassen und bei Verwandten oder hilfreichen Nachbarn Unterschlupf suchen. Ein Kind ertrank, und auf den Wiesen vom Stindlschneider hätte man schwimmen können.

Die Männer des Dorfes mussten den Kaltenbach frei räumen, sollte nicht noch mehr Schaden entstehen. Mit Händen fischten sie im eisigkalten Wasser nach Steinen, warfen sie in Karren, fluchten und erfroren sich dabei Füße und Finger.

Am achtundzwanzigsten März, es war ein Mittwoch, brachte der Sohn vom Schafferer-Wirt einen Brief für Alois Chronlachner vom Posthalter aus Grassau mit und einen für Wolf Greimbl, den Ersten der Vierer. Darin stand, dass Alois Chronlachner, Sohn von Xani Chronlachner, ab sofort das Anwesen Puchberger als Lehensträger bewirtschaften sollte. Vorerst ein Jahr, binnen dieses Jahres musste er heiraten, ansonsten würde ein neuer Lehensträger bestimmt werden. Des Weiteren wurde aufgeführt, wie hoch der Grundzins, welche Scharwerksleistungen zu erbringen und welche Abgaben in Naturalien zu entrichten waren.

»Damit ist es also amtlich«, sagte Greimbl zu seiner Frau, nahm Mantel und Hut und verließ das Haus.

Anna Greimbl sah ihm durchs Fenster nach, wie er mit gesenktem Kopf dahin schritt. Wie ein Stier, dem die Wut zwischen den Hörnern stand, dachte sie. Es war nicht recht gewesen, vom Chronlachner, sich einfach alles unter den Nagel zu reißen.

Sie wandte sich um und sah Amrei an. Das Mädchen saß auf der Ofenbank und stickte. Seit einer Woche ging es ihm so gut, dass es aufstand und am Familienleben teilnahm, aber immer noch sprach es kein Wort.

Bevor der Regen einsetzte, war sie, Anna Greimbl, mit Agathe Rexauer und der Frau vom Schafferer-Wirt draußen auf dem Puchberger-Hof gewesen. Sie hatten zusammengepackt, was Amrei brauchen konnte oder vielleicht als Andenken aufbewahren wollte. Eine Truhe, einen Kasten, ein Bett, ein Spinnrad und einen kleinen Tisch. Auch das Kruzifix aus der Stube, Geschirr, Leinenzeug und Wäsche, all das, was man für die Aussteuer aufheben wollte. Das Gewand der Mutter und der Schwägerin zum Ändern oder Hineinwachsen, und ein paar Kleinigkeiten wie das Stickzeug der Puchbergerin, die im Handarbeiten eine hohe Kunstfertigkeit besessen hatte, und ein Heft aus der Tischlade, in dem Georg Puchberger einst Notizen machte. Nicht, dass das Kind es hätte lesen können, aber ein schönes Andenken an den Vater war es allemal. Das Schreibzeug hatten sie hingegen dem Chronlachner überlassen, Amrei hätte es ja nicht brauchen können, aber den Rosenkranz der Mutter, den sie in einer geschnitzten Schatulle gefunden hatten, ein Hinterglasbild der Anna Selbtritt und einen schönen Wachsstock hatten sie eingepackt.

Der Chronlachner sollte alles zum Rexauer bringen, damit man dort eine Kammer für das Mädchen einrichten konnte. Doch daraus wurde nichts, denn kaum waren die Frauen wieder zu Hause gewesen, hatte der Regen eingesetzt und es waren Befürchtungen laut geworden, dass es Überschwemmungen geben könnte. Der Hof vom Rexauer stand nahe am Bach, bei Hochwasser war er gefährdet, also hatte man Amreis Sachen zuerst einmal beim Greimbl untergestellt.

Das Geld, das der Chronlachner für die beiden Äcker und den Hausstand bezahlte, teilten sie. Zur Hälfte kam es dem Rexauer zugute, als Unterhalt für Amrei, zur anderen Hälfte wurde es beim Burgsassen hinterlegt, damit das Mädchen einmal heiraten konnte.

Anna Greimbl setzte sich zu Amrei, nahm ihr das Stickzeug ab und griff nach ihrer Hand. »Wenn du doch bloß mit uns reden würdest«, sagte sie. »Wir versuchen unser Bestes für dich, aber weiß ich, ob das auch alles so richtig ist? Sagst mir ja nicht, was du selbst willst! Vielleicht denkst du, ich mag dich nicht, weil ich dich weggebe. Aber ich kann dich nicht behalten. Ich bin sechsundvierzig Jahre alt. Ich habe vierzehn Kinder zur Welt gebracht, wovon mir sechs gestorben sind. Die anderen habe ich nach bestem Gewissen aufgezogen, und aus allen sind gute Christenmenschen geworden. Aber weißt, die Sechs, die noch zu Hause leben, die haben Hunger, und unser Hof gibt halt nicht mehr her. Da schau raus zum Fenster, schau dir den Regen an! Das halbe Dorf steht wieder einmal unter Wasser und ich weiß nicht, ob der Winterweizen noch geerntet werden kann oder ob uns wieder einmal alles verfault. Beim Rexauer haben sie keine Kinder, und die Agathe ist eine anständige Frau. Es wird dir schon gut gehen dort. Und ich behalte auch ein Auge auf dich, kannst jederzeit zu mir kommen, wenn was ist.« Sie legte einen Arm um Amreis Schultern und tröstete sie: »Es gibt immer noch einen Horizont hinter dem, den wir sehen, und die Zeit frisst selbst Eisen.«

Amrei legte ihren Kopf an die Schulter der Bäuerin und weinte leise. So saßen sie lange noch da.

Es vergingen weitere zwei Wochen, ehe das Wasser, das von den Bergen herunterkam, versickert war und die am Bach wohnten sich wieder nach Hause trauten. Jetzt musste geheizt und getrocknet werden. Dann brach die Sonne durch die Wolken, und das Eis und der Schnee auf den Bergen schmolzen, und so flossen neue Wassermassen ins Tal. Doch irgendwann hatte Gott ein Einsehen mit den Niederwessenern, und die Natur kam wieder in Einklang mit den Menschen.

Am 17. April brachte Wolf Greimbl Amreis Hab und Gut zum Rexauer, am Tag darauf sollte Agathe kommen und ihre Ziehtochter abholen.

Seit der Morgensuppe saß Amrei bereits auf der Ofenbank, ihr Stickzeug neben sich, die Hände im Schoß, und weinte. Auch Anna Greimbl hatte die Augen voller Tränen und war fast schon versucht, alles rückgängig zu machen und das Kind bei sich zu behalten.

Da flog plötzlich die Tür auf und die Rexauerin trat ein. Sie hinkte, war schmutzbesudelt und vollkommen aufgebracht. »Der blöde Esel«, schimpfte sie, sank auf die Bank, die vor dem Tisch stand, schob ihren Rock ein Stück hoch und betrachtete ihre Wade. Ein Bluterguss bildete sich dort. »Jetzt hat er mich schon wieder getreten, dass ich in den Dreck gefallen bin! Widerborstig ist er und gemeingefährlich. So wahr ich hier sitze, ich gebe ihn zum Schlachter, der bringt sonst noch einen von uns um!«

Amrei hob den Kopf. Sie sah erst Agathe dann Anna an, dann trat sie ans Fenster und blickte hinaus.

Der Graue war noch jung, ein schöner Hengst. Wie er so dort stand am Gartenzaun, ein Tragegestell auf dem Rücken, ein geflochtenes Halfter um, und sich ein paar Grashalme zupfte, hätte man meinen können, er sei ein lammfrommes Tier.

»Einer von den Säumern hat ihn uns verkauft und sich bestimmt ins Fäustchen gelacht, weil er uns das Vieh andrehen konnte.«

Nun sah auch Anna aus dem Fenster. Aber weniger der Esel war es, der ihr Interesse erweckt hatte, als vielmehr Amreis Reaktion auf das Tier. Ihren Blick fest auf den Grauen gehaftet, bewegten sich ihre Lippen, wenn auch stumm.

»Der Michel«, schimpfte Agathe weiter, »der dachte, wir könnten mit ihm Maultiere züchten, aber dem Vieh sitzt ja der Teufel im Nacken! Gleich morgen«, wiederholte sie, »bring ich ihn zum Schlachter, so wahr ich hier sitze!«

Da drehte sich Amrei plötzlich um, versetzte Agathe einen Stoß gegen die Brust und schüttelte heftig den Kopf. Mit großen Augen und aufgerissenen Mündern sahen beide Frauen zu, wie das Mädchen die Tischlade aufzog, einen Laib Brot herausnahm, sich einen Kanten abschnitt und damit hinauslief. Draußen brach Amrei ein Stück davon ab und gab es dem Esel. Er fraß es und versuchte, auch das andere Brot zu bekommen, doch Amrei hielt es unter ihrem Kittel verborgen. Sie strich ihm mehrmals über die Stirn, zog schließlich sein Ohr an ihren Mund, und es schien, als flüsterte sie ihm etwas hinein. Dann ging sie ein Stück weg, brach wieder etwas vom Brot ab, ging zu dem Esel zurück und gab es ihm.

Drinnen standen die beiden Frauen am Fenster und sahen zu.

»Das solltest du dir noch einmal überlegen mit dem Schlachten«, sagte Anna. »Lebendig hast du mehr von ihm, als wenn du Wurst aus ihm machen lässt, und das Mädchen scheint Gefallen an dem Tier zu finden.«

»Und wenn er sie tritt? Vielleicht gar in den Bauch? Wenn sie uns dabei draufgeht ist das Geschrei groß und es heißt, warum habt ihr nicht besser aufgepasst!«

Anna machte ein nachdenkliches Gesicht. »Wie lang hast ihn jetzt schon?«

»Zwei Wochen.«

»Zwei Wochen ist keine Zeit. Gut Ding braucht lang Weile. Und schau sie dir nur an!« Anna deutete wieder nach draußen. Dort umarmte Amrei den Esel und klopfte ihm den Hals, und er ließ es willig geschehen und fraß ihr weiter aus der Hand.

Die Frauen verstauten die restliche Habe des Mädchens in einem Sack und gingen hinaus. Dort packte Amrei selbst auf, geschickt und ohne Angst, und der Esel hielt brav still. Als alles festgezurrt war, umarmte Amrei die Greimbl-Bäuerin, nahm dann den Esel am Halfter und folgte Agathe.

Vorne beim Hörterer blieb sie stehen. Anna sah, wie sie sich bückte, über einen Allermannsharnisch strich, sich dann noch einmal nach ihr umdrehte, winkte und schließlich weiterging.

Da dachte Anna bei sich: Ja, das Fallen ist keine Kunst, aber das Aufstehen.

Niederwessen
20. September 1753

Ans dunkle Ende der Welt

Alle sieben Jahre
ändert sich die halbe Welt.

4. Kapitel

Noch gestern hatte ihn ein starker Wind auf seiner Fahrt mit der Postkutsche begleitet. War ihm bis an die Ufer des Chiemsees vorausgeeilt, hatte dort das Wasser zu mannshohen Wellen aufgetrieben, am Himmel darüber dunkle, schwarze Wolken aufgetürmt. War dann wieder über Land gefegt, um mit hartem, dumpfem Knall gegen das nahe Gebirge zu prallen. Regen war niedergeprasselt, hatte Wege aufgeweicht, Pfützen gebildet, die Flüsse anschwellen lassen, die sich aus dem Gebirge ins offene Land ergossen.

In Bernau hatte Korbinian Hecht, bis dato Musikus am Hofe Kurfürst Maximilians von Bayern, die Nacht verbracht, in einem Gasthof gleich unterhalb der Kirche, die er zur Morgenmesse aufgesucht; teils um noch einmal für eine gute Zukunft zu beten, teils aus Neugierde, was dieses Gotteshaus an Kunstschätzen zu bieten hatte. Er liebte alles Schöne, sei es ein Gemälde, ein kunstvoller Schrein oder ein Mädel, das sich sehen lassen konnte.

Gegen Morgen hatte sich das Wetter beruhigt, der Wind sich nach Salzburg hinüber verzogen, das im Osten lag.

Nun, als Korbinian Hecht weiterfuhr – bis Grassau hinten auf einem Fuhrwerk sitzend, den Blick auf das gerichtet, wovon er sich entfernte – lag das Land still und in einer gewissen Heiterkeit da. Rotbackige Äpfel, teils schon gelbrotes Laub an Bäumen. Schleiernebel, die sich an Höfe schmiegten, wie goldgelbes Haar einer Jungfrau an rosige Wangen. Reisende zu Pferde, ein Bauer, der ein

Schwein vor sich hertrieb, ein Kind, das lachend in eine Pfütze stampfte.

In Grassau abgestiegen, das schwere Gepäck geschultert, sich gen Süden gewandt.

Ein weites Tal hatte er nun vor sich, bewaldete Berge, wie von Riesenhand hin gerollt, um den Weg zu säumen, der entlang eines grünen, gurgelnden Flusses ins Gebirge hineinführte – Tiroler Achen, wie man ihn nannte. Ihm folgte Korbinian Hecht und kam schon bald an einer kleinen Burg vorbei, die auf einer Anhöhe stand und vom Flussufer aus betrachtet kaum größer als ein Spielzeughäusel war. Sie trug, wie er später erfahren sollte, den Namen Marquartstein, der Pfleger saß dort, der im Umkreis das Sagen hatte.

Doch kaum hatte Korbinian die Burg hinter sich gelassen, wurde das Tal auf einmal enger, als würde er in einen Trichter hineinlaufen, aus dem es keine Umkehr mehr gab. Vereinzelt stattliche Höfe, dazwischen, wie Erbsen neben Murmeln, kleine Gütel, wohl nicht mehr als ein Achtel- oder Zwölftellehen.

Bei einem solchen Hof kam ihm ein Kind entgegen. Es trieb eine Schar schnatternder Gänse vor sich her, die in Drohgebärden ihre Schwingen öffneten und fauchend ihre Schnäbel gegen die Beine des Fremden stießen.

»Sag, wie weit ist es noch nach Niederwessen?«, fragte Korbinian Hecht den Jungen.

»Da seid Ihr schon fast. Keine halbe Stunde mehr!«

Keine halbe Stunde mehr ... Korbinian sah dem Kind nach, wie es mit seiner Gänseschar hinter einem Schuppen verschwand. So nah war er dem Ort also schon, an den man ihn verbannt hatte, zur Strafe für ein amouröses Abenteuer. Und die Strafe war wahrlich hart, denn Korbinian liebte sein München, die Stadt, in der er geboren und aufgewachsen war, wo seine Freunde und seine Familie lebten.

Auf Wunsch seines Vaters hatte Korbinian Hecht in Ingolstadt Philosophie und Theologie studiert, der ältere Bruder Ignaz sollte einmal die Apotheke übernehmen. Doch seine wahre Begabung lag in der Musik. Er spielte das Klavier, das Fagott, die Querflöte und hatte ein wenig auch Unterricht an der Orgel erhalten. Als sein Vater plötzlich starb und es seiner Mutter sehr schlecht ging, gab Korbinian das Studieren auf und kehrte nach München zurück. Fast ein halbes Jahr war die Mutter trauerkrank und wollte nicht mehr leben. Als sie sich erholte, sprach Korbinian bei seinem Musiklehrer vor, der Angehöriger des Hoforchesters war. Dank seiner Empfehlung fand er eine Anstellung am Hof des Kurfürsten Maximilian, wo er ein angenehmes Leben führte.

Doch nun würde er in einem kleinen Dorf den Schulmeister geben müssen. Das war weiß der Himmel nicht seine Berufung! Strafe eben. Entfernt hatte man ihn aus einem Leben in Glanz und Freuden, verbannt ans dunkle, einsame Ende der Welt. Ein paar Höfe und armselige Hütten, eine Kirche, einen Krämer, ein Gasthaus würde es vielleicht auch noch geben, aber sonst weiter nichts als Gebirge, Wälder und ein Bauernvolk, das weder lesen noch schreiben konnte.

Es war früher Nachmittag, als Korbinian Hecht vor der Kirche von Niederwessen stand, den Kopf in den Nacken warf, die Augen gegen die Sonne abschirmte und zur Turmspitze hinaufsah, die von Falken umkreist wurde. Dann ein Blick nach Westen auf ein paar große, stattliche Höfe und einer nach Osten, wo sich eine Handvoll kleine Gütel und windschiefe Bloßhäusl aneinanderdrängten, geduckt, die Fenster so niedrig gelegen, dass man von innen sich buckeln musste, um einen Blick in die freudlose Welt zu werfen.

Ein Seufzen drang aus Korbinians Brust. Sein Leben hier fristen zu müssen, und sei es nur für einen Winter, erschien ihm, als wolle man ihn bei lebendigem Leibe begraben.

Als er sich wieder der Kirche zuwandte, sah er auf der Dorfstraße ein Mädchen neben einem Esel gehen, den sie an einem Strick führte. Es mochte zwei- oder dreiundzwanzig Jahre alt sein, war schlank und gut gewachsen, hatte ein hübsches Gesicht mit großen, grünen Augen und einen fuchsfarbenen Zopf, der ihm vom Nacken zum Rockbund hing. Dazu Sommersprossen über die Stirn, die Wangen und die kräftigen langen Arme verstreut, wie Sterne am Himmel bei glasklarer Nacht.

Mehr aber noch, als dieses auffällige Aussehen, verwunderte ihn ihr nach innen gekehrter Blick. Sie ging nur ein paar Schritte entfernt an ihm vorbei, hob auch den Kopf, schien ihn geradewegs anzusehen, und doch nahm sie ihn wohl gar nicht wahr, denn weder grüßte sie, noch konnte er sonst eine Regung in ihrem Gesicht erkennen.

Noch immer sah er ihr nach. Da hörte er plötzlich eine Stimme hinter sich, dunkel, ein wenig schneidend, daran gewöhnt, sich Gehör zu verschaffen.

»Wer seid Ihr? Wohin des Weges? Sucht Ihr leicht gar jemanden aus unserem Dorf?«

Korbinian fuhr herum und blickte auf einen kleinen, drahtigen Mann, grauhaarig, mit wettergegerbtem Gesicht. »Jawohl, mit Verlaub.« Er nannte seinen Namen. »Ich bin Präzeptor, man hat mich herbeordert.«

Der Mann schaute ihn nur an. Vom Scheitel bis zur Sohle ging sein Blick und wieder zurück. Dann plötzlich lachte er. »Ein Lehrer! Endlich!« Er streckte ihm die Hand entgegen. »Wolfgang Greimbl heiß ich. Ja, da schaust her! Drei Jahre kam keiner, jetzt fällt er quasi vom Himmel direkt vor die Kirche! Dann kommen S' nur mit, Herr Lehrer, da geht's lang!«

Inzwischen waren auch ein paar Kinder und Weiber auf dem Platz vor der Kirche zusammengelaufen. Neugierig starrten sie dem Fremden nach, der an der Seite vom Greimbl die Dorfstraße entlang ging.

Als der Bauer die Tür zu seinem Haus aufstieß, kam seine Frau angelaufen und betrachtete den Fremden so ungnädig, wie ihr Mann ihn zuvor betrachtet hatte.

»Das ist er«, sagte Wolf Greimbl, »der Lehrer, um den wir so oft angefragt haben. Korbinian Hecht heißt er.« Und mit einem Kopfnicken in Richtung seiner Frau: »Das ist die meine, die Greimbl-Bäuerin. Wenn Ihr etwas braucht, dann fragt Ihr am besten bei meiner Anna nach.«

Auch auf ihrem Gesicht war auf einmal so etwas wie Freude und Erleichterung zu erkennen. »Ach so, ein Herr Lehrer sind Sie! Dann legen S' doch ab bitteschön«, forderte sie Korbinian auf. Das tat er gerne, denn das schwere Gepäck drückte mächtig auf seine Schultern. »Und habt Ihr vielleicht Hunger?«, fragte die Bäuerin.

»Ja, mit Verlaub. Hab zu Mittag nur einen Kanten Brot und ein Stück Käse gehabt, den mir der Wirt in Bernau eingepackt hat.«

Anna Greimbl verschwand in der angrenzenden Küche, kam bald danach mit einem Brett zurück, auf dem ein Stück Geselchtes lag, das sie selbst nur an Feiertagen aßen, tischte dazu zwei dicke Scheiben Brot und einen Topf mit Schmalz auf und stellte einen Krug Most daneben.

Korbinian setzte sich, der Bauer nahm ihm gegenüber Platz.

»Seit drei Jahren schon frag ich bei unserem Pfleger an, damit man uns einen Lehrer zuteilt, aber immer hieß es, man fände keinen, der herkommen möchte. Und jetzt auf einmal seid Ihr da, so ganz ohne Vorwarnung, und gleich ein so vornehmer Herr! Seid Ihr leicht gar strafverpflichtet worden?«

Korbinian suchte nach einer passenden Antwort, denn die Wahrheit wäre kein guter Einstand gewesen. »Krank war ich«, log er. »Jetzt bin ich wieder gesund, aber der Arzt hat gemeint, es wäre besser für mich, wenn ich eine Weile die gute Landluft genießen könnte. Und dann hieß es, die Niederwessener, die suchten einen Lehrer, und der Ort läge am Fuße der Alpen. Da hab ich mich gleich beworben.«

»So, krank ist Er! Das ist doch hoffentlich nichts Ansteckendes?«

»Nein, gar nicht. Es war nur etwas mit dem Magen. Aber jetzt ist alles wieder gut. Gar zu fett essen darf ich halt nicht.«

»Na ja, dann ... Und das stimmt schon, dass die Luft bei uns gut ist, Herr Präzeptor, da gibt es gar nichts!«

Als der Mann ihn aufforderte zu essen, zog Korbinian sein Klappmesser aus der Rocktasche, schnitt ein Stück von dem Geräucherten ab und schob es sich in den Mund. Gleich darauf kam die Bäuerin herein, stellte noch ein paar gesottene Eier auf den Tisch und setzte sich neben ihren Mann.

»Vier Enkelbuben haben wir«, sagte der Greimbl-Bauer. »Sie sind im Alter von sieben, acht, neun und elf Jahren und sollten Lesen, Schreiben und Rechnen lernen, damit sie einmal einen Handel führen oder ein Zimmerer und Möbelschreiner werden können, so wie ich im Nebenerwerb einer bin. Und vom Jager, vom Schmidthauser, vom Färbinger und vom Hörterer sind auch noch ein paar Buben, die unterrichtet werden sollen, und einer vom Bauernschmied. Die anderen, die wollen nicht, aber uns kann es egal sein. Jeder muss schauen, wo er bleibt.«

»Wir sind zu viele hier im Tal, als dass wir alle von der Landwirtschaft leben könnten, und ohne Nebenerwerb kommt eh kaum einer aus«, erklärte nun die Bäuerin. »Dreimal haben wir in den letzten fünf Jahren Getreide aus Italien importieren müssen, weil die Ernten so schlecht waren. Und mehr Milch- oder Schlachtvieh können wir auch nicht halten, weil uns dann das Heu nicht reicht. So wie es vor zwei Jahren war, da hatten wir für eine Kuh über Winter gerade mal sechs Pfund Heu am Tag, da könnt Ihr Euch vielleicht vorstellen, Herr Lehrer, wie die zum Frühjahr hin ausgeschaut haben!«

Korbinian hatte keine Ahnung, wie viel oder wenig sechs Pfund Heu am Tag für eine ausgewachsene Kuh waren, aber er nickte geflissentlich und schnitt sich noch ein Stück Geselchtes ab.

»Darum haben wir beschlossen, uns einen Lehrer herzuholen«, fuhr Wolf Greimbl fort, »und wenn schon einer da ist, vielleicht wollen dann von den anderen ja auch noch welche ihre Buben zum Unterricht schicken.«

»Vier Freibauern sind bei uns im Dorf und achtzehn Lehnsträger, ein paar Handwerker und gut ein Dutzend Bloßhäusler, aber die Letzteren haben nichts und sind nichts und brauchen darum auch ihre Kinder nicht zum Lernen schicken«, fügte die Bäuerin noch an.

Korbinian nahm einen Schluck Most, der reichlich sauer war. »Wenn sie aber lernen wollten, die Kinder von diesen Bloßhäuslern? Ich meine, wo zehn oder fünfzehn Platz haben, machen zwei oder drei mehr auch nichts aus.«

Greimbl verzog den Mund. »Mit Bloßhäuslern geben wir uns nicht ab, das wäre unter unserer Würde! Wir setzen uns nicht mit denen an denselben Wirtshaustisch, und die Kinder von denen verkehren nicht mit unseren. So ist das und so bleibt das auch in Zukunft!«

Die erste Lektion hatte Korbinian gelernt, weitere würden folgen, das war ihm bewusst.

Das Haus, zu dem Wolf Greimbl Korbinian nach diesem Gespräch brachte, lag am Ortsrand, nicht weit von der Kirche. Es war klein und hatte keinen Stall, nur einen windschiefen Schuppen dahinter.

»Ein Schulhaus haben wir nicht, aber das Häusl hier, das steht frei. Bis vor einem halben Jahr hat ein Tagelöhner mit seiner Familie darin gelebt. Dann bekam zuerst die Frau das Fieber, nach ihr auch die Kinder und der Mann, und bald ist einer nach dem anderen dahingeschieden, bis keiner mehr übrig war.«

Wolf Greimbl stieß im dunklen Fletz die rechte Tür auf und betrat vor Korbinian eine ärmlich eingerichtete Stube. Ein einfacher gemauerter Stubenofen, eine Eckbank unter den Fenstern, ein Tisch mit Schublade davor, zwei Stühle, ein Kreuz im Winkel, ein kleiner Wandkasten, das war alles.

»Hier könnt Ihr die Kinder unterrichten, eine Schlafkammer ist gegenüber. Ich lasse einen Strohsack bringen, dazu ein paar Bänke und Tische, um aus der Stube eine Schulstube zu machen.«

Als Greimbl gegangen war, setzte sich Korbinian ans Fenster und starrte nach draußen. Sein Blick fiel auf einen kleinen Hof, davor stand ein Brunnentrog, in den sich aus einem Holzrohr Wasser ergoss. Neben der Tür eine Bank, in einem eingezäunten Stück Garten blühten allerhand Blumen und Kräuter, eine Katze hockte auf einem Pfosten, leckte sich die Pfoten.

Ein unbeladenes Fuhrwerk kam von der unteren Dorfstraße herauf und hielt vor der Scheune an. Der Fuhrmann sprang vom Bock, machte sich an der Deichsel des Wagens zu schaffen und führte schließlich die beiden schweren Rösser in den Stall.

Dann trat plötzlich die Rothaarige aus der Tür.

Korbinian, der gerade noch reglos dagesessen und mit seinem Schicksal gehadert hatte, machte auf einmal einen langen Hals. Die junge Frau ging ums Haus herum, folgte dem Bauern in den Stall, kam mit einem Korb zurück und verschwand wieder im Haus.

Dass die »Füchsin« ihm offensichtlich gegenüber wohnte, versöhnte Korbinian ein wenig mit seiner armseligen Unterkunft. Er hoffte, sie noch einmal zu sehen, blieb deshalb dort am Fenster sitzen, bis plötzlich seine Haustür geöffnet wurde und jemand nach ihm rief:

»Herr Lehrer, ich bin's, der Sepp, ein Sohn vom Greimbl. Ich hätt' von der Mutter einen Strohsack für Euch.«

Sie schafften ihn in die Schlafkammer, die der Stube gegenüber lag. Dort stand ein Bettgestell, dahinein legten sie ihn. Außerdem gab es in der Schlafkammer noch ein Tischchen mit einem Stuhl, fürs Gewand hatte man zwei Holznägel in der Wand befestigt. Über dem Bett hing ein Kruzifix, unter dem Bett stand ein Nachtgeschirr.

Sie gingen noch einmal nach draußen, luden einen Korb vom Wagen ab, in dem sich allerhand Decken und Leinzeug befanden, schließlich machte sich Sepp Greimbl wieder davon.

Korbinian brachte den Korb in die Schlafkammer, legte sein Bündel mit den Büchern und Noten auf den Tisch, packte dann seinen Rucksack aus. Seine Querflöte, das Schreibzeug und -papier, einige Kerzen, eine zweite Hose und Weste, vier Hemden, Unterwäsche, Strümpfe, zwei Halstücher.

Die Kleider waren neu, von seinem Schneider aus einfachen Woll- und Leinenstoffen in Windeseile genäht. Die Brokatröcke und Samthosen, die er als Musikus bei seinen Auftritten getragen, seine Seidenstrümpfe, Spangenschuhe und die gepuderten Perücken hatte er in München zurückgelassen, wohlwissend, dass er in solchem Aufzug hier nur zum Lachhansel werden würde. Doch trotz der einfachen Kleidung wirkte er immer noch zu elegant, zu städtisch, zu aufgeblasen, das hatte er in den Augen Greimbls lesen können.

Korbinian inspizierte nun auch das Weitere. Eine kleine Kuchel schloss sich an die Stube an, eine Vorratskammer an die Schlafkammer. Über eine Leiter gelangte er ins Dachgeschoß, eine Maus huschte davon, als er seinen Kopf durch die Luke steckte. Er kletterte ganz nach oben, doch selbst in der Mitte unter dem Firstbalken war es zu niedrig, um aufrecht stehen zu können.

Altes Gerät lag herum, ein Seil war von einem Balken zum anderen gespannt. Er fand einen alten Korb, einige Holzklammern, einen rostigen Kessel, nahm alles mit nach unten und ging hinaus.

Direkt an der Mauer beim Eingang wuchs ein Birnbaum an einem Spalier, ein Apfelbaum stand hinterm Haus. Die Äpfel waren reif und schmeckten einigermaßen. Korbinian pflückte ein paar, legte sie im Haus aufs Fensterbrett, ging in den Schuppen, wo noch etwas Holz aufgeschichtet war, füllte den Korb damit und trug ihn hinein. Allzugerne hätte er ein Feuer in der Stube angezündet, denn es war kühl in dem Haus, das lange leer gestanden hatte, doch fand er weder Zunder noch Feuerschläger. Und hätte er es auch gefunden, wäre ihm das Feuermachen vermutlich nicht gelungen, denn zu Hause bei seiner Mutter genauso wie im Schloss, wurde solche Arbeit von Bediensteten erledigt.

Er seufzte, legte sich seinen zweiten Rock um die Schultern und rückte den Tisch in der Stube näher ans Fenster. Des Lichtes wegen und auch, um den Hof nebenan im Blick behalten zu können. Dann setzte er sich, nahm ein Blatt Papier, schraubte das Tintenglas auf, nahm die Feder zur Hand und schrieb einen Brief an Ignaz, seinen Bruder, der in München lebte und dort die väterliche Apotheke übernommen hatte.

Niederwessen, am 20. September anno 1753

Mein lieber Bruder!
Du weißt ja gar nicht, wie ich Dich beneide, dass Du in München sein darfst, vermutlich gerade an einer gedeckten Tafel sitzt und es Dir mit allen Sinnen gut gehen lässt. Ich hingegen befinde mich seit etwa drei Stunden in einem Dorf mit dem Namen Niederwessen, das am Ende der Welt liegt, und möchte mich geradewegs auf die Dielen dieser armseligen Hütte werfen, die man mir als Lehrer zugewiesen hat, um mit Fäusten darauf herum zu trommeln, dass den Holzwürmern Hören und Sehen vergeht. Ja, Du liest recht! So elend, so verzweifelt ist mir zumute!
Mein vorgestern eilig hingeworfener Abschiedsbrief hat Dich doch inzwischen erreicht? Und sicher hast Du auch meinem Wunsch entsprochen und der Mutter noch nichts von meinem Schicksal erzählt? Wir werden uns gemeinsam überlegen müssen, welche Ausrede wir ihr auftischen, denn die Wahrheit können wir ihr wohl schlecht erzählen.
Warum und weshalb diese überstürzte Abreise, das konnte ich Dir auf die Kürze nicht mitteilen, ich werde es jetzt nachholen, obgleich Du vermutlich das eine oder andere Gerücht bereits gehört haben wirst.
Vergiss die Gerüchte, von mir erfährst Du alles aus erster Hand! Ich möchte Dich nur um Verschwiegenheit bitten, um den Ruf der betroffenen Dame, der nun ohnehin schon in Mitleidenschaft gezogen ist, nicht noch mehr zu schädigen.

Ich habe sie, glaube ich, Dir gegenüber schon einmal erwähnt, wenngleich ich aus Diskretion über das Wesentliche auch schwieg. Sie heißt Marie von Nagorka und ist ein hübsches junges Ding, das man mit einem greisen Kammerherrn unseres hochverehrten Fürsten verheiratet hat. Nagorka ist ein Verwandter der Fürstin, und das macht die Sache umso schlimmer!

Wenn ich ihn Greis nenne, dann meine ich das auch. Zweiundsiebzig Jahre zählt er! Mein Gott, und sie ist vierundzwanzig Lenze jung! Da kannst Du Dir vielleicht vorstellen, dass sie ihren hübschen Hals nach einem wie mir verdreht und dabei natürlich weniger mich selbst meint, als das, was mich als Mann auszeichnet.

Jedenfalls begegnete ich ihr in letzter Zeit immer häufiger, so häufig, dass es kein Zufall mehr sein konnte. Sie kam zu allen Festen und Aufführungen. Ich war unterwegs in die Gemächer unseres hochverehrten Herrn Fürsten, mit dem ich, wie Du weißt, ja hin und wieder musizierte – plötzlich stand sie vor mir. Ich ging wieder, sie lief mir über den Weg. Ich spazierte im Park, da saß sie auf einer Bank und stickte Ornamente auf ein Stück Seide. Und so ging das in einem fort.

Zu Beginn sprachen nur ihre Augen zu mir, schließlich auch ihr hübscher Mund, und was er sagte, hörte sich ganz und gar verlockend an. Dass ihr Gatte demnächst wieder nach Polen reisen müsse, sie der Hitze wegen aber zu Hause bliebe. Dass sie es liebte mir zuzusehen, wenn meine Lippen sich über dem Mundloch meiner Querflöte spitzten, um mit ganzer Leidenschaft und Hingabe hineinzublasen. Dass auch sie zu gerne die Flöte spielen würde, wenn sie nur eine hätte. Und schließlich nannte sie mir dieses denkwürdige Datum, an dem ich sie endlich besuchte. Da sei ihr Herr Gatte mit dem Fürsten zur Jagd, und sicher sei ihr dann lang-

weilig, zumal auch ihre Zofe einen Besuch zu machen hätte.

Lieber Bruder, ein halbes Jahr hatte ich widerstanden, doch dann ... Die Versuchung, dieses hübsche Ding auf der Flöte spielen zu lehren, war einfach zu groß! Ich nahm die Gelegenheit wahr und ging zu ihr. Und ja, sie lernte schnell mit Zunge und Fingern die Oktaven zu füllen, die mir ein Lied des Entzückens entlockten!

Ab da besuchte ich sie des Öfteren. Doch, das wissen wir ja, der Krug geht zum Brunnen bis er bricht! Am letzten Donnerstag war es, da stand ihr Gatte plötzlich vor uns. Ich selbst trug nicht mehr als ein Hemd, sie lag gänzlich nackt in meinen Armen. Mehr brauche ich dazu nicht zu schreiben ...

Da ich weder ein Adeliger noch Offizier bin, konnte Nagorka mich nicht zum Duell fordern, um so seine Ehre wieder herzustellen. Also musste eine andere Möglichkeit gefunden werden, mich zu bestrafen und aus München fortzuschaffen.

Lautes Pochen an der Tür ließ Korbinian aufhorchen. Er legte die Feder hin, ging in den Fletz und zog den Riegel zurück. Draußen stand ein blasser, schlanker Mann im Talar, einen schwarzen Hut auf, ein Tuch aus gefilzter Wolle um Schultern und Hals.

Er stellte sich vor und hustete dabei ganz erbärmlich – keinen Satz konnte er ohne Unterbrechung zu Ende bringen. Balthasar Winterholler sei sein Name und er sei Vikar hier am Ort. Wolfgang Greimbl hätte ihm Nachricht von seiner Ankunft gegeben, und er bitte darum, eintreten zu dürfen.

»Selbstverständlich.« Korbinian führte ihn in die zukünftige Schulstube. »Es ist noch kalt bei mir«, entschuldigte er sich. »Für Euren Husten kein gutes Klima!«

Winterholler machte eine wegwerfende Handbewegung. »Für meinen Husten gibt es kein passendes Klima. Ist mir kalt, schlottern mir die Zähne, wird mir warm, fange ich zu schwitzen an und muss mich ausziehen. Dann bekomme ich Zugluft und erkälte mich aufs Neue.« Er sah sich um. »Und hier also wollen Sie unterrichten?«

Von wollen war gar keine Rede, doch das erwähnte Korbinian natürlich nicht. Stattdessen sagte er:

»Dieses Haus wurde mir zugewiesen. Einen zweiten Tisch wird man mir noch bringen und ein paar Bänke dazu. Eine große Schiefertafel wäre gut, aber ich weiß nicht woher nehmen.«

»Da wenden Sie sich am besten an Greimbl, er ist hier der Erste der Vierer«, antwortete der Vikar und hustete wieder.

Korbinian legte den angefangenen Brief auf die Fensterbank, bot seinem Besuch Platz an, setzte sich ebenfalls und wartete ab, was Winterholler zu sagen hatte.

»Wie Ihr ja bereits wisst«, begann er, »seid Ihr hier von privat angestellt. Trotzdem obliegt es mir als geistlicher Vertreter der Gemeinde Euch zu instruieren, wie der Unterricht abzuhalten ist.«

Korbinian nickte geflissentlich.

»Die Schulstunden beginnen von Ostern bis Michaeli um sechs und dauern bis zehn Uhr, und nachmittags noch einmal von zwölf bis dreizehn Uhr. Während des Winterhalbjahres beginnen sie in den Monaten November, Dezember, Januar und Februar erst um acht Uhr und dauern bis zwölf Uhr, dann wieder von ein bis drei Uhr. Die festgesetzten Schulstunden«, fuhr er nach einem besonders heftigen Hustenanfall fort, »sind pünktlich zu halten, weder später anzufangen, noch abzukürzen, noch willkürlich zu unterbrechen. Die Lehrstunden sind sowohl vor- als auch nachmittags mit Gebeten anzufangen und zu

51

beschließen. Es ist Euch nicht gestattet, die Kinder zu irgendwelchen Arbeiten in Eurem Hause anzustellen oder sie während der Schulstunden alleine zu lassen.«

Er zog ein Taschentuch aus seinem Ärmel und tupfte sich den Schweiß von der Stirn.

»Die Schulstube habt Ihr stets reinlich und ordentlich zu halten«, fuhr er fort. »Während des Unterrichts habt Ihr vollständig und anständig gekleidet zu sein und Euch des Essens, Tabakrauchens, oder anderer Unschicklichkeiten gänzlich zu enthalten.«

Ein weiteres Hustenkonzert folgte, bevor Winterholler sich wieder an Korbinian richtete: »Ganz besonders möchte ich Euch zur Pflicht setzen, während der Lehrstunden auf strenge Zucht und Ordnung zu halten und darüber hinaus auch nach der Schulzeit ein wachsames Auge auf die Kinder zu haben, so sie Euch begegnen. Zur Bestrafung der Schüler wird es sich wohl nicht vermeiden lassen, sich auch einmal des Stockes zu bedienen, jedoch sind vermehrt solche Strafen einzusetzen, die das Ehrgefühl der Kinder wecken. Hierzu gehören Verweise vor den Schülern, Stehenlassen in der Reihe, Heraustreten des Strafbaren während der Lektion, Absonderung auf die Strafbank, Zurückbehalten in der Schulstube nach der Lehrstunde, dies jedoch nicht ohne Beschäftigung und ohne die Eltern zu benachrichtigen. Größere Vergehen habt Ihr mir persönlich anzuzeigen. Soweit was den Unterricht betrifft.«

Als Vikar Winterholler sich von einem weiteren schweren Hustenanfall erholt hatte, folgten Anweisungen, wie Korbinian sich in der Öffentlichkeit zu verhalten hatte.

»Auch im Privaten sollt Ihr bei jeder Gelegenheit als achtungswürdig erscheinen, sollt nicht an öffentlichen Tänzen teilnehmen, den Besuch des Gasthofes vermeiden, das Mitaufspielen bei öffentlicher Tanzmusik unterlassen, bei Ehrenausrichtungen nicht über Mitternacht verweilen und Euch in Eurer Kleidung nach Eurem Amte richten. Auch sollt Ihr nicht an öffentlichen Kartenspielen oder an anderen Glücksspielen teilnehmen.«

Korbinian seufzte still in sich hinein und verwünschte zum wiederholten Male das Schäferstündchen, das ihm all dies eingebracht hatte. »Ich werde mich selbstverständlich nach Euren Anweisungen richten, Herr Vikar«, versprach er und war froh, dass Winterholler nach einem weiteren Hustenanfall Anstalten machte zu gehen. Dann fiel ihm allerdings doch noch etwas ein. »Wie man hört, spielen Sie ein Instrument?«

»Das stimmt. Die Querflöte, das Fagott, das Spinett und das Klavier. Ein wenig auch die Orgel.«

»Nun, eine Orgel haben wir hier nicht, darum werden die Messgesänge von unseren Kirchsängern vorgetragen. Wenn Sie die Orgel spielen können, dürften Ihnen die Messgesänge bekannt sein.«

Korbinian nickte.

»Dann möchte ich Sie bitten, sich unseren Kirchsängern anzuschließen. Eine Stimme mehr kann nicht schaden.« Es klang allerdings nicht wie eine Bitte, es klang wie ein Befehl. »Ich hätte mich gerne noch ein wenig mit Euch unterhalten«, beteuerte Winterholler, »aber leider ... mein Husten!«

»Ein andermal, Herr Vikar.« Korbinian gab ihm die Hand, sagte dabei: »Mein Vater, er war Apotheker, verabreichte uns bei Bronchialkatarr viermal täglich einen Teelöffel Hustensaft, für den er je einen Esslöffel Essig, Honig und geraspeltem Meerrettich vermischte. Und des Abends, als wir zu Bett gingen, legte uns die Mutter in mit Meerrettich versetztem Essig getränkte Tücher auf Brust und Hals.«

Winterholler sah ihn forschend an. »So, Apotheker war der Herr Vater? Und da ist der Sohn Präzeptor geworden?«

»Die Apotheke hat nach seinem Tod mein älterer Bruder übernommen.«

Als der Vikar gegangen war, setzte sich Korbinian wieder an den Tisch und fuhr mit dem Schreiben seines Briefes fort.

Gerade eben wurde ich unterbrochen, mein lieber Ignaz. Der Vikar des Ortes war hier, um mir Anweisungen für den Unterreicht und mein eigenes Verhalten in der Öffentlichkeit zu geben. Unter seinen Maßregelungen kam ich mir selbst wie ein dummer, ungezogener Schüler vor. Dabei hat er mir angetragen, die Kinder fleißig zu bestrafen, indem ich sie nach Kräften blamiere oder schlage.

Mein Gott, ich und Prügel verteilen! Ich kann mir das nicht vorstellen. Freilich haben unsere Lehrer uns auch hin und wieder gezüchtigt, jedoch hat unser Vater uns gelehrt, dass ein freundliches Wesen und gutes Benehmen allein durch Einsicht zu erreichen ist, und Einsicht wiederum ein gewisses Maß an Vertrauen in die Welt und die Erwachsenen voraussetzt. Geschlagen hat er mich nur einmal, Du wirst dich erinnern – es war, als ich Dir in einem Wutanfall den Finger brach. Mein Wutanfall war berechtigt, Du hattest mich bis aufs Messer gereizt, aber das Fingerbrechen war natürlich eine schlimme Tat, wenn auch vollkommen unbeabsichtigt geschehen.

Nun zurück zu jenem Schäferstündchen, das meine Verbannung nach Niederwessen nach sich zog. Dabei verdingte sich unser hochverehrter Herr Fürst ganz per-

sönlich als Handlanger! Und das kam so: Nagorka, wie bereits erwähnt ein Verwandter der Fürstin, beklagte sich bei ihr über mich. Sie wiederum erzählte ihrem Gemahl davon. Keine Stunde danach traf ein Gast in Schloss Nymphenburg ein – Emanuel Graf von Törring und Gronsfeld zu Jettenbach, Kämmerer und Pfleger zu Marquartstein. Auch von Törring ist über viele Ecken mit dem Fürstenpaar verwandt oder verschwägert, genau weiß ich das nicht. Jedenfalls sprachen die Hohen Herrschaften über dies und das, und bei dieser Gelegenheit ließ von Törring verlauten, dass schon vor Jahren sich die Bauern von Niederwessen entschlossen hätten, einen Hauslehrer in ihren Ort zu holen um ihren Kindern ein wenig Bildung angedeihen zu lassen, dass es aber weder den Klosterherren noch seinem Vorgänger gelungen sei, diese Stelle zu besetzen, und dass die Bauernschaft jetzt ihm damit in den Ohren läge.

Wer nun letztendlich auf die glorreiche Idee kam, mich als Lehrer nach Niederwessen zu verbannen, weiß ich nicht, man hatte aber vermutlich seine Schadenfreude an dem gemeinsam ausgeheckten Plan.

Wahrlich, die Strafe ist hart! Jetzt hause ich in einem Loch und werde vermutlich verhungern oder erfrieren, denn ich beherrsche weder die Kunst des Feuermachens, noch kann ich irgendwelche Speisen zubereiten. Ein Apfel liegt hier vor mir, den werde ich mir vor dem Zubettgehen noch zu Genusse führen, das war es dann.

Ich bin müde, kann nach diesem langen, beschwerlichen Tag kaum noch die Augen offen halten. Auch wird es mir zu dunkel, um weiterzuschreiben. Mit den paar Kerzen, die ich im Gepäck hatte, muss ich sparsam umgehen. Das Sparen werde ich wohl auch in andrerlei Hinsicht lernen müssen! Bei nicht einmal 200 Florin Lohn fürs Halbjahr, dazu das Nötigste an Naturalien, kann man keine großen Sprünge machen, und mein Erbe steckt, nun ja, in Deiner Apotheke. Zum Glück besaß ich einen Beutel Silbertaler als Notgroschen, den ich mitnehmen konnte, so bin ich nicht ganz mittellos.

Nur eines möchte ich noch berichten – eine »Füchsin« habe ich hier im Dorf gesehen! Ein Mädchen mit rotem Haar, die Zwanzig nur um zwei, drei Jahre überschritten. Ganz zauberhaft sieht sie aus! Und heißt es auch, die Rothaarigen seien Hexe, in Wahrheit gleicht sie einem Engel. Ich bin neugierig darauf, sie kennenzulernen. In einem so kleinen Ort dürfte das nicht lange ausbleiben.

Ich hoffe, mein Brief findet einen Weg aus diesem finsteren Tal zu Dir in die heitere Stadt und Du hast Mitleid und schreibst mir zurück, damit mir beim Lesen deiner Zeilen die Zeit an diesem freudlosen Ort ein wenig kurzweiliger wird.

Zuletzt noch – was sagen wir der Mutter? Ich hätte gar zu schräg gespielt und sei aus dem Orchester geflogen? Darauf konnte ich in aller Eile eine Stelle als Präzeptor bei einem Adeligen im Chiemgau antreten? Sie wird es nicht glauben, aber mir fällt nichts Besseres ein.

So verbleibe ich in Ergebenheit Dein Bruder,
Korbinian

PS: Wenn ich Dich noch um einen Gefallen bitten dürfte, lieber Bruder. Du erinnerst Dich an das »Große Nürnbergische Rechenbuch« von Kleemann, wir beide haben daraus das Rechnen gelernt. Es muss noch zu Hause im Bücherregal stehen. Wenn Du es mir bitte schicken wolltest. Ich wäre Dir sehr dankbar.

Er versiegelte den Brief und brachte ihn in die Schlafkammer. Dort legte er ihn auf den Tisch, kleidete sich aus, kroch unter die Decke und schlief bald ein.

Zu ernst hat's angefangen,
um in nichts zu enden.

5. Kapitel

Dreizehn Buben drängten sich um zwei Tische in Korbinians Stube. Der jüngste, Toni Greimbl, war sieben, der Älteste, Vitus Schmidthauser, vierzehn Jahre alt. Die Schüler hatten jeder zwei Scheite Holz zum Heizen und Naturalien mitgebracht. Zwei Eier der eine, einen Topf Milch der andere, etwas Mehl, Schmalz oder Salz die nächsten. Das Holz schichteten sie in der Küche neben dem Herd auf, denn der gemauerte Ofen in der Stube wurde von der Küche aus befeuert.

Korbinian teilte Vitus Schmidthauser zum Anschüren ein. Der sah sich gleich suchend um. »Ham S' einen Zunder, ham S' einen Feuerschläger?«, fragte er. Es klang ungebührlich barsch für einen Vierzehnjährigen seinem Lehrer gegenüber.

Korbinian schüttelte den Kopf.

»Ja, wie soll ich dann Feuer machen«, maulte er.

Die unfreundliche Art des Jungen ließ nichts Gutes ahnen. »Bringst halt am Nachmittag beides mit«, sagte Korbinian.

»Da muss ich zuerst den Vater fragen.«

»Dann fragst halt den Vater!« Die Geduld ging ihm langsam aus. »In meinem Rucksack hatte nur das Nötigste Platz, einen ganzen Hausstand konnte ich nicht herschaffen. Und ihr wollt bestimmt auch nicht frieren.«

Der Junge warf ihm einen frechen Blick zu. »Ich halt schon was aus, mir ist's noch lange warm genug.«

Korbinian beließ es dabei. Ihm schwante, dass Vitus Schmidthauser ein garstiger Kerl war. Dass ihm gar die

Boshaftigkeit das Hirn vernagelte, dass kein freundlicher Gedanke in diesem Kopf wohnte und dass er schadete, wem er schaden konnte, sollte Korbinian bald am eigenen Leib erfahren.

Sie beteten gemeinsam, dann ließ sich Korbinian alle Namen geben. Toni und Wolfgang, den sie Wolfi nannten, waren die Enkel vom Greimbl, Clemenz und Adam Höllerer ebenso. Desweiteren hatte er zwei Buben vom Strobel und Hans Fux, den Sohn vom Schafferer-Wirt. Dann zwei vom Färbinger, drei vom Jager, einen vom Hörterer und eben jenen Vitus Schmidthauser, der ihm mit so viel Abneigung begegnete.

Fürs Erste ließ Korbinian seine Schüler zählen und rechnen, zeigte ihnen, wie man dazu die Finger hernehmen konnte. Die vom Greimbl und der Sohn vom Wirt stellten sich gut an, und als Korbinian nachfragte, erzählten sie ihm, dass ihnen zu Hause der Vater schon etwas beigebracht hatte.

Nach dem Nachmittagsunterricht suchte Korbinian die Greimbls auf. Dort hatte man ihm ja gesagt, er solle sich melden, wenn er etwas brauche – und er brauchte Tafeln für die Schüler.

Im Garten vor dem Haus hockte eine Frau und rupfte dürres Kraut aus. Als sie den Fremden sah, wusste sie gleich wer er war, sprang auf und sagte: »Grüß Gott, Herr Lehrer, ich bin Ursula, die Jungbäuerin und die Mutter vom Toni und vom Wolfi. Wen brauchen Sie denn?«

»Ihren Schwiegervater möchte ich sprechen, der ist doch im Nebenerwerb Schreiner?«

Sie nickte. »Den Schwiegervater finden Sie hinten in der Werkstatt. Da müssen S' ums Haus gehen, und dann sehen Sie schon den Schuppen mit dem großen Fenster.«

Der alte Greimbl arbeitete gerade an einem Türstock. Als er Korbinian eintreten sah, legte er sein Werkzeug hin.

»Gott zum Gruße, Herr Präzeptor!« Er reichte ihm die Hand. »Hab schon gehört, Sie brauchen Zunder und einen Feuerschläger. Hab meine Anna geschimpft, dass sie Euch das noch nicht gebracht hat. Jetzt haben S' frieren müssen, und konnten sich auch nichts zum Essen warm machen!«

»Es wird schon werden mit der Zeit. Ich bin aber nicht meinetwegen hier. Die Buben müssen Wachstafeln haben, wie könnte ich ihnen sonst das Schreiben beibringen. Und ich selbst bräuchte eine große Schiefertafel und ein paar andere Utensilien für den Unterricht. Ich habe alles auf einem Zettel notiert. Vielleicht kann uns jemand, der einmal in einen größeren Ort kommt, das besorgen.« Korbinian reichte Greimbl den Zettel. »Die Wachstafeln könnte man allerdings selbst herstellen.«

»Was braucht man dazu?«, fragte Greimbl. »Ein dünnes Holzbrett, zum Beispiel von der Buche, etwa eine Handspanne breit und eineinhalb lang. An diesem Brett muss außen herum ein erhabener Rand befestigt werden, dann füllt man erwärmtes Wachs in die Vertiefung und streicht alles glatt. Ein Schreibholz gehört auch dazu. Das muss etwa eine Handspanne lang sein und kleinfingerdick. Auf der einen Seite braucht es eine Spitze, damit werden die Buchstaben ins Wachs gedrückt, auf der anderen muss es breit sein, zum Glätten des Waches, bevor man etwas Neues hineinschreibt.«

Greimbl nickte. »Das ist leicht herzustellen. Und den Zettel gebe ich unserem Sepp, der ist auch Schreiner geworden und hat von mir das Schreiben und Lesen gelernt. In drei Tagen ist in Grassau Michaelimarkt, vielleicht bekommt er dort das eine oder andere, wenn nicht, müssen S' bis Ende Oktober warten, da fahren der Georg und die Ursula nach Traunstein.« Er schlug Korbinian freundschaftlich auf die Schulter. »So, Herr Lehrer, und jetzt gehen wir hinein zu meiner Anna und trinken einen

Kaffee. Den gibt's sonst bloß mittags nach dem Stall, aber Sie haben ja heute bestimmt keine Morgensuppe gehabt, da macht uns die Anna schon eine Ausnahme.«

Die Greimbl-Bäuerin saß in der Stube beim Wollzupfen. Sie klaubte die Knötchen heraus und rupfte die weißen und grauen Schüberl auseinander, damit ihr der Loden später nicht fleckig wurde.

»Machst dem Herrn Lehrer einen Kaffee und ein Brot dazu? Der hat heut früh nichts zwischen die Zähne bekommen. Er soll uns ja nicht vom Fleisch fallen!« Greimbl lachte und schob Korbinian auf die Bank beim Fenster.

Die Bäuerin ging in die Küche. Man hörte Pfannen klappern und bald etwas brutzeln. Das Brutzeln ließ Korbinian hoffen, sie könnte ihm neben einer guten Tasse Kaffee auch etwas zum Essen zubereiten, denn er hatte jetzt zwar Milch, Eier und Mehl in seiner Küche stehen, aber er konnte ja weder ein Feuer schüren, noch wusste er sich aus diesen Zutaten etwas Schmackhaftes zuzubereiten. Doch als die Bäuerin bald darauf in die Stube kam, stellte sie ihm nur ein großes dampfendes Trinkgefäß mit zwei Henkeln hin, in dem eine hellbraune Brühe schwamm, und legte ein Butterbrot daneben.

»So, da ist der Kaffee. Dann lassen S' es sich schmecken, Herr Lehrer«, sagte sie und setzte sich zu den beiden Männern an den Tisch.

Korbinian starrte in den Becher. Seine Nase bewegte sich wie die eines mümmelnden Hasen. Es roch ungewöhnlich und ganz bestimmt nicht nach Kaffee. Vorsichtig trank er, gab sich dabei alle Mühe, das Gesicht nicht zu verziehen. Es schmeckte abscheulich! Am liebsten hätte er diesen »Kaffee« weit von sich geschoben, aber wenn er nicht unhöflich sein wollte, musste er ihn austrinken. Er nahm einen kräftigen Schluck und schob schnell etwas von dem Brot nach, um damit den Geschmack zu überdecken.

Die Greimbl-Bäuerin hatte wohl etwas gemerkt, denn sie fragte: »Schmeckt's nicht, Herr Lehrer?«

»Doch, doch!«, beeilte sich Korbinian zu versichern, »nur macht mir mein Magen hin und wieder noch Probleme – und wie bereiten Sie den Kaffee zu?«

»Es wird etwas Kornmehl geröstet und dann mit Butter und Kümmel in Wasser aufgekocht«, gab die Bäuerin Auskunft. »Es ist eigentlich nicht schwer, wenn man es einmal gemacht hat.« Sie sah ihren Mann an, dann wieder Korbinian. »Wir haben uns eh schon gefragt, Herr Lehrer, ob Sie sich überhaupt alleine versorgen können. Bestimmt hat Ihnen in München jemanden den Haushalt geführt.«

»In der Tat«, gab Korbinian zu, »ich bin es nicht gewohnt, für mich selbst zu sorgen und hab wohl zwei linke Hände dabei.«

Wieder tauschten die beiden alten Leute Blicke. »Unser Herr Vikar isst im Mesnerhof mit«, sagte die Bäuerin, »und die Mesnerin führt ihm den Haushalt. Ich weiß aber nicht, ob die dort noch einen zum Essen brauchen können. Und bei uns sitzen auch schon zwölf Leute so eng beieinander, dass sie sich gegenseitig die Ärmel abwetzen.«

»Ist schon recht, ich möchte niemandem zur Last fallen«, wehrte Korbinian schnell ab. Und dann kam ihm plötzlich die »Füchsin« in den Sinn und er sagte: »Ich hab eine junge Frau von meinem Fenster aus gesehen, die nebenan wohnt. Sie hat rote Haare. Die hätte ja nicht weit zu mir. Ich würde ihr ein paar Kreuzer geben, wenn sie für mich kochen, putzen und waschen wollte. Und vielleicht könnte sie mir auch das eine oder andere zeigen, damit ich es selber erledigen kann.«

»Die Amrei? Ich weiß nicht ...« Anna Greimbl zog die Stirn in Falten. »Die ist ja stumm, Herr Lehrer.«

»Stumm?« Ihm stand der Mund offen. Mit so etwas hatte er nicht gerechnet.

»Die hat etwas erlebt als Kind, etwas Schreckliches. Seitdem spricht sie nicht mehr. Ich glaube nicht, dass die eine Hilfe für Sie wäre. Jedenfalls könnte sie Ihnen nichts beibringen, sie redet ja nicht. Scheu ist sie außerdem.«

»Stumm«, wiederholte Korbinian, und als er eine Weile darüber nachgedacht hatte, fragte er: »Aber früher einmal hat sie geredet?«

»Ja, bis sie elf Jahre alt war. Und dann ...« Anna Greimbl brach ab und machte eine wegwerfende Handbewegung, als könne sie so ihre Erinnerungen verscheuchen.

»Damals sind die Österreicher bei uns eingefallen, ein Trupp von Panduren«, erklärte Wolf Greimbl an ihrer Stelle. »In Oberwessen und am Achberg haben sie gebrandschatzt, haben Leute umgebracht und Frauen geschändet. Der Himmel war schwarz vom Rauch, wir hörten nichts als Pistolenschüsse und Angstgeschrei. Doch in der Nacht war's plötzlich still, und es hieß, sie seien Richtung Norden weitergezogen. Wir dachten schon, sie hätten uns verschont, aber dann haben wir in einem Einödhof der zum Dorf gehört die Toten gefunden. Eine ganze Familie! Fünf Leichen waren es, und einen Knecht vom Nachbarhof haben sie auch noch erschlagen. Es war furchtbar, das können Sie mir glauben, Herr Lehrer. Drei ausgewachsene Mannsbilder waren wir, aber geheult haben wir wie die Kinder. Und dann fiel uns plötzlich ein, dass sie ja zu sechst waren auf dem Puchberger-Hof. Die Amrei fehlte! Ich habe das ganze Haus nach ihr durchsucht, habe mit dem Schlimmsten gerechnet. Doch zum Glück fand ich sie unversehrt, sie hatte sich in einer Korntruhe versteckt.«

»Ganz verstört war das Kind, als sie es mir gebracht haben«, erzählte die Bäuerin, »hat nur geweint und geschrien. Sie ist uns dann fiebrig geworden und hat vier Wochen mit dem Tod gerungen. Aber dann ging es doch wieder bergauf mit ihr. Heute ist sie gesund und munter – bloß reden will sie seit damals nicht mehr.«

»Später haben die Agathe und der Michel das Mädel zu sich genommen, das sind die Leute bei Ihnen gegenüber. Rexauer heißen sie. Der Michel ist Fuhrmann, sonst sind sie halt Selbstversorger, wie die meisten hier im Dorf. Haben zwei Kühe, ein Schwein, ein paar Hühner und ein Stück Land dazu und den Esel, der dem Mädel gehört.«

»Freilich, Zeit hätte die Amrei schon«, überlegte die Bäuerin laut, »und ein paar Kreuzer kämen ihr bestimmt auch recht.« Sie sah ihren Mann an. »Fragen könnte ich sie ja einmal.«

Der Bauer nickte, und Korbinian nickte auch. Dann zog er seinen Brief aus der Rocktasche und legte ihn auf den Tisch. »Gibt es einen Postdienst hier?«

»Eine Postkutsche kommt nicht zu uns nach Niederwessen«, sagte die Bäuerin. »Aber der Älteste vom Schafferer-Wirt geht dreimal die Woche für Botendienste nach Grassau. Gegen Geld nimmt er Ihren Brief mit und gibt ihn dort bei der Post ab. Oder Sie warten noch bis Montag, da fahren unsere Kinder nach Grassau und nehmen Ihren Brief gerne mit.«

»Ich frage beim Wirt nach, das geht dann vielleicht schneller.«

Korbinian stand auf, bedankte sich für Speis und Trank.

»Nichts zu danken, Herr Lehrer. Mit der Amrei rede ich und schick Ihnen auch noch meinen Enkel, den Wolfi, mit einem Feuerschläger und ein paar anderen Sachen vorbei. Und noch was, Herr Lehrer: Wenn Sie etwas brauchen, dann sagen S' bei uns Bescheid oder beim Färbinger oder beim Jager – bloß nicht beim Schmidthauser. Dem Vitus ist nicht zu trauen, der ist hinterhältig und bösartig.

Gott verzeih, dass man so etwas sagen muss, aber es stimmt.«

Sie begleiteten Korbinian vors Haus. Ursula, die Jungbäuerin, jätete noch immer Unkraut. Ein sechzehnjähriges Mädchen stand jetzt neben ihr.

»Das ist die Maria, unsere Enkelin«, erklärte die Greimbl-Bäuerin, und mit einem Seufzen: »Die wird auch schon bald zum Verheiraten sein! Am Montag darf sie mit auf den Michaelimarkt, und da will sie tanzen. Dabei ist sie gestern doch noch in den Windeln gelegen. Die Zeit vergeht auf einmal so schnell!«

Korbinian fasste sich ein Herz und fragte: »Ist das etwas Besonderes hier, der Michaelimarkt?«

Zuerst sahen ihn die Bauersleute etwas befremdet an, dann lachten Sie, und Wolf Greimbl antwortete:

»Scheint, als müssten wir Ihnen noch so manches erklären und beibringen, was hier guter Brauch und für uns selbstverständlich ist. Alle Vierteljahre gibt es in Grassau einen großen Markt. Den Faschingsmarkt im Frühling, dann übers Jahr den Georgimarkt, den Michaelimarkt und den Martinimarkt. Da verhandeln wir aber nicht nur unser Vieh und die Rösser, wir kaufen auch ein, was wir sonst nicht bekommen können. Und die Jungen gehen Tanzen und tun Ringel- oder Drachenstechen und was es sonst noch an Vergnügungen gibt.«

»Es ist halt ein großer Bauernfeiertag«, fügte Anna Greimbl an. »An Michaeli beginnt nämlich die Lichtarbeit. Das nennen wir so, weil es früh dunkel wird und wir ein Licht zum Arbeiten anzünden müssen. Da werden die Spinnräder vom Dachboden heruntergeholt, die Webstühle aufgestellt, das Schnitzwerkzeug bereitgelegt. Wozu wir im Sommer keine Zeit haben, weil die Feldarbeit vorgeht, das machen wir Bauern jetzt. Und weil immer gerne gefeiert wird, gibt es zu Beginn der Lichtarbeit ein gutes

Stück Fleisch, das nennen wir das ›Liachtbratl‹. Dazu lad ich Sie gerne ein, Herr Lehrer, wenn Sie kommen wollen.«

Ein gutes Stück Fleisch – da sagte Korbinian nicht Nein. Er bedankte sich für die Einladung und ging.

Wem bange ist,
den beißt der Teufel.

6. Kapitel

Die Wirtschaft lag auf halbem Weg zu Korbinians Haus, nicht weit von der Kirche entfernt. Der Wirt hatte neben einer Genehmigung zum Weißbier zapfen und Schnaps ausschenken auch einen Eisenhandel, deshalb stapelte sich hinter seinem Haus alles Mögliche an altem und neuem Gerät.

Der jüngste Sohn, Hans, saß auf der Treppe zum Eingang und fettete ein Paar Schuhe mit Schweinsschmiere ein. Als er seinen Lehrer sah, warf er die Bürste hin, lief ihm entgegen und begrüßte ihn wortreich. »Wollen S' etwa bei uns einkehren, Herr Lehrer? Aber essen kann man nicht bei uns, bei uns können S' nur Weißbier oder Schnaps bekommen. Wenn S' das mit nach Hause nehmen wollen, dann brauchen S' fürs Weißbier eine Kanne oder für den Schnaps eine Flasche aus Steingut. Aber da kann Ihnen der Vater bestimmt eine geben.«

Korbinian lachte über den Geschäftseifer des Jungen. »Nein Hans, ich möchte bloß deinen Vater sprechen.«

Ein wenig duckte sich der Bub, als hätte er Angst, es könne Beschwerden über ihn geben, aber dann lief er doch ins Haus und trat nach einer Weile mit seinem Vater aus einem der Räume auf den breiten Flur, in dem Korbinian wartete.

»Sie sind also der Herr Lehrer!« Joseph Fux betrachtete ihn wie ein Kalb, das ihm einer verkaufen wollte.

»Ja, Korbinian Hecht ist mein Name.« Er zog den Brief aus der Tasche und sagte: »Ich habe gehört, dass hier Post bestellt wird.«

Der Schafferer-Wirt hob erstaunt die Augenbrauen. Kam nicht oft vor, dass jemand einen Brief schickte. Der Herr Vikar schrieb zweimal im Jahr an seine Mutter, manchmal hatten der Bauernkramer oder der Martlkramer eine Bestellung aufzugeben, oder man schrieb ans Kloster, wenn ein Lehensträger gestorben war und deshalb das Anwesen seinem Nachkommen übergeben werden musste.

»Dreimal die Woche geht mein Ältester zu Botendiensten nach Grassau«, sagte der Wirt, »da kann er den Brief mitnehmen. Morgen wieder. Aber es kostet einen halben Kreuzer. Wenn mal ein Brief für Sie ankommt, legt mein Sohn aus, was der Postillion haben will und verlangt dann fürs Mitbringen wieder einen halben Kreuzer.«

Korbinian nickte. Das war nicht gerade günstig, aber was sollte er tun. Er übergab dem Mann den Brief und das Geld, dann fuhr er Hans über den Kopf. »Wird gut sein, wenn du fleißig schreiben und rechnen lernst, dann kannst vielleicht einmal einen Schreibdienst einrichten oder gar eine Poststation.«

»Das mit der Poststation wird leider nichts«, entgegnete der Vater für den Jungen, »nicht solange wir keine bessere Landstraße haben als unseren morastigen Weg, auf dem sich nicht mal zwei beladene Saumtiere begegnen können. Und eine Brücke für Fuhrwerke oder gar Postkutschen über die Achen haben wir auch nicht, nur den Steg für Fußgänger und Reittiere. Die Fuhrwerke müssen durch die Furt, aber bei Hochwasser geht das nicht, dann sitzen die Fuhrleute hier fest.«

»Hatte ich denn nicht gehört, dass eine Handelsroute an Niederwessen vorbeiführt?«

»Schon, Herr Lehrer, aber bloß für Sachen, die mit Saumtieren transportiert werden können.«

Korbinian verabschiedete sich vom Schafferer-Wirt und ging nach Hause. Ein gutes Stück vor ihm liefen drei Buben. Es waren Vitus Schmidthauser und zwei, die er nicht kannte. Sie bemerkten ihn nicht, lachten, bolzten miteinander, warfen schon von weitem Steine in den Wessener Bach.

Ein großer Hollerbusch versperrte zuerst die Sicht auf den Steg, der über den Bach führte, und auf das, was dahinter lag, deshalb konnte Korbinian Amrei nicht sehen. Sie ging auf der anderen Uferseite, führte an einem Halfter ihren Esel neben sich her, der hoch aufgetürmt mit Astholz beladen war. Und er konnte auch nicht sehen, dass die drei Buben, als sie Amrei ausgemacht hatten, auf sie zusprangen, um sie herumtanzten wie die Berggeister, ihr lange Nasen drehten und sie schubsten. Erst als Korbinian auf dem Steg war, entdeckte er, was für ein garstiges Spiel mit Amrei getrieben wurde. Die beiden Jüngeren schubsten sie zwischen sich hin und her, währenddessen löste Vitus Schmidthauser die Verschnürung, mit der das Holz auf dem Esel vertäut war, und gab dem Tier einen Tritt.

Korbinian schrie noch: »He Vitus, lasst das!«, aber da war es schon zu spät. Der Esel trabte ein paar Schritte voraus, die Ladung löste sich dabei, rutschte zu Boden und über die Böschung hinunter in den Bach.

Die Buben nahmen die Beine unter die Arme. Beim »Bauernkramer« blieben sie noch einmal stehen, riefen: »Amrei ist stumm-didldei, stumm-didldei-dumm!«, dann verschwanden sie mit lautem Gelächter hinter der Scheune und rannten über die Wiesen davon.

Amrei stand wie versteinert da, starrte auf das Holz. Der Bach floss schnell und riss einen Teil davon mit sich fort, das Meiste verfing sich jedoch zum Glück am Gebälk des Brückenstegs.

Korbinian ging zu ihr. »Grüß Gott, Amrei«, sagte er.

Sie hob den Kopf und blickte ihn wie aus weiter Ferne an.

»Ich bin der neue Lehrer hier am Ort, wir sind uns ja schon einmal begegnet. Komm, ich helf dir beim Aufladen.«

Er zog seine Schuhe aus, dann die Strümpfe. Amrei sah ihm mit aufgerissenen Augen zu, schüttelte plötzlich heftig den Kopf und winkte ab, als hätte man ihr etwas Ungehöriges angetragen.

Korbinian lachte. »Aber geh, warum sollte ich dir denn nicht helfen?« Sagte es und stieg auch schon in den Bach.

Das Wasser war eiskalt, aber nicht hoch, es reichte ihm nur bis zum Knie. Er packte Ast um Ast und warf ihn hinauf, wo Amrei noch immer wie angewachsen dastand und Korbinians Tun beobachtete.

»Na komm!«, rief er ihr zu. »Pack an!«

Endlich kam Bewegung in sie. Sie band den Esel an der Brücke fest, sammelte das Holz zusammen und schichtete es zu Bündeln auf. Ein paar Leute gingen vorbei, beobachteten das Geschehen, blieben aber weder stehen, noch grüßten oder halfen sie.

Als alles Holz oben war, verschnürten Korbinian und Amrei es gemeinsam auf dem Esel, dann löste das Mädchen das Führseil von der Brücke, nickte dem Lehrer zu und schlug eilig den Nachhauseweg ein.

Korbinian setzte sich ins Gras, zog Strümpfe und Schuhe an und folgte ihr in einigem Abstand. Als er an ihrem Haus vorbeiging, stand Agathe Rexauer, Amreis Ziehmutter, neben dem Esel. Sie sprach auf ihre Tochter ein, das Mädchen antwortete ihr mit Zeichen.

»Grüß Gott!«, rief Korbinian hinüber, doch mehr als ein grimmiges Nicken der Mutter kam nicht zurück.

So geschehen am Nachmittag.

Bereits am Abend klopfte Winterholler bei ihm an. »Gott zum Gruße, Herr Lehrer.«

»Ganz meinerseits, Herr Vikar.« Korbinian ließ ihn eintreten.

Hustend ging Winterholler voraus in die Schulstube, setzte sich, als Korbinian ihm einen Platz anbot, und kam ohne Umschweife auf sein Anliegen zu sprechen: »Mir ist zu Ohren gekommen, Ihr habt Euch halb nackt im Bach an irgendeinem Astholz zu schaffen gemacht.«

Ein Hustenanfall hinderte den Vikar daran, weiterzureden. Eine Hand presste er gegen die Brust, mit der anderen hielt er sich an der Tischkante fest und rang nach Atem.

Korbinian ergriff die Möglichkeit zu einem Widerwort. »Mit Verlaub, Herr Vikar ...«, er gab sich Mühe, freundlich zu klingen, was ihm allerdings schwer fiel. Schon allein der Ton, in dem Winterholler ihn zurechtgewiesen hatte, empörte ihn. Wenn man sich in München mit ›Ihr‹ ansprach, klang das freundlich und ehrerbietig, hier schien es Ausdruck größten Unmutes zu sein. Und was hieß überhaupt, er hätte sich halb nackt an Astholz zu schaffen gemacht? »Mit Verlaub, aber die Sache verhielt sich doch etwas anders. Ein paar Buben haben sich ganz und gar ungebührlich benommen, haben der stummen Amrei das Astholz in den Bach gekippt, sie gehänselt und verspottet. Dann sind sie abgehauen wie feige Lumpen und haben sie mit dem Malheur alleine gelassen. Ich habe ihr geholfen, das Holz aus dem Bach zu bergen, und dazu habe ich Schuhe und Strümpfe ausgezogen. Das war alles.«

»Es geziemt sich aber nicht für einen Mann Eures Standes, nacktfüßig im Bach herumzustolzieren. Und was helfen Sie«, er ging nun wieder zum Sie über, »einem Bauernmädel? Die kann sich alleine helfen, das ist nicht Ihre Sache.«

»Aber es ist meine Sache, Anstand zu zeigen und den Schülern mit gutem Beispiel voranzugehen.«

»Eben!« Winterholler maß ihn zornigen Blickes.

Nachdem sie eine Weile geschwiegen und sich angestarrt hatten sagte Korbinian, nun wieder ganz ruhig: »Heißt Gott uns nicht, wir sollen lieben und achten unseren Nächsten? Und werden uns nicht gerade die Armen, die Witwen und Waisen und alle, die in leiblicher oder seelischer Not sind, ans Herz gelegt?«

Winterhollers Gesichtsmuskeln spielten, er biss, das sah man ihm an, die Zähne zusammen. Dieser Punkt ging also an Korbinian!

»Wer sind diese Buben überhaupt gewesen?«, fragte der Vikar.

Korbinian nannte Vitus' Namen. »Die beiden anderen kenne ich nicht.«

»Nun gut, ich werde mich darum kümmern.«

Winterholler stand auf und ging voraus zur Tür. Korbinian folgte ihm. Vor dem Haus sah er auf die Berge, die das Tal umschlossen. Bald würde es dunkel sein, doch noch lagen die Wälder im Osten unter violettem Himmel in der Abendsonne und waren in bunte Farben getaucht. Die Ahorne und Lärchen leuchteten in Goldtönen, Buchen in königlichem Rot, dazwischen, wo Fichtenwaldungen sich ausbreiteten, schwarzblaue Flecken, und hie und da, wie hinein getupft in das schöne Herbstgemälde, ein helles Grün.

Leises Seufzen entfuhr Korbinian bei diesem Anblick. So eine stille Klarheit, so ein Farbenhauch auf Gottes Natur war ihm in München nie aufgefallen. Sei es, weil er nicht hingesehen, sei es, weil ihn die von Menschenhand geschaffenen Steingebilde oder der Blick in die Augen schöner Frauen abgelenkt hatte.

Als er den Kopf wieder seinem Besucher zuwandte, lag ein Lächeln in Winterhollers Blick. Ein kurzes Aufblitzen nur, ein Verstehen. Dann gab er sich wieder zugeknöpft wie immer. »Ich erwarte Sie am Sonntag in der Kirche.« Damit ging er.

Ärgerlich sah Korbinian ihm nach. Der Kirchgang war ihm selbstverständlich, der Vikar hätte es ihm nicht wie einem kleinen Jungen befehlen müssen.

Die Strafe folgte auf dem Fuße. Gleich am nächsten Tag in der Frühe erschien der Vikar, kaum dass die Schüler ihr Morgengebet gesprochen hatten. Er ließ Vitus Schmidthauser nach vorne treten. Der Junge sah Korbinian an, er wusste sofort, worum es ging. Angst flackerte in seinen Augen auf, doch seine Haltung blieb aufrecht und stolz.

Korbinian seufzte still in sich hinein. Er war davon ausgegangen, Winterholler würde den Buben zu sich nach Hause bestellen, um ihn zu bestrafen. Doch er schien es für nötig zu halten, ihn und die anderen Kinder an dem Schauspiel seiner Züchtigung teilhaben zu lassen.

»Wo ist hier das Ofenholz?«, fragte der Vikar.

»In der Küche«, gab Korbinian Auskunft.

Winterholler sah den Buben an. »Hol dir ein Scheit herein, ein dreikantiges.« Emotionslose Strenge lag auf seinem Gesicht, die nicht verriet, was er fühlte und dachte.

Der Junge ging hinaus, kam zurück, legte das Holz vor sich auf den Boden, noch bevor er dazu aufgefordert wurde.

»Und nun hinknien«, befahl Winterholler.

Korbinians Blick ging zu dem Scheit. Erst jetzt verstand er, warum es dreikantig sein sollte.

Mit versteinertem Gesicht befolgte Vitus die Anordnungen des Vikars. Die Spitze des Holzes bohrte sich unter seine Kniescheiben. Winterholler ließ ihn beten. Das Vaterunser, den englischen Gruß, das apostolische Glaubensbekenntnis, und alles wieder von vorne. Die übrigen Schüler mucksten sich nicht – nur das Beten war zu hören, und Winterholler hustete hin und wieder.

Fassungslos sah Korbinian zu. Sein Innerstes schrie auf. Das stand doch in keinem Verhältnis, so eine Marter für einen dummen Bubenstreich! Ein paar Ohrfeigen, zwei Tage Arrest seinetwegen, aber doch keine Folter!

Es half nichts, er konnte nicht dazwischen gehen. Ein rügendes Wort an den Vikar hätte Unerdenkliches nach sich gezogen, nicht nur für ihn, auch für den Buben.

»Und noch ein Ave Maria!« Winterholler kämpfte gegen einen Hustenanfall an.

Der Jung, grün im Gesicht und der Ohnmacht nahe, starrte leeren Blickes auf das Kreuz im Winkel. Seine Lippen formten Wörter, die nur noch Klang ohne Bedeutung für ihn zu sein schienen. Ausdruckslos hingespuckt. »Gegrüßet seist du, Maria, voll der Gnade ... Heilige Mutter Gottes, bitte für uns Sünder ... und erlöse uns von dem Übel. Amen.«

Übel! Ja, übel war auch ihm, dem Lehrer, der sich angesichts der Qualen des Jungen schuldig fühlte. Hätte er doch nichts gesagt! Was war das für eine Absonderlichkeit, wenn man der einen helfen wollte und den anderen damit ins weltliche Fegefeuer brachte!

Als Winterholler es endlich gut sein ließ, sank Vitus zur Seite. Trotzig hatte er den Schmerz ertragen und sich die Tränen verkniffen. Jetzt lag er bleich und erniedrigt am Boden und schaffte es nicht einmal mehr, sich auf die Füße zu bringen. Korbinian reichte ihm die Hand, doch er bedachte ihn nur mit eiskaltem Blick, vermutlich wäre er lieber gestorben, als die Hilfe des Lehrers anzunehmen.

Der Vikar bekreuzigte sich, murmelte etwas Lateinisches und ging zur Tür. Kein Gruß zum Abschied, nur ein Blick, der sagte: Damit Ihr es wisst, Herr Lehrer, hier gibt es keine Extrawurst, für niemanden, für gar keinen! Und das gilt auch für Euch!

Aller Anfang ist zwar schwer,
doch ohne ihn kein Ende wär.

7. Kapitel

Die Kirche war klein und dunkel. Nur ein paar Betstühle
und einfache Bänke für die Alten standen in dem düsteren
Raum, wer dort keinen Platz fand, musste stehen. Vorne
über dem Altar der Gekreuzigte, links, auf einem Wand-
sockel, Maria mit dem Kind.

Die Gemeinde war versammelt, Winterholler mit sei-
nen Ministranten und dem Mesner noch in der Sakristei.
Als Korbinian das Gotteshaus betrat, fuhren die Köpfe
herum. Die Blicke der Wessener hafteten an ihm, wie
Lehm an ihren Stiefeln – Blicke voller Misstrauen und
Feindseligkeit.

Links drängten sich die Frauen. Ihre Rosenkränze hatten sie um die zerschundenen Hände gewickelt, das Haar
unter schwarzen Tüchern versteckt, die sie rückwärts
banden. Die »Besseren« von ihnen, die es sich leisten
konnten, hatten Wachsstöcke mitgebracht, um das düstere
Gotteshaus ein wenig zu erhellen.

Die Männer, auf der rechten Seite, hielten die Köpfe
eingezogen, lehnten die Stirn an die gefalteten Hände und
erwarteten in dieser demütigen Haltung die heilige Messe.
Unter ihnen, geduckt und mit hasserfülltem Blick auf seinen Lehrer, der vierzehnjährige Vitus Schmidthauser.
Finster starrte er Korbinian an, der in seinen Augen lesen
konnte, dass er ihm die Sache mit dem Scheitelknien nie
verzeihen würde. Nicht wegen der Schmerzen, das war
dem Lehrer nach dem Schauspiel, das Winterholler ihm
und den Kindern geliefert hatte, bewusst. Schmerzen hielt
einer wie Vitus aus. Es war die Demütigung – dass er am

Schluss nicht mehr aufstehen konnte, dass ihm der Lehrer zu seiner Schande auch noch die Hand gereicht hatte. Angestachelt von seinem bäuerlichen Stolz und dem Zorn eines Vierzehnjährigen hasste er den Präzeptor, den Hecht aus München, der wohl glaubte, etwas Besseres zu sein – von nun an und bis in alle Ewigkeit!

Korbinian sah sich nach einer Treppe um, die auf die Empore führte, auf der sich die Kirchsänger versammelt hatten. Oben angekommen nickte er den acht Männern und drei Frauen zu. »Gott zum Gruße, der Vikar schickt mich, ich soll mich hier anschließen.«

Eine Antwort bekam er nicht, ein stummes Nicken nur von dreien der Männer. Wieder wurde ihm bewusst, wie fremd er hier war. Ein Eindringling. Ein Schaf zwischen Wölfen, eine Katze am Fischteich. Hergeholt und ausgestoßen in einem. Man wollte und brauchte ihn, doch gleichzeitig lehnte man ab, was unbekannt und anders war.

Die Tür zur Sakristei wurde geöffnet. Die Ministranten läuteten die Messe ein, der Vikar trat vor den Altar. Wenn auch fortwährend hustend, ging er mit ganzer Seele in seinem Metier auf. Ein Mann Gottes in tiefstem Glauben, überzeugt von seinem Tun, zelebrierte er die Eucharistiefeier. Las aus einer metallbeschlagenen Bibel, die unter dem Kreuz auf einem hölzernen Gestell stand. Hob die Arme mit dem Kelch, den Blick auf den Gottessohn gerichtet und segnete die Gemeinde, die ergeben die Köpfe senkte und in Demut hinnahm, was Gott und Winterholler ihnen zukommen ließen.

Zwischendurch rezitierten die Kirchsänger auf der Empore die Messgesänge. Als Korbinian mit ihnen die Stimme erhob, trafen ihn neuerlich Blicke. Diesmal in großem Erstaunen. Sein Gesang klang rein und sauber wie Gebirgswasser. Jeden Ton traf er, und obwohl er nur leise und verhalten mitsang, überflügelte er den derben Bauernchor mit engelsgleicher Leichtigkeit.

So verging eine Stunde in feierlicher Hingabe an Gott, und Korbinian staunte über diesen bedingungslosen, absoluten Glauben – eine Gläubigkeit, die ihm fremd anmutete, weil er vom Vater dazu erzogen worden war, alles zu hinterfragen, selbst Gott. Denn nur durch Irren lernt man, so der Vater, und auf Fragen folgt Erkennen. Und hat denn nicht selbst der Gottessohn den Vater hinterfragt und ist ihm erst auf diesem Wege näher gekommen?

Während drunten die Kirchgänger nach draußen drängten, reichte droben auf der Empore der Älteste der Männer Korbinian die Hand und nannte seinen Namen. »Färbinger-Andreas heiß ich und bin hier der Vorsänger seit achtzehn Jahren.« Er stellte auch die anderen vor. Einige der Namen kannte Korbinian. Wie ihm die Männer auf sein Nachfragen bestätigten, waren ihre Söhne und Enkelsöhne seine Schüler.

»Vielleicht könnten Sie uns ja auch im Singen noch ein wenig Nachhilfe geben«, sagte Färbinger.

»Ich möcht mich nicht aufdrängen.«

»Sie drängen sich nicht auf, Herr Lehrer, ich frage Sie ja, es wäre uns eine Ehre.«

Schnell sah Korbinian von einem zum anderen. Nicht alle Blicke waren ihm freundlich gesonnen. Der alte Strobel starrte mit verkniffenem Mund auf seine Stiefelspitzen, Chronlachner – offensichtlich gutbetucht, denn er trug einen wertvollen zinnbeschlagenen Ranzen und eine goldene Uhrkette – musterte ihn mit kühler Zurückweisung.

»Wenn alle es wollen, gerne«, sagte Korbinian.

Als er wenig später vor die Kirche trat, wartete die Greimbl-Bäuerin auf ihn. »Grüß Gott, Herr Lehrer, da sind Sie ja endlich! Die zwei dort drüben wollten schon gehen, ich konnte sie nur mit Mühe zum Warten überreden.«

Korbinian folgte ihrem Blick und entdeckte vor einem Grabkreuz auf dem Kirchhof Amrei und ihre Ziehmutter. Die Greimbl-Bäuerin führte ihn hin. Er streckte der Rexauerin die Hand zum Gruß entgegen, die sie jedoch nicht nahm, und stellte sich vor. Amrei begrüßte ihn mit einem Nicken, ohne dabei vom Boden aufzublicken.

»Ich hab euch ja schon gesagt, worum es geht«, begann die Greimblerin. »Ob die Amrei dem Herrn Lehrer im Haushalt zur Hand gehen mag?«

»Ich bezahle ihre Arbeit natürlich«, fügte Korbinian an, als die Alte weiter verbissen schwieg und Amrei noch immer keine Anstalten machte, ihn anzusehen.

»Ich weiß nicht«, ließ sich die Rexauerin endlich hernieder zu antworten. »Die Leute haben schon genug zu reden über die Amrei. Und dann bei einem Junggesellen im Haus, und stumm wie sie ist, und wo sie nichts sagen kann.«

»Für den Herrn Lehrer steh ich grad!«, fuhr ihr die Greimbl-Bäuerin über den Mund. »Und ein bisserl Geld wird sie doch brauchen können.«

»Ein bisserl, was heißt das schon.« Die Rexauerin nestelte an ihrem Mieder.

Korbinian verstand. Am Geld lag die Sache also! »Ich geb ihr drei Kreuzer die Woche für nachmittags zwei Stunden. Dafür muss sie das Haus sauber halten, meine Wäsche versorgen und kochen. Essen tu ich am Abend so um sechs.«

»Drei Kreuzer die Woche ist wenig. Kostet ja schon das Mitnehmen von einem Brief bis Grassau einen halben.«

Aha – dass er Briefe nach München schrieb und wie viel er dafür bezahlte, war also im Dorf bereits herum. »Drei Kreuzer oder ich suche mir eine andere«, blieb Korbinian fest. Er wusste, würde er mehr bieten, würde er sich zum Gespött der Leute machen.

Die Rexauerin zierte sich noch eine Weile, dann sagte sie endlich zu. »Aber morgen nicht, morgen ist Michaelimarkt in Grassau, da gehen wir hin, und die Amrei muss zu Hause auf unser Sach aufpassen.«

Korbinian nickte. »Mir soll es recht sein.«

Sie hatten denselben Heimweg, doch die beiden Frauen warteten, bis Korbinian ein Stück vorausgegangen war, erst dann gingen auch sie nach Hause. Vom Fenster aus konnte er sehen, wie sie den Weg heraufkamen. Die Mutter redete in einem fort, die Tochter lief mit gesenktem Kopf neben ihr her, nickte ab und zu oder antwortete mit Handzeichen. Dann verschwanden sie im dunklen Fletz ihres Hofes, und Amrei zog die Tür hinter sich zu.

Tags darauf kam Korbinian Niederwessen vor wie ein Ameisennest. Aus allen Winkeln des Dorfes strebten die Leute. Bauern wie Bloßhäusler, Groß und Klein. Alle in ihren schönsten Sonntagsgewändern, mit Hüten und Bändern herausgeputzt, einen Schirm am Arm, ein aufwendig gewebtes Tuch über die Schultern geworfen.

Sie strebten der Kirche entgegen, aber diesmal gingen sie nicht hinein sondern vorbei und den Berg hinauf Richtung Grub und dann weiter an Marquartstein vorbei nach Grassau, auf eben jenem Weg, den er, Korbinian, vor sechs Tagen gekommen war. Dort würde man zum Gottesdienst gehen, Vieh verhandeln, Dinge kaufen, die man in den Krämerläden des Dorfes oder bei den Hausierern, die aus dem Priener oder Traunsteiner Land oder vom Tirolerischen herüber kamen, nicht bekommen konnte. Man würde sich treffen, tanzen und fröhlich sein, und so mancher junge Bursche würde wohl auch auf Brautschau gehen.

Doch Korbinian blieb zu Hause. Was gab es für ihn, einen Fremden unter Fremden, schon zu feiern? Er wollte die Zeit nutzen und das neue Flötenkonzert von Carl Philipp Emanuel Bach einstudieren. Die Noten hatte ihm der Kurfürst geschenkt, in der Hoffnung, Korbinian würde das Stück schon recht bald beherrschen und zur Aufführung bringen. Aber daraus wurde dann ja nichts mehr.

Er nahm seine Querflöte, die Noten dazu, setzte sich in die Stube und begann zu spielen.

Es war ein Konzert in B-Dur, nicht so melancholisch wie die beiden anderen Flöten-Konzerte Emanuel Bachs. Zu Beginn ging es noch ein wenig mühselig. Hie und da stolperte er über schwierige Läufe, klangen einzelne Passagen holprig, fehlte das Gefühl. Doch irgendwann erschloss sich ihm das Stück. Von da an erfüllten die Töne den Raum mit silbrigen Klängen, kleideten die trübselige Stube mit samtenen Tapeten aus, verstreuten Perlen über raue Dielen und tauchten das armselige Mobiliar eines vom Fieber dahingerafften Tagelöhners in flirrendes Gold.

Vom Glanz der Musik beseelt, vergaß Korbinian Hecht sein Schicksal und befand sich im Geiste wieder bei Hofe zwischen Damen in reichbestickten Seidengewändern, die mit Rüschen und Schleifen aufgeputzt waren. Damen die auf zierlichen Schuhen mit hohen Absätzen daher spazierten, in ihren anmutigen Händen Fächer aus feinster Spitze hielten und hoch aufgetürmte Frisuren trugen, die reinste Kunstwerke waren. Und Herren neben ihnen, in weißen Strümpfen, mit samtenen Röcken, auf denen goldene Knöpfe prangten, und unter dem glattgeschabten Kinn ein Jabot aus bester Brüsseler Spitze.

So verging Stunde um Stunde, bis ein Huschen am Fenster Korbinian aus seiner Traumwelt aufschrecken ließ. Er hielt inne und sah hinaus, entdeckte seitlich bei seinem Brunnen die »Füchsin«. Sie stand dort und presste beide Hände an ihren Busen, als müsste sie ihr Herz festhalten, damit es nicht aus ihrer Brust heraussprang. Doch als sie Korbinian am Fenster sah, rannte sie davon und verschwand drüben im Haus. Die Katze huschte ihr nach, die Tür flog zu.

Stirnrunzelnd stand er noch eine Weile am Fenster, sah zuerst auf die verschlossene Tür, dann auf sein Instrument und verstand.

Am nächsten Morgen, als die Buben zum Unterricht erschienen, gab ihm Hans Fux, der Sohn vom Schafferer-Wirt, ein Päckchen von Ignaz. »Das hat mein Bruder gestern beim Posthalter in Grassau ausgelöst, und ich soll ihm nachher das Geld mitbringen. Der Posthalter hat drauf geschrieben, was der Postillion bekommen hat, und was mein Bruder bekommt, das wissen Sie ja.«

»Danke, Hans.« Korbinian löste die Schnur vom Päckchen, faltete das Papier auf und zog einen Brief und das Rechenbuch heraus. Den Brief schob er in seine Rocktasche, das Buch hielt er hoch. »Was meint ihr, was ist das?«

»Ein Buch, Herr Lehrer!«, rief Otto Färbinger und die anderen kicherten.

»Ja, ein Buch. Aber keins, in dem man Buchstaben und Wörtern findet, wie ihr es vielleicht kennen mögt, sondern eins voller Zahlen und Rechenaufgaben. Wie man die Finger zum Rechnen zur Hilfe nimmt, habe ich euch bereits gezeigt. Jetzt wollen wir es gleich mal ausprobieren.«

»Wir haben noch nicht gebetet, Herr Lehrer!«, erinnerte ihn Toni Greimbl.

»Stimmt.« Korbinian winkte mit den Händen. »Steht auf. Wir beten.« Er betete mit ihnen das Vaterunser und das »Gebet für alles Gute«. Dann durften sie sich wieder setzen, und er ließ sie rechnen.

»Wer weiß, wie viele Kreuzer ein Gulden beziehungsweise ein Florin hat?«

»Sechzig, Herr Lehrer!«, rief Hans Fux wie aus der Pistole geschossen.

»Du sollst dich melden Hans, und nur antworten, wenn ich dich aufrufe. – Sechzig Kreuzer, ja, das stimmt. Und weiß einer auch, wie viele Batzen ein Gulden hat?«

Hans Fux hielt den Finger hoch. »Also gut, Hans, antworte.«

»Fünfzehn Batzen, Herr Lehrer.«

»Richtig. Wenn nun ein Gulden fünfzehn Batzen hat, wie viele halbe Batzen hat er dann?«

Außer Hans meldete sich keiner.

Korbinian ließ ihn nicht antworten, sondern stellte eine neue Frage: »Wie viele Gulden ergeben zwei halbe Gulden?«

Jetzt meldeten sich drei.

»Gib du die Antwort, Michel.«

Der Brandstetter-Bub stand auf. »Nur einen Gulden, Herr Lehrer.«

»Gut, Michel, denn zwei halbe ergeben ein Ganzes. Also, wenn ein Gulden fünfzehn Batzen hat, wie viel Halbe hat er dann?«

Wieder meldete sich Hans Fux, sonst keiner. Korbinian wandte sich an den Jungen und sagte: »Ich weiß, dass du die Antwort kennst. Das Rechnen hast du bei deinem Vater schon ganz gut gelernt. Aber die anderen sollen es ja auch verstehen. Also ...« Er sah seine Schüler der Reihe nach an, bis sein Blick an Vitus Schmidthauser hängen blieb. «Vitus, gib du die Antwort.«

Der Junge stand auf und starrte blicklos vor sich hin. Sein Mund war ein schmaler Schlitz, seine Hände hielt er zu Fäusten geballt.

»Wenn zwei Halbe ein Ganzes geben, heißt das umgekehrt, in einem Ganzen stecken zwei Halbe«, half Korbinian. »Wenn du also fünfzehn ganze Batzen hast, dann
hast du doppelt so viel halbe. Jetzt nimm deine Finger und
zähl ab.«

Der Blick des Buben wurde nur immer finsterer. Er
rührte sich nicht, kein Wimpernschlag, nicht einmal seine
Brust schien sich beim Atmen zu heben und zu senken.

Korbinian seufzte still in sich hinein. Die schwarze
Erde seiner Heimat floss im Blut dieses Jungen, hassen
konnte er mit so viel Kraft wie pflügen, mähen oder graben. Nur rechnen nicht. Dass einer wie der seinem Lehrer
nicht gutgesonnen war, wunderte Korbinian kaum, warum
aber die Eltern den Sohn auf die Schulbank zwangen
schon. Der hatte kein Sitzfleisch, der brauchte die körperliche Arbeit, um sein Gemüt zu besänftigen, und jedes
Folgenmüssen reizte ihn bloß zum Widerstand.

»Setz dich wieder hin, ich will euch noch einmal erklären, wie man die zehn Finger zum Rechnen gebraucht.«

Als auch der Nachmittagsunterricht beendet war und die
Schüler nach Hause gingen, kam Amrei. Zaghaft klopfte
sie an. Es war nicht üblich auf dem Lande zu klopfen, man
trat ein und machte sich durch Rufen bemerkbar, aber
rufen konnte sie ja nicht.

Korbinian ging zur Tür und öffnete.

»Komm nur herein, Amrei.« Er führte sie in die Schulstube.

Mit gesenktem Kopf stand sie vor ihm, die Hände hinterm Rücken verborgen. »Amrei«, sagte er, »sieh mich
an.« Er musste sie noch einmal auffordern, bis sie endlich
den Kopf hob und es wagte, ihm einen Atemzug lang in
die Augen zu blicken. »Amrei«, sagte er wieder, »verstehst
du mich?«

Sie nickte kaum merklich.

»Gut, du verstehst mich also.« Seine Stimme klang sachlich und sogar ein wenig streng. »Aber ich kann dich nicht verstehen, denn du sprichst ja nicht mit mir. Deshalb musst du mich ansehen, damit ich weiß, ob du mich verstanden hast. Ich muss in deine Augen schauen können, denn du bist kein Stuhl oder Kasten, den ich nach Belieben hin- und herschieben kann, sondern ein Mensch.«

Langsam hob sie den Kopf. Ihr Blick wirkte erschrocken, als hätte er ihr eine Ohrfeige angedroht.

Sofort wurde Korbinians Stimme wieder sanfter. »Hab keine Angst vor mir. Ich will dir nichts Böses. Du sollst mir helfen, weil ich mir selbst nicht helfen kann. Ich weiß noch nicht einmal, wie man ein Feuer entzündet, so ungeschickt bin ich.«

Die Angst in ihren Augen wich Erstaunen. Da lachte er. »Ja, du hast richtig gehört, ich kann kein Feuer machen, und ich kann weder kochen noch flicken oder sonst etwas in dieser Richtung. Ohne Hilfe müsste ich verhungern, und würde ich wider Erwarten am Leben bleiben, sähe ich wohl in einem Jahr heruntergekommener aus, als der ärmste Bettelmann.«

Er hatte gehofft, sie damit zum Lachen zu bringen, aber stattdessen schüttelte sie entsetzt den Kopf.

»Es ist recht trostlos bei mir«, fuhr er fort. »Ich hatte gehofft, du könntest mir helfen, mein Zuhause ein wenig gemütlicher zu gestalten.«

Sie sah sich um mit ernstem Blick, zuckte dann die Schultern, um auszudrücken, dass sie dies hier ganz normal fand, und schaute wieder zu Boden.

Korbinian seufzte. »Komm«, sagte er, »ich zeig dir die Küche und das Übrige. Du kochst für mich und lehrst mich Feuer machen und was ich sonst noch können muss. Im Weiteren entscheidest du selbst, was zu tun ist.«

Er führte sie herum. Als er die Tür zu seiner Schlafkammer öffnete, blieb sie an der Schwelle stehen und rührte sich keinen Fingerbreit weiter. Korbinian begriff. In diesem Raum war nur Platz für einen von ihnen.

Mit einem Buch setzte er sich in die Schulstube und gab vor zu lesen, doch aus den Augenwinkeln beobachtete er sie oder lauschte auf die Geräusche, die aus der Küche oder seiner Schlafkammer kamen. Das Rücken von Möbeln, das Schleifen des Besens über die Dielen, das Klappern von Pfannen und Tiegeln. Schließlich trat sie vor ihn hin, stellte eine Pfanne auf den Tisch und legte einen Löffel daneben. Korbinian kostete. Es war ein Teig, vermutlich aus Eiern, Mehl und Wasser, in viel Schmalz heraus gebacken und in Stücke gerissen. Es schmeckte recht seltsam. An das Essen auf dem Lande musste er sich erst noch gewöhnen.

Niederwessen, am 3. Oktober anno 1753

Mein lieber Ignaz,
bereits dreizehn Tage sind vergangen, seit ich hier ans dunkle Ende der Welt gelangt bin. Die Zeit erscheint mir unerträglich lang, und hätte ich meine Flöte nicht bei mir, um mich mit Musik zu trösten, ich würde schwermütig werden.

Ich möchte Dir für deinen Brief und die Zusendung des von mir erbetenen Rechenbuches danken. Du schreibst, du hast es in einer Kiste auf dem Dachboden gefunden, in der auch das alte Holzpferd liegt, das Onkel Fritz mir einmal geschnitzt hat; ich muss sieben oder acht Jahre alt gewesen sein. Wie Du Dich erinnern wirst, verletzte er sich dabei am linken Handballen. Sein Daumen blieb daraufhin steif, und ich hatte immer ein bisschen das Gefühl, schuld an seinem Unglück zu sein.

Bedanken möchte ich mich auch für den Versuch, Mutter den wahren Grund meiner Verbannung zu verschweigen. Es ist nicht gelungen, ich hatte es befürchtet. Zum Glück ist sie weder dumm noch taub und weiß darum, dass ich niemals so schlecht musizieren würde, dass man sich genötigt sähe, mich zu entlassen. Und wie es scheint, pfeifen ja in München bereits die Spatzen von den Dächern, was mir passiert ist. Am Unglück der anderen labt man sich allzu gerne!

Ich danke auch für Deinen Zuspruch. Zwischen den Zeilen konnte ich lesen, dass Du der Meinung bist, diese kleine »Erziehungsmaßnahme« sei nicht das Schlechteste für einen wie mich, der bisher vom Schicksal auf Händen getragen wurde. Man sei erst ein ganzer und guter Mensch, wenn man auch die Schattenseiten des Lebens kennen würde und sich darin bewährt hätte. Du meinst es bestimmt gut, Bruder, Du bist keiner, der sich in Schadenfreude ergeht. Trotzdem hat es mich im ersten Moment ein wenig erzürnt. Ich dachte bei mir: Da sitzt er satt und zufrieden in der warmen Stube und hat gut reden über einen, der draußen im Schneegestöber hungert und friert!

Aber am Ende hast Du ja vielleicht sogar recht. Was ist schon ein halbes Jahr Verbannung auf ein hoffentlich langes Leben gerechnet. Man hat an mir ein Exempel statuiert, und wenn ein wenig Gras über die Sache gewachsen ist, wird man mich zurückholen an den Hof. Zu sehr hat unser hochverehrter Fürst mein Klavierspiel geschätzt, gelingt mir doch der Anschlag auf diesem neuen und modernen Instrument bedeutend besser als Justus von Brandt, mit dem er, wie Du schreibst, jetzt musiziert. Ich habe ihm einmal zugehört, er besitzt kein Gefühl für das dynamische Spielen auf einem Klavier – oder sagen wir ruhig, das Temperament dafür fehlt die-

sem Langeweiler. Er zupft und streichelt es wie eine Jungfrau, statt sich ihm mit Leidenschaft hinzugeben und es mit ganzer Kraft, mit Leib und Seele zum Schwingen zu bringen.

Oh, da sind wir schon wieder beim Thema! Die Liebe! Die Leidenschaft! Ohne sie ist das Leben doch trist und eintönig. Alles, aber wirklich alles bleibt ohne Liebe und Hingabe wie die Suppe ohne das Salz. Dazu fällt mir etwas ein – eine Geschichte, die hier vor zwei Tagen passiert ist, und die ich Dir jetzt erzählen werde, damit Du etwas zu lachen hast.

Die Wessener haben für ihren Vikar, den gestrengen Herrn Winterholler, erst kürzlich auf einem Markt in Grassau ein neues Reitpferd erstanden, weil das alte sich mit achtundzwanzig Jahren nun endlich sein Gnadenbrot verdient hat. Dabei züchten sie selbst und bringen ihre Blessen auf die umliegenden Viehmärkte, aber unter den Wessener Rössern war wohl kein Passendes. Zu wertvoll die Stuten, zu wild noch die Jungen, die übrigen Hengste und Wallache allesamt eingespannt. Doch unser werter Vikar braucht ein Reittier, um schnell auch die weitabgelegenen Höfe erreichen zu können, wenn eines seiner Schäfchen das Zeitliche segnet und er ihm die letzte Ölung geben muss. Die Gemeinde ist deshalb verpflichtet, ihm das Ross zu halten, zu pflegen und zu füttern.

Das ausgediente war eine lammfromme Stute, das neue ist nun aber ein Hengst, von dem sein Vorbesitzer behauptet hatte, er sei gut zu bändigen, zuverlässig und ausdauernd. Ein paar Tage ging auch alles bestens und wurde der Rappe seinem »hochehrwürdigen« Amt als Pfarrersgaul durchaus gerecht. Doch dann traf er auf eine rossige Stute, und das Unglück nahm seinen Lauf.

Winterholler war auf dem Chronlachnerhof gewesen, der etwas außerhalb liegt, und befand sich in gemäßigtem Trab auf dem Heimweg. Etwa eine Viertelwegstunde vor dem Dorf kam ihm ein Reiter auf seiner rossigen Stute entgegen. Ein Fremder, unterwegs von Traunstein nach Kössen in Tirol, der es eilig hatte. Doch darauf nimmt die Liebe für gewöhnlich keine Rücksicht! Ross und Reiter waren noch weit voneinander entfernt, da fing des Vikars Hengst schon zu bocken an, und die niedliche Stute wieherte ihm freudig und aufgeregt entgegen. Der Hengst verfiel in Galopp, da konnte Winterholler noch so viel am Zügel reißen, sein Gaul wurde höchstens noch heftiger. Der wilde Galopp dauerte aber nur kurz, denn bei der Stute angelangt, stemmte der Hengst seine Hufe in die Erde und blieb so plötzlich stehen, dass unser Herr Vikar in hohem Bogen durch die Luft flog und nach einer doppelten Umdrehung auf dem Allerwertesten landete.

Ich sehe Dich schon lachen bei dieser Vorstellung, obwohl der gute Winterholler die Sache natürlich gar nicht lustig fand. Auch die Stute ging keinen Schritt mehr weiter, so sehr ihr Reiter auch gegen ihre Flanken klopfte und fluchte.

Inzwischen waren bereits einige Bauern zu Hilfe geeilt, die auf den Feldern gearbeitet und den Vorfall beobachtet hatten. Zu viert versuchten sie nun, den Hengst von seiner Liebsten zu entfernen. Sie zogen und zerrten an ihm, schoben und schimpften. Er seinerseits schlug und trat und ließ sich weder mit Gewalt noch mit guten Worten von der Stute trennen; im Gegenteil, er trachtete, sie zu besteigen und das zu tun, was die Natur ihm nun einmal zu tun vorgegeben hatte.

Wie Du weißt, ist solches Verhalten für den Reiter durchaus gefährlich, also sprang der Besitzer des Pferdes flugs aus dem Sattel und fluchte noch derber als schon zuvor, was dem Vikar ein: »Ich bitte Sie, Herr, mäßigen Sie ihre Zunge!«, entlockte.

Es muss, wie man sich erzählt, ein schreckliches Gerangel gewesen sein. Sechs Männer, die versuchten zwei verliebte Rösser auseinanderzutreiben, und Gott im Himmel hat dabei seelenruhig zugeschaut, ohne etwas dagegen zu unternehmen.

Oder war Gott es gar höchstpersönlich, der den Männern die »Füchsin« zu Hilfe schickte? Du erinnerst Dich, ich habe Dir bereits von ihr geschrieben. Amrei heißt sie und ist übrigens stumm. Just in diesem Moment kam sie nämlich mit ihrem Esel daher. In sich gekehrt, den Blick wie immer schüchtern und scheu auf den Boden gerichtet. Als sie jedoch erkannte was geschah und wie grob die Bauern mit den Pferden umgingen, erwachte sie aus ihrer Lethargie, schüttelte heftig den Kopf und versuchte ihnen mit Gebärden Einhalt zu gebieten. Sie hingegen beachteten Amrei nicht, bis sie auf einmal zornig dazwischen sprang und sie beiseiteschob. Endlich traten sie murrend zurück. Sie drückte einem von ihnen den Strick in die Hand, an dem sie den Esel geführt, ergriff selbst die Zügel der Stute, strich ihr eine Weile über die Brust zwischen den Vorderbeinen, worauf sie sich langsam beruhigte. Dann wendete sie das Tier und ging mit ihm Richtung Dorf. Der Hengst tänzelte neben ihr her, führen musste ihn keiner. Immer wieder wieherten sie sich gegenseitig zu. So laut hallte es durch alle Gassen, dass sich bald das ganze Dorf auf den Beinen befand, um zu sehen, was geschah. Ich selbst war gerade beim Greimbl-Bauer, um etwas abzuholen und deshalb sozusagen in der vordersten Reihe dabei, denn das Haus des Vikars ist dort gleich gegenüber.

Ein seltsamer Zug, der da in Niederwessen einmar-
schierte. Die stumme Amrei mit der Stute am Zügel, der
Hengst nebenher, ein Fremder und unser Herr Vikar im
erdbesudelten Gewand hinterdrein, und hinter den bei-
den zur Vorsicht noch zwei der Bauern als Begleitwacht,
die einen Esel mit sich führten.

Amrei brachte die Stute in den Stall, der Hengst folgte
ihr noch immer. Dort endlich konnten ihn die Männer
in einen Ständer locken und spreizten hinter ihm einen
Balken ein, damit er nicht mehr auskonnte. Anschlie-
ßend führten sie die Stute zu dritt hinaus. Einer ging
vorne und zog am Halfter, einer ging rechts und einer
links von ihr. Die beiden zur Seite spannten ein Seil um
ihr Hinterteil, um sie so nach vorne zu treiben und
damit sie den Schweif nicht heben und nicht schlagen
konnte. Kaum draußen verschloss der Vikar die Stalltür,
und nun half man dem Fremden wieder in den Sattel.

Die Sache war aber noch längst nicht ausgestanden.
Die Stute wollte sich nicht von ihrem Liebsten trennen.
Ein Getänzel war das! Zwei Schritte vor, einer zurück!
Und ein Gewieher, das ging dir durch Mark und Bein.
Es mochte eine halbe Stunde vergangen sein, da hörte
man die beiden noch immer schreien, die Stute aus der
Ferne, den Hengst im Stall, bis endlich ihre Herzen sich
beruhigten und in Niederwessen wieder die gewohnte
Ruhe einkehrte.

Noch lange habe ich an diesem Abend über die Sache
nachgedacht. Sechs Mannsbilder, die mit Kraft versuch-
ten, auseinanderzutreiben was zusammengehörte und
es doch nicht schafften. Eine junge, stumme Frau fand
die Lösung, die schlussendlich so simpel war. Man führe
die Braut heim, und der Bräutigam wird ihr folgen!

Ich persönlich hätte natürlich noch eine andere
Lösung gewusst. Die liebestollen Rösser gewähren las-

90

sen, der Natur ihr Recht zugestehen. Du siehst, lieber Bruder, bisher habe ich nicht allzu viel hinzu gelernt ...

Der Hengst wird nun wieder verkauft, und ich frage mich, ob man dem neuen Besitzer wohl reinen Wein über seine kleine Schwäche einschenken wird?

Amrei übrigens, die stumme »Füchsin«, kümmert sich jetzt um mein Wohl. Sie wird für mich kochen und mir das Haus sauber halten. Ohne sie müsste ich mich von Äpfeln, Milch und Brot ernähren, und du weißt ja, wie sehr ich Milch verabscheue.

Gewisse Grundnahrungsmittel wie Eier, Mehl, Käse oder Brot bringen mir meine Schüler hin und wieder mit, das gehört zur Vereinbarung. Des Weiteren bekomme ich vierteljährlich Schuldgeld von ihnen bezahlt. Andere Dinge muss ich beim Krämer kaufen. Salz zum Beispiel oder Gewürze. Zucker aber gibt es hier nicht. Es wird mit Honig gesüßt. Wenn irgendwo geschlachtet wird, was jedoch nicht oft der Fall ist, bekommt man Fleisch in geringen Mengen. Most haben die Bauern, Weißbier, Wein und Schnaps schenkt der Wirt aus, man trägt es dann in Kannen und Flaschen nach Hause. Brot, wenn mir das von den Schülern mitgebrachte nicht reicht, kann ich kaufen, denn es gibt einen Bäcker, und am Sonntag bekommt man an einem Stand vor der Kirche sogar Brezen. Kerzen oder Tabak, Geschirr und so weiter, verkauft ein Krämer, und alle Daumen lang kommen Hausierer an die Tür und bieten einem Krimskrams für den Haushalt an.

Hättest Du je gedacht, lieber Bruder, dass ich einmal ein solches Leben führen würde?

Für heute verabschiede ich mich und bitte Dich von Herzen, schreibe mir bald! Und wenn Du Mitleid mit mir hast, schicke mir Noten und Bücher. Und vielleicht etwas aus Deiner Apotheke, das gegen Kartharis bron-

chiale hilft, denn der gute Winterholler hustet sich sonst
noch zu Tode.

Ergebenste Grüße vom dunklen Ende der Welt,
Dein Bruder Korbinian

Was du vor dem Berg nicht hinter dir hast,
hast du hinter dem Berg noch vor dir.

8. Kapitel

Nachts im Bett war es ihm wieder eingefallen. Wie er an Michaeli auf der Flöte gespielt hatte, dann draußen ein Huschen, und Amrei am Brunnen. Ihr staunender Blick, die Hände an den Busen gedrückt, als wolle sie ihr Herz bändigen.

Als sie am nächsten Nachmittag kam, holte er statt des Buches die Flöte und spielte eine Volksweise, die seine Mutter ihm oft vorgesungen hatte, als er noch ein kleiner Junge gewesen war. Vielleicht kannte Amrei sie, denn man sang sie Landauf und Landab.

Befiehl du deine Wege
und was dein Herze kränkt,
der allertreusten Pflege
des, der den Himmel lenkt.
Der Wolken, Luft und Winden
gibt Wege, Lauf und Bahn,
der wird auch Wege finden,
die dein Fuß gehen kann.

Amrei hatte Asche auf einen der Tische gestreut, eine Bürste in Wasser getaucht, damit schrubbte sie das Holz. Doch als das Lied erklang, hielt sie mit ihrer Arbeit plötzlich inne. Sie stand mit dem Rücken zu Korbinian, er konnte ihr Gesicht nicht sehen, doch er spürte, wie die Musik sie durchdrang und sah bald ihre Schultern nach unten sacken, als würde eine Last von ihnen abfallen.

»Kennst du das Lied?«, fragte Korbinian, als er es zu Ende gespielt hatte.

Ohne sich nach ihm umzuwenden, nickte sie.

»Und magst du Musik?«

Wieder ein Nicken.

Er spielte andere Lieder. Sie schrubbte weiter. Einmal sah er, wie sie sich mit dem Ärmel verstohlen übers Gesicht wischte, als würde sie weinen, und plötzlich warf sie die Bürste hin und lief hinaus.

Sie kam erst zurück, als er sein Spiel beendet hatte.

Tags darauf legte er die Flöte auf den Tisch, setzte sich selbst aber mit seinem Buch abseits ans Fenster und las.

»Soll ich spielen?«, fragte er nach einer Weile.

Sie antwortete nicht.

Er nahm einen Korb, ging hinaus und holte Holz. Als er am Fenster vorbeikam, sah er sie am Tisch stehen, den Blick auf die Flöte gerichtet, die Hand ausgestreckt, wie um das Instrument zu berühren. Doch ohne es gewagt zu haben, zog sie die Hand wieder zurück, wandte sich ab und fuhr mit einem Lappen über die Bank.

Am nächsten Tag übte er das Flötenkonzert. Er setzte sich dazu ans Fenster, damit ihn von drüben die Rexauerin sehen konnte, denn es war ihm aufgefallen, dass sie, seit Amrei für ihn arbeitete, ungewöhnlich oft vors Haus trat und herüberschaute.

Am fünften Tag hatte Amrei, gleich als sie gekommen war, die Birnen im Garten geerntet. Nun saß sie damit am Tisch, halbierte sie, schnitt das Kerngehäuse heraus und legte die Obsthälften mit der Schnittfläche nach oben auf ein Gittergerüst, das sie von zu Hause mitgebracht hatte. Dass er immer einmal wieder zu ihr hinübersah und sie beobachtete, schien sie nicht zu bemerken.

Das ging so eine Weile, als Korbinian plötzlich sah, dass sich ihre Lippen bewegten, als würde sie singen. Ein La-la-da-dam. Dann saß sie wieder still da, schnitt Birne um Birne, und er glaubte schon, sich geirrt zu haben, da öffneten und schlossen sich ihre Lippen erneut.

Was er gesehen hatte, ließ ihm nun keine Ruhe mehr. Auch am folgenden Tag spielte er und beobachtete Amrei dabei. Das Flötenkonzert zuerst, dann »Befiehl du deine Wege«, und da geschah es wieder – ihre Lippen formten ein stummes Lied.

Am Samstag war es, als er, nachdem er ein wenig gespielt hatte, aufstand, neben sie trat und ihr die Flöte hinhielt. »Wenn du möchtest, lehre ich dich, darauf zu spielen«, sagte er.

Sie ließ den Kochbesen, mit dem sie saure Suppe rührte, in die Schüssel fallen und blickte ihn mit weit aufgerissenen Augen an. Heftig schüttelte sie den Kopf.

»Aber warum denn nicht? Du brauchst nicht zu befürchten, etwas kaputt zu machen.«

Ihr Blick ging zum Fenster, seiner folgte ihrem. Niemand stand dort, aber er begriff. Sie hatte Angst vor der Mutter.

»Keiner muss es wissen«, sagte er, sah ihr dabei in die Augen. »Musik ist ein Geschenk Gottes. Sie lässt den Toten Flügel wachsen, damit sie zu Engeln werden. Das hat mir meine Mutter erzählt, als ich noch ein Kind war; und es gibt doch Tote, die du gerne als Engel im Himmel wüsstest?« Wieder hielt er ihr sein Instrument hin. »Schau, sie ist aus dem Holz des Buchsbaumes hergestellt und aus vier Teilen zusammengesetzt. Ich habe sie erst seit ein paar Monaten, es ist ein ganz neumodisches Instrument, feiner und sauberer im Klang als die früheren Querflöten, die nur aus einem Stück bestanden und auch diese Klappe hier nicht hatten. Du darfst sie ruhig berühren, sie kann nicht kaputtgehen.«

Zuerst sah Amrei ihn an wie ein Kind, das befürchtete, Schläge zu bekommen, schließlich streckte sie zaghaft die Hand aus und legte sie auf das Instrument. Die Berührung war leicht wie die eines Schmetterlings, der sich auf einer Blüte niederlässt.

»Nimm die Flöte in beide Hände, damit du fühlst, wie leicht sie ist.« Er nickte bekräftigend, als sie ihn mit diesem ängstlich-zweifelnden Blick ansah, der ihr zu eigen war.

Sie wagte es und wog die Flöte, und plötzlich lächelte sie.

»Und jetzt führe sie einmal an die Lippen.« Er nahm das Instrument und zeigte ihr, wie sie stehen musste, wie sie es zu halten und die Lippen zu formen hatte.

Nur mit Mühe konnte Korbinian sie dazu bewegen, doch schließlich folgte Amrei seinen Anweisungen, und es gelang ihr, einen Ton zu erzeugen. Er lachte sie an. »Wunderbar! Dein erstes C. Na ja, fast.«

Sie reichte ihm das Instrument zurück und verließ den Raum so plötzlich und schnell wie ein fliehendes Pferd. Es dauerte lange, bis sie zurückkam, die Augen gesenkt und ein wenig gerötet, als hätte sie geweint.

Diesmal ging Korbinian früher zur Messe und wartete bereits auf der Empore, als Andreas Färbinger in Begleitung Chronlachners und dessen Tochter Katharina die Treppe heraufschnaufte. Er schien es auf den Bronchien zu haben, das war Korbinian schon letztes Mal aufgefallen. Ein leises Pfeifen begleitete jedes Wort und jeden Ton, der aus seinem Munde kam.

»Ah, der Herr Lehrer!« Färbinger schien sich zu freuen, ihn wiederzusehen, Chronlachner hingegen blickte ihn finster und voller Misstrauen an. »Am letzten Sonntag waren Sie so schnell verschwunden. Dann hab ich Sie vor der Kirche mit der Amrei und der Rexauerin gesehen, da wollte ich nicht stören. Ich hätte schon gern, dass Sie proben mit uns, wissen Sie, Herr Lehrer, ich bin nicht so ganz gesund, und da ist in letzter Zeit die Singerei ein bisserl eingeschlafen. Ich kann halt nimmer so wie ich möcht. Mit dem Herrn Vikar hab ich auch schon gesprochen, der ist einverstanden, dass Sie sich unser ein wenig annehmen, und wir dürfen in der Kirche proben, jeden Sonntagnachmittag und wann immer wir sonst noch Zeit finden.«

Die übrigen Sänger kamen hinzu, Färbinger sagte ihnen, dass es am Nachmittag unter der Leitung Korbinians eine Probe geben würde. Der alte Strobl, sein Sohn und die drei Frauen murrten. »Was müssen wir proben, es hat ja bisher auch immer alles gestimmt.«

»Gestimmt hat nimmer viel«, widersprach Färbinger, »und von Singen kann kaum noch die Rede sein, oder was glaubt ihr, warum man uns hinter der Hand ›Kirchschreier‹ nennt? Aber bei meiner Krankheit war's mir zu viel, mit euch zu arbeiten, das pack ich nicht mehr. Sind wir froh, den Herrn Lehrer zu haben, damit er uns wieder ein bisserl auf die Sprünge hilft.«

Vom Altar her war Klingeln zu hören, die Messe begann, somit wurde die Diskussion beendet.

Winterhollers Husten schien nicht besser geworden zu sein und wenn Korbinian den Vikar auch nicht besonders mochte, machte er sich langsam Sorgen um ihn.

Nach der Messe, als Korbinian gehen wollte, hielt ihn der Färbinger am Arm zurück. »Also, Herr Lehrer, was ist? Heut' Nachmittag zur Probe?«

Korbinian nickte schweren Herzens. Die Vorstellung, die die Kirchsinger gerade gegeben hatten und ihre bösen Blicke dazu, ließen nichts Gutes erhoffen. Da war wenig Gefühl für Musik, dafür umso mehr Widerstand gegen ihn zu spüren. »Sagen wir von zwei bis drei Uhr?«, schlug er vor.

»So früh schon?«, beschwerte sich die Pichlerin. »Da sind wir ja kaum mit dem Mittagsstall fertig.«

»Geh, was redest denn!«, hielt der Färbinger dagegen. »Hätt der Herr Lehrer jetzt drei oder vier Uhr gesagt, dann hättest geschimpft, weil dir keine Zeit mehr zum Abendbeten bleibt.«

Als Korbinian wenig später vor die Kirche trat, sah er Amrei und die Rexauers den Nachhauseweg einschlagen. Er folgte ihnen. Beim Schmied, der auf der Bank vor seinem Haus saß, blieben sie stehen, sprachen mit ihm. Korbinian ging vorbei und grüßte. Amrei blickte zu Boden, die anderen schickten ihm misstrauische Blicke nach.

Die Probe war ein Fiasko. Die Kyrierufe wurden geschrien, die Antwortgesänge waren ein seelenloses Gebrummel, von den Begleitliedern gar nicht zu sprechen. Sosehr sich Korbinian auch bemühte, den Sängern zu erklären, dass ein Lied mit Gefühl und leise vorgetragen zu Herzen ging, während es laut herausgeschrien nur die Ohren erschütterte, sie begriffen es nicht. Erst recht nicht, dass ein Auf und Ab zwischen piano und forte, getragen und dynamisch, einem Musikstück erst Seele und Charakter verlieh.

»Seele und Charakter, das hat es bisher nie gebraucht!«, erzürnte sich die Pichlerin.

»Das hat es bisher auch nie gebraucht, dass sich die Weiber zum Kirchgang so herausputzen wie deine Töchter«, sagte der Färbinger, »und doch tun sie es.«

Alle sahen auf Lisa und Resi, die rot wurden unter diesen Blicken und ihre Tücher enger um die Schultern zogen, damit man nicht sehen sollte, was für kostspieliges G'wand sie darunter trugen. Sie waren beide schon über die Zeit, und kein Hochzeiter weit und breit zu sehen. Da musste man schließlich zeigen, was man hatte.

»Ihr könntet es ja wenigstens einmal versuchen«, beschwichtigte Korbinian, »das mit dem Piano und dem Forte. Schließt einfach einmal die Augen und spürt dem nach, was ihr singt.«

»Nachspüren! Seele! Ein solcher Schmarren!« Vor Wut hatte die Pichlerin plötzlich ganz rote Flecken am Hals und im Gesicht. Sie sah ihre Töchter und ihren Mann an. »Kommt, wir gehen! Wenn es weniger sind, die singen, dann wird es schon von alleine leiser sein. Aber ich glaub nicht, dass den Wessenern dann unsere Lieder noch gefallen, schließlich waren sie bisher immer zufrieden mit dem, was wir gesungen haben.« Mit wehenden Röcken rauschte sie hinaus, die Töchter und ihr Mann folgten ihr. »Nachspüren! Seele! So ein Schmarren!«

»Will sonst noch jemand gehen?«, fragte Korbinian mit ruhiger Stimme aber in festem Ton, sah dabei von einem zum anderen. »Zum Musik machen braucht es ein Miteinander, nicht ein Gegeneinander. Die bleiben, müssen es verstehen, aber das mit dem Miteinander scheint doch nicht jedem zu liegen.«

Chronlachner sah Korbinian mit sturem Blick an. Schließlich nahm der Bauer seinen Hut, stieß seine Tochter Katharina grob Richtung Treppe und verließ mit ihr ebenfalls die Probe. Blieben sechs, von denen einer auf den Bronchien krank war. Aber lieber fünfeinhalb, die guten Willens waren, als ein ganzes Rudel heulender Wölfe.

Amrei kam erst am späten Nachmittag. Sie brachte in einem Topf Roggenknödel und Kraut mit, ein wenig Speck war hinein gekocht. Das stellte sie auf den Tisch, wandte sich Korbinian zu und ließ das Kinn sinken.

»Musst du schon wieder gehen?«, fragte er.

Sie nickte.

Korbinian gab ihr den Wochenlohn, bezahlte sieben Tage. Sie wehrte ab, zählte ihm an ihren Fingern sechs vor, denn heute hatte sie ja nicht gearbeitet.

»Das passt schon, dafür hast du mir Essen gebracht. Ich danke dir für deine Arbeit. Morgen dann wie immer.«

Er sah ihr nach, wie sie an seinen Hausgarten vorbei ging und drüben die Tür hinter sich zuzog.

Man schrieb inzwischen Ende Oktober, und Korbinian lebte bereits seit fünf Wochen in Niederwessen. Ein Herbst von ganz außergewöhnlichem Zauber war ihnen bisher beschieden gewesen. Morgens, wenn man in die Berge hineinblickte, schimmerten die Almwiesen, auf denen noch der silberglänzende Raureif der Nacht lag, als hätte einer sie mit Perlmutt überzogen. In den Gärten und Wäldern sammelte sich das bunte Laub, das der Wind von den Bäumen geweht hatte. Tagsüber zog ein Duft nach Enzian und Alpenveilchen von den Bergen herunter, doch im kalten Dunst der Nacht roch es nach schwarzer, aufgebrochener Erde. Die Bauern hatten das Winterkorn gesät und das trockene Laub zusammengekehrt, um es als Stalleinstreu zu verwenden, die Bäuerinnen auch das späte Obst noch von den Bäumen gepflückt, die Kinder derweil die Gänse und Ziegen auf den Dorfanger getrieben, wo das Vieh sich tummelte, um letzte Grassprossen vom Boden zu rupfen. Mensch und Tier, so schien es, wollten dem ausklingenden Jahr noch ein paar heitere Tage abringen.

Doch plötzlich war es vorbei mit dem Zauber. Ein eiskalter Nordwind hing auf einmal im Tal. Die Almen, die gestern noch wie Perlen geschimmert hatten, lagen unter einer weißen Schneedecke verborgen, der Himmel war düster und grau.

An diesem Morgen passierte etwas Eigenartiges.

Die Buben waren kaum in der Schulstube, Vitus
Schmidthauser und Michel Brandstetter hatten sie als
letzte betreten, da fegte Amrei herein, das Gesicht rot vor
Zorn, die Lippen zusammengekniffen. Wie eine Furie
stürzte sie sich auf Vitus und stieß ihn zurück, dass die
Milch, die er in einem Milchtopf mitgebracht hatte und
die er Korbinian gerade geben wollte, überschwappte.

»Spinnst, blöde Goaß!«, schrie der Junge sie an.

Zornigen Blickes trat Amrei so dicht vor ihn hin, dass
nur noch das Milchhaferl sie trennte, spuckte plötzlich
hinein und gab dem Vitus eine Ohrfeige. Die Kinder lachten, Vitus selbst war so perplex, dass er sich nur stumm die
Wange hielt. Erst als Amrei ohne ein Weiteres zur Tür
ging, sie aufriss und in den Flur hinaustrat, rief er ihr nach:
»Das wirst noch bereuen, du dummes Luder!«

Korbinian stand ratlos dabei. Dass ausgerechnet sie in
die Milch spuckte, die ihm Vitus mitgebracht hatte! Seinen
Schülern hätte er so etwas nicht straflos durchgehen lassen. Doch andererseits kannte er Amrei inzwischen so
gut, dass er nicht glauben konnte, dass sie dies ohne Grund
getan hatte.

Vitus stellte den Milchtopf mit einem Knall auf den
Tisch, sah Korbinian hasserfüllt an, ging dann zur Tür.

»Wohin?«, rief Korbinian ihm nach.

Der Bub antwortete nicht und wäre wohl weggelaufen,
hätte Korbinian ihn nicht gerade noch am Schlafittchen
erwischt.

»Du weißt, dass ich es dem Herrn Vikar sagen muss,
wenn du die Schulstunde schwänzt?«

»Dann sagen Sie ihm aber auch gleich, was das Luder
getan hat!«

»Nenn sie nicht Luder!« Korbinian ließ ihn los und
stellte sich vor die Tür. »Bist du wirklich sicher, dass ich
dem Herrn Vikar von der Sache berichten soll? Ich meine,

wenn wir Amrei befragen, könnte etwas herauskommen, das dir nicht zur Ehre gereicht.«

Vitus lachte auf. »Das stumme Luder kann doch nicht reden!« Hass und Schadenfreude schwangen in seiner Stimme mit.

Korbinian packte ihn noch einmal am Kragen und sah ihm fest in die Augen. »Nenn sie nicht Luder, hab ich gesagt! Und jetzt setz dich hin auf deinen Platz!«

Vitus riss sich los. »Ich nenn sie wie ich will!« Er setzte sich, verschränkte die Arme und starrte Korbinian bockig an.

Als Amrei am Nachmittag kam, fragte Korbinian: »Warum hast du das getan – in meine Milch gespuckt?«

Zuerst zeigte sie auf sich und schüttelte dabei heftig den Kopf, dann deutete sie in Richtung der beiden Tische, an denen die Schüler während des Unterrichts saßen.

Korbinian verstand nicht, was sie ihm sagen wollte, darum wiederholte Amrei die Geste noch einmal. Als Korbinian sie immer noch nicht verstand, sah sie ihn mit dem Ausdruck der Verzweiflung an, schlug plötzlich beide Hände vors Gesicht und weinte.

»Wein doch nicht!« Korbinian griff beschwichtigend nach ihrer Schulter. »Ich bin ja nicht böse auf dich.«

Sie streifte die Hand ab und lief hinaus, Korbinian blieb seufzend zurück. Wenn sie doch bloß reden könnte!

Als sie zurückkam, waren ihre Augen rot vom Weinen, ihr Blick auf den Boden gehaftet. Sie ging an Korbinian vorbei in die Kuchel, kehrte kurz darauf mit einigen Holzscheiten zurück, die sie zwei Tage lang am Herdfeuer vorgetrocknet hatte. Es war Holz von der Föhre.

Jetzt legte sie die Scheite auf den Tisch, einen Schnitzger und eine Schraubzwinge dazu, beides hatte sie von Zuhause mitgebracht, klemmte eins der Scheite mit der

Zwinge fest, griff nach dem Schnitzger, zog dünne, breite Späne vom Holz ab und schichtete sie in einen Korb.

»Was wird das?«, fragte Korbinian.

Sie deutete auf den Spanhalter, der auf der Fensterbank stand.

»Ah«, Korbinian nickte, »das werden Kienspäne.«

Er holte seine Flöte, setzte sich damit ans Fenster und spielte.

Das Spanschneiden ging Amrei flott von der Hand. Als sie alle Scheite verarbeitet hatte, stand sie auf und verschwand mit dem Korb in der Küche, um die Späne auf dem Ofen zu trocknen.

Korbinian hörte sie wirtschaften. Töpfe klapperten, Laden wurden aufgezogen, das Ofentürl schnarrte. Bald roch es nach brennendem Holz und Essen. Als sie einen Topf auf den Tisch stellte, einen Löffel und einen Kanten Brot dazulegte, stand er auf und sah nach, was es gab. Es war eine Art Soße oder dicke Suppe, die Bauern nannten das »Tauch«, darin schwammen dunkelbraune Stücke, die er nicht zuordnen konnte. »Was ist das?«, fragte er.

Sie zuckte die Schultern und deutete auf ihren Mund, was heißen sollte: Probieren Sie, Herr Lehrer.

Korbinian setzte sich, tauchte den Löffel ein und kostete. Es schmeckte süß und sauer zugleich, und die braunen Stückchen erwiesen sich als Schnitze der Birnen, die sie vor einigen Wochen geerntet und gedörrt hatte. Es schmeckte ungewöhnlich, aber nicht schlecht. Korbinian hatte etwas Ähnliches einmal bei Hofe gegessen, dort war es allerdings nicht nur süß und sauer sondern auch noch scharf gewesen.

»Gut«, sagte er, aber ich weiß, wie es noch besser schmecken könnte.« Er ging in die Küche. Erst kürzlich hatte er beim Krämer Pfeffer gekauft, die Säumer brachten ihn aus Italien mit. Er warf ein paar Körner davon in einen

Mörser, nahm den Stößel und trug beides zurück in die Stube. Dort zermahlte er am Tisch den Pfeffer und streute ihn in die Tauch, verrührte alles und kostete wieder. Es schmeckte nun viel besser.

»Komm, versuch du auch!« Er hielt Amrei den Löffel hin.

Sie zögerte, doch dann kostete sie, zuerst vorsichtig, als könne sie sich daran verbrennen, dann noch einmal mit Genuss. Schließlich lächelte sie und nickte.

»Also, dann machst du es in Zukunft immer mit Pfeffer.«

Korbinian begann zu essen. Amrei setzte sich so lange ans Fenster und sah ihm zu. Als er fertig war, räumte sie den Tisch wieder ab und wollte gehen, doch Korbinian hielt sie zurück und drückte ihr seine Querflöte in die Hand. In den letzten beiden Wochen hatte sie gelernt, die verschiedenen Tonleitern zu spielen.

»Lass die C-Dur-Tonleiter hören«, sagte Korbinian.

Sie spielte, und es klang schon recht schön. Es folgten die F-Dur und B-Dur-Tonleitern.

Damit ließ Korbinian es gut sein. »Dann lernst du jetzt ein kleines Lied«, sagte er. »Bestimmt kennst du es. Es heißt ›Taler, Taler, du musst wandern‹.«

Er spielte ihr die erste Zeile vor, Amrei spielte sie nach, versuchte es ein paarmal und konnte es bald. Die zweite Zeile folgte. Als Amrei auch diesen Teil des Liedes beherrschte, sah sie Korbinian aus glänzenden Augen glücklich an. Aber dann gab sie ihm schnell das Instrument zurück und deutete in Richtung ihres Elternhauses.

»Ich verstehe, du musst gehen. Bis morgen.«

Sie nickte, lief zur Tür und zog sie leise hinter sich zu.

Niederwessen, am 28. Oktober anno 1753

Mein lieber Ignaz,
diesmal hast Du mich lange auf einen Brief warten lassen, und ich revanchiere mich, wenn auch nicht in böser Absicht. Es gab so viel zu tun, dass ich erst jetzt dazu komme, meinen Federkiel anzuspitzen, in Tinte zu tauchen und niederzuschreiben, was ich in den letzten Wochen erlebt habe.

Man hat mich kurzerhand zum Chormeister der hiesigen Kirchsänger bestimmt. Mein Vorgänger hat es an den Bronchien und schnaubt wie ein dämpfiges Ross, kaum dass er die Treppe zur Empore hinaufsteigen kann. Er heißt Andreas Färbinger und ist ein freundlicher und bescheidener Mensch, was man von den übrigen Kirchsängern nicht unbedingt sagen kann.

Was ein Kirchsänger ist, magst Du Dich jetzt fragen – diese Spezis ersetzt die Orgel, von der man hier keine zur Verfügung hat. Sie geben Messgesänge, Psalmengesänge, Begleitlieder und Liturgien zum Besten. Zu großen Festen wie Weihnachten oder Ostern, so erklärte mir der gute Färbinger, sängen sie sogar Kantaten.

Dabei kann von Singen aber nicht die Rede sein. Die Männer schmettern aus tiefster Brust falsche Töne, die Weiber gackern dazu wie eine Schar aufgebrachter Hühner, und alle zusammen klingen etwa so harmonisch wie das aufmüpfige Geschrei einer Krähenkolonie, in die einer hineingeschossen hat.

Nun ja, das mit den Weibern hat sich inzwischen erledigt, denn als ich ihnen in aller Freundlichkeit zu verstehen gab, dass ich mit ihrer Darbietung nicht zufrieden bin, sie ein wenig verhaltener dafür aber mit Gefühl singen müssen, haben drei von ihnen den Chor unter Protest verlassen. Einer der Männer hat sich den Weibern angeschlossen, und seine Tochter, die vierte und letzte der Frauen, musste mit ihm gehen. So blieben mir nur fünf und der Färbinger mit seinen kranken Bronchien. Zu wenige, um die Kirche, die auch noch eine schlechte Akustik hat, mit Gesang zu füllen, also musste ich mich um neue Kirchsänger kümmern. Ein Mädel und zwei Knaben konnte ich für uns gewinnen, doch das reicht immer noch nicht aus.

Chormeister zu sein ist für einen wie mich, der hier fremd ist und keinen Stand hat, eine undankbare Aufgabe. Die drei Weiber, die vielleicht gehofft hatten, ich würde ihnen nacheilen und sie untertänigst bitten zu bleiben, wettern nun nach Kräften gegen mich. Hat man mich vorher schon gemieden, als wäre ich ein gemeiner Lump und Sackgreifer, so behandelt man mich jetzt geradezu wie einen Aussätzigen. Nicht alle, versteht sich, es gibt auch solche, die freundlich und dankbar sind, dass sie mich als Lehrer und Chormeister haben, doch das wiegt die Feindseligkeit der Übrigen nicht auf.

Das Mädchen, die Amrei, ist ein seltsames Wesen. So schüchtern und in sich verschlossen, wie du es dir nur denken kannst, doch dabei auf eine Art klug, wie ich es von den Frauen bei Hofe nicht kenne. Das Beispiel mit dem Hengst und der rossigen Stute mag es Dir beweisen. Und heute ist etwas Absonderliches geschehen! Da kam sie, kaum dass meine Schüler die Schulstube betreten hatten, hereingestürmt, spuckte einem von ihnen in die Milch, die er mir mitgebracht hatte, und gab ihm eine Ohrfeige. Ich habe Dir bereits geschrieben von diesem Jungen, Vitus heißt er und ist ein rechter Stinkstiefel, dem ich alles Schlechte zutraue. Einmal hat er die Verschnürung der Äste und Zweige, die Amrei auf ihrem Esel nach Hause transportierte, geöffnet, sodass alles in den Bach fiel und sie es bergen und neu aufladen musste. Damals hat sie sich nicht gegen den Jungen gewehrt, hat nur eingesteckt und hingenommen. Warum also jetzt?

Etwas muss es zwischen ihm und ihr gegeben haben, sonst hätte sie es nicht gewagt, sich mit ihm anzulegen. Nun befürchte ich das Schlimmste, denn er schwor ihr Rache. Einen solchen Rüpel ohrfeigt ein Mädchen nicht ungestraft.

Was meinst Du Bruder, kann eine, die ihr halbes Leben lang stumm war, kann so eine wieder sprechen lernen? Elf Jahre alt war sie, als Panduren vor ihren Augen die ganze Familie töteten. Die Eltern, die beiden Brüder und die schwangere Schwägerin, allesamt erstochen oder erschlagen. Ein schreckliches Blutbad muss das gewesen sein! Und sie selbst, die Amrei, entkam nur, weil sie sich in einer Korntruhe versteckt hatte. Von da an brachte sie kein Wort mehr über die Lippen, das Entsetzen hat sie stumm werden lassen.

Erinnerst Du Dich an das Lied, das unsere Mutter uns lehrte – »Befiehl du deine Wege«? Als ich es in Amreis Gegenwart auf meiner Flöte spielte, entdeckte ich, dass ihre Lippen munter auf- und abtanzten. Stell Dir nur vor, die stumme »Füchsin« singt! Ohne Laute zwar und nur wenn sie sich unbeobachtet glaubt, aber immerhin, sie singt! Auch fiel mir auf, wie fasziniert sie mein Instrument betrachtete, geradezu hingezogen schien sie mir. Da habe ich ihr gezeigt, wie man darauf spielt. Die Tonleitern beherrscht sie bereits, an einem einfachen Kinderlied versucht sie sich gerade und stellt sich gut an.

Du musst wissen, die Artikulation beim Flötenspiel entspricht der Artikulation beim Sprechen, soweit es die Zunge, den Kehlkopf oder die Lippen betrifft. Das Flötenspiel ist also in gewisser Weise eine Sprechübung für sie. Wenn sie aber das Flötenspiel erlernen kann, warum *sollte sie dann nicht auch wieder sprechen können? Viel-leicht tut sie es ja sogar schon, spricht mit Bäumen, Vögeln oder ihrem Esel, nur eben nicht mit Menschen ...*

Triffst Du Dich hin und wieder noch mit Dr. Fröbe? Hat er nicht einmal von einem Lehrbuch gesprochen, nach dem er mit Erfolg einen gehörlosen Jungen im Sprechen unterrichtet? Gehörlos ist Amrei ja nicht, also müsste es doch leichter sein, sie wieder zum Sprechen zu bewegen, als es einem beizubringen, der es nie konnte und obendrein nichts hört. Vielleicht könntest Du Dr. Fröbe den Fall einmal vortragen.

Bei dieser Gelegenheit: Danke auch für die Kräuter-mixtur, die ich unserem Herrn Vikar allerdings noch nicht bringen konnte, aber morgen werde ich hingehen. Vielleicht weißt Du ja auch noch einen Rat, was den guten Färbinger und seine kranken Bronchien betrifft. So wirst Du unversehens zum Doktor der Niederwesse-ner, lieber Bruder. Sieh es als gutes Werk an, der im Himmel wird es Dir danken.

Nun muss ich die Feder beiseitelegen. Es ist zu dunkel geworden, bei dem kümmerlichen Licht werde ich mir noch die Augen verderben. Ich werde versuchen, zwei Glaskugeln zu bekommen, die man mit Wasser füllen kann. Stellt oder hängt man sie neben der Kerze auf, verdoppelt sich durch sie das Licht. Alle Nase lang kommt ein Hausierer vorbei, mit allerlei Krimskram sind sie ausgestattet, aber was man wirklich braucht, haben sie nicht.

Für heute wünsche ich Dir eine gute Nacht, morgen schreibe ich weiter ...

Die Zeit bringt Frucht,
nicht der Acker.

9. Kapitel

Die Buben kamen seit ein paar Tagen erst um acht Uhr
zum Unterricht und blieben länger, denn es wurde später
hell, und sie wurden zu Hause nicht mehr so viel zum
Helfen gebraucht.

Als es sieben Uhr läutete, stand Korbinian auf. Er
schürte das Feuer, über dem an einem Kochbalken immer
ein Kessel mit Wasser hing, und verrichtete anschließend
seine Morgentoilette, wozu das tägliche Rasieren und das
Putzen der Zähne mit einem kleinen Schwamm und einem
Zahnstocher aus Silber gehörten. Bei den Bauern war das
anders. Sie rasierten sich nur am Sonntag, bevor sie in die
Kirche gingen, und die Zähne rieben sie, wenn überhaupt,
morgens mit einem Hanflappen ab.

Sein gepflegtes Äußeres, die ordentliche Kleidung und
sein »gespreiztes Benehmen« wurden ihm von manchen
Niederwessenern krumm genommen. Sie sagten ihm nach,
ein eitler Geck zu sein und sich für etwas Besseres zu halten. Ein paar wenige andere wiederum, vornehmlich solche die ihn persönlich kannten, verteidigten ihn. Er sei ein
freundlicher und bescheidener Mensch, und als Lehrer sei
es schließlich seine Pflicht, mit gutem Beispiel voranzugehen.

Drüben beim Rexauer waren sie um sieben Uhr schon
längst mit dem Stall und der Morgensuppe fertig. Sie hatten den Esel, zwei Rösser, die sie zu Fuhrdiensten ein-
spannten, eine Zuchtstute, eine Milchkuh, ein Ferkel, das
sie im Frühjahr anfütterten und zum Winter hin schlach-
teten, und einiges an Federvieh.

Gerade als Korbinian sich mit Brot und Käse zum Morgenmahl setzen wollte – auf den seltsamen Kaffee, den die Bauern hier tranken, oder die heiße Milch, die sie mit etwas hinein gebrocktem Brot wie eine Suppe löffelten, verzichtete er gerne – da klopfte es.

Nur Amrei klopfte, doch um diese Zeit kam sie sonst nie. Erstaunt sagte er herein. Sie hatte ein Haferl Milch dabei, das stellte sie auf den Tisch und blickte verlegen zu Boden.

»Danke, Amrei – aber das hätte es doch nicht gebraucht.«

Sie nickte, um ihm zu zeigen: Doch, das hat es gebraucht! Darauf sah sie schnell zum Fenster, zog, als sie sicher war, dass niemand sie beobachtete, ein besticktes Tuch unter ihrem Kittel hervor, legte es auf den Tisch und breitete es vor Korbinian aus.

Das Kinn fiel ihm herunter, als er erkannte, was er vor sich hatte. Nicht irgendein besticktes Stück Leinen, wie man es bei Bauern hin und wieder zur Zierde an den Wänden oder als Schleifen an Kastenbetten sah, sondern ein Stickmustertuch von allerfeinster Qualität. Seine Mutter hatte so etwas zu Haus und benutzte es als Vorlage für ihre eigenen Stickereien, aber das der Mutter war lange nicht so aufwendig gearbeitet. Gut dreißig verschiedene Bilder – Bäume, Hirsche oder Vögel – und Blumengirlanden waren auf Amreis Stickmustertuch zu sehen, sowie Zahlen und das ganze Alphabet in großen und kleinen Buchstaben. Doch das Staunen ging weiter, als Amrei anfing, auf einzelne Buchstaben zu deuten. Ein V zeigte sie an, ein I, ein T, ein U und ein S. Korbinian verstand zuerst nicht, wie hätte er auch ahnen können, dass die Buchstabenfolge einen Sinn ergab? Doch als Amrei dieselben Buchstaben noch einmal und noch einmal anzeigte, konnte es kein Zufall mehr sein – VITUS! Sie hatte Vitus »geschrieben«.

Aus großen Augen sah Korbinian sie an. »Du kannst schreiben?«

Sie nickte, und schrieb: Vitus – zuerst – Milch – gespuckt.

»Vitus hat in die Milch gespuckt?«

Wieder nickte sie, deutete dann auf sich und als nächstes auf ihre Augen.

»Du hast gesehen, wie Vitus in die Milch gespuckt hat? Und dann bist du ihm hier her nachgelaufen, um zu verhindern, dass ich die Milch trinke?«

Wieder ein Nicken, gefolgt von einem Lächeln. Sie schien froh zu sein, dass Korbinian sie endlich verstand.

Sein Blick ging wieder zum Tuch, dann fragte er: »Und woher kannst du schreiben?«

»Vater – Bruder – gezeigt« schrieb sie, deutete dann wieder auf sich und auf ihre Augen.

»Dein Vater, dein richtiger Vater, hat es deinem Bruder beigebracht, und du hast aufgepasst?« Sie nickte, und er fragte: »Und dieses Tuch hast du selbst gestickt?«

Als Antwort schrieb sie: »Ja – von – Mutter – gelernt. Zwei – Jahre – gebraucht.«

Von drüben hörten sie plötzlich ihren Namen rufen. Hastig deutete sie an, dass niemand wusste, dass sie lesen konnte, rollte dann das Stickmustertuch zusammen, schob es wieder ein und lief nach Hause.

Am Nachmittag kam sie wie üblich zum Arbeiten. Korbinian hatte inzwischen das Alphabet auf einen Briefbogen geschrieben, den legte er auf den Tisch. »So können wir uns unterhalten«, sagte er.

Aus ihren Augen sprachen Freude und Erleichterung. Aufgeregt griff sie unter ihren Kittel und zog ein kleines braunes Schreibheft hervor. Es bestand aus grobem, handgeschöpftem Papier, das in der Mitte mit einem gewachsten Faden zusammengenäht und einmal gefaltet war.

111

Korbinian schlug es auf. Es handelte sich um eine Art Tagebuch, geschrieben in steiler, etwas ungelenker Handschrift. »Hat das dein Vater geführt?«, fragte er.

Amrei bejahte und deutete auf dem Alphabetbogen an, dass sie darin immer wieder gelesen hatte, um es nicht zu verlernen.

»Darf ich ein wenig darin blättern?«

Sie erlaubte es und ging in die Küche, um zu arbeiten.

Korbinian setzte sich. Auf dem braunen Umschlag aus etwas festerem Papier stand: Georg Puchberger, auf den Innenseiten folgten akribische Notizen. Amreis Vater schien ein ordentlicher und gebildeter Mann gewesen zu sein. Fein säuberlich hatte er alles festgehalten, was ihm wichtig erschienen war. Dass er von seinem Vater einen »halben Hof« mit fünfzehn Tagwerk übernommen hatte, sein Lehnsherr war das Kloster Herrenchiemsee. Sechs Milchkühe und drei Kälber gehörten dazu, ein Zugochse, zwei Rösser, dazu einiges Klein- und Federvieh. Zwei Äcker, beide nur ein dreiviertel Tagwerk, besaß er selbst. Einer bei Raiten am Bach gelegen, der andere oben an der Landstraße beim Feldzaun. Auch zwei Krautgärten hatte er, das Almrecht auf der Jochbergalm und das Recht, sein Vieh auf die Gemeindeweide zu treiben.

Korbinian verstand kaum etwas von diesen Dingen, doch das wusste er: Bei einem halben Hof hatten die Puchbergers bereits zu den begüterten Bauern von Niederwessen gehört.

Kurz bevor die Notizen abbrachen, weil Amreis Familie zu Tode gekommen war, fand Korbinian niedergeschrieben, dass das Kloster den Hof, auf einen Drittel-Hof heruntergestuft hatte, weil die Erträge geringer geworden waren. Darüber schien Georg Puchberger erleichtert gewesen zu sein.

Korbinian ließ sich von Amrei erklären, dass das Fußmaß nicht so sehr eine Angabe über die Größe des Hofes
war, sondern vielmehr über den Ertrag, der auf einem Hof
erwirtschaftet werden konnte. Und je größer das Fußmaß,
desto mehr Abgaben hatte der Bauer zu bezahlen.

Jetzt verstand Korbinian. Er las weiter. Einige Missern-
ten schienen schuld daran gewesen zu sein, dass die Erträge
der Höfe in Niederwessen zurückgegangen waren, davon
hatte ihm ja auch die Greimbl-Bäuerin schon erzählt.
Letztendlich war dies der Grund, weshalb man so dringend einen Lehrer brauchte – die Kinder sollten lernen
und dann fortgehen, das Tal war zu eng geworden, konnte
so viele Leute nicht mehr ernähren. Die Kühe, hatte
Amreis Vater notiert, die sonst achthundert bis tausend
Liter Milch gegeben hatten, gaben nur noch sechs- bis
achthundert. Die Heuernte war in manchen Jahren so
gering ausgefallen, dass er und andere Bauern zukaufen
mussten, sollte das Vieh nicht Hunger leiden. Die Hochwasser in den Tallagen hatten das Korn verdorben. Durch
die dichten Schneedecken auf den höher gelegenen Äckern,
die in schweren Jahren bis weit in den April hinein liegen
geblieben waren, konnte nicht rechtzeitig gesät und also
auch nicht geerntet werden.

Auch über die schwere Arbeit in den Wäldern, über läs-
tige Scharwerksleistungen und das oft gefährliche Vorspannen hatte Amreis Vater geschrieben oder über Famili-
enereignisse, wie die Geburt seiner Kinder oder die Hoch-
zeit seines ältesten Sohnes Michel.

Ein Abschnitt interessierte ihn besonders. Es ging um
Amrei. *Sie ist die Klügste von all meinen Kindern*, hatte
Georg Puchberger geschrieben, *so klug, dass ich mich
frage, warum unser Herrgott nicht einen Buben aus ihr
gemacht hat, damit sie lernen und was werden kann, aber
er wird in seiner Güte schon wissen, was er tut.*

113

So sehr hatten Korbinian die Aufzeichnungen in Beschlag genommen, dass er gar nicht bemerkte, wie die Zeit verging. Plötzlich stand Amrei vor ihm und stellte eine Pfanne auf den Tisch, darin waren Bratkartoffeln mit Zwiebeln in Schmalz gebacken, einen Wecken Brot legte sie daneben.

Sie freute sich und lachte, als sie sah, dass es ihm schmeckte. So fröhlich und aufgekratzt hatte er sie noch nie erlebt! Doch als er ihr erklärte, dass er die Sache mit Vitus dem Vikar melden müsse, trat ein Ausdruck von Panik in ihr Gesicht, und sie schüttelte heftig den Kopf.

»Doch«, beharrte er, »ich muss es tun. Ich bin dazu verpflichtet. Wenn eines der Kinder zu Hause etwas davon erzählt, und es zieht Kreise ...«

Er brach ab, als er sah, dass Amreis Kopf auf ihre Brust sank und Tränen in ihre Augen traten. »Gut«, sagte er. »Ich rede nur mit Vitus' Eltern über sein Vergehen. Und ich werde ihnen nicht sagen, dass ich es von dir weiß. Überhaupt werde ich Stillschweigen darüber bewahren, dass du schreiben und lesen kannst, das verspreche ich dir hoch und heilig.« Er gab ihr die Hand darauf, die sie nur zögernd nahm.

Als sie wenig später nach Hause ging, war sie wieder so schüchtern und verschlossen wie zuvor.

Die Hofstelle des Vikars lag nicht weit vom Greimbl-Bauern entfernt. Sie war klein, und im Stall gab es nur Platz für ein Schwein, ein paar Hühner und das Ross, um das sich die Niederwessener gemeinschaftlich kümmerten, das war so verbrieft. Doch Hühner oder gar ein Schwein hielt sich Winterholler nicht, denn er aß beim Mesner mit und bestellte auch kein Land, dass er für sein Vieh Korn, Futterrüben oder Erdbirnen hätte anbauen können. Die Landwirtschaft lag ihm nicht.

Zum Glück war Winterholler zu Haus. Schon von draußen hörte Korbinian ihn husten. Er fand ihn in der Stube. Einen dicken Schal um den Hals gewickelt, las er in einem Buch, das er bei Korbinians Eintreten zuschlug und auf die Vorderseite legte, damit man den Titel nicht lesen konnte.

»Gott zum Gruße!« Korbinian nickte dem Geistlichen zu, der zurückgrüßte und ihm einen Platz anbot.

Er setzte sich und legte ein weißes Säckchen auf den Tisch. »Das habe ich Ihnen mitgebracht, Herr Vikar, und einen schönen Gruß von meinem Bruder dazu. Sie möchten täglich einen dicken Pflück von diesen Kräutern mit einem Becher kochendem Wasser aufgießen, den Aufguss eine Viertelstunde lang ziehen lassen, die Kräuter dann herausseihen und das Ganze über morgens, mittags und abends verteilt trinken. Der Vorrat müsste bis Weihnachten reichen, dann sollte Ihr Husten auch ausgeheilt sein.«

Winterholler sah das Säckchen an, dann sein Gegenüber. »Darum hatte ich Sie nicht gebeten.«

Korbinian konnte sich ein Schmunzeln nicht verkneifen – nur nichts annehmen, niemandem dankbar sein müssen! »Heißt es nicht bei Jacobus im Neuen Testament: ›Denn wer da weiß Gutes zu tun und tut's nicht, dem ist's Sünde‹«, sagte er. »Erwarten Sie also, dass ich mich versündige gegen Gott und seinen Diener?«

Winterhollers Backenmuskeln spielten. Worüber ärgerte er sich? Dass Korbinian recht hatte? Dass er das letzte Wort behielt? Was war er doch für ein sturer Mensch, dieser Gottesmann!

»Und was führt Euch außerdem zu mir?«, fragte Winterholler.

»Bitten wollte ich Euch«, auch Korbinian wählte nun die förmlichere Anrede, »dass Ihr mir zu weiterer Kirch-

115

sängern verhelft. Noch zwei Frauen- oder Knabenstimmen fehlen mir und einen Bass bräuchte ich als Ersatz für den Chronlachner. Ich dachte, Ihr könntet von der Kanzel aus für den Chor werben.«

Winterholler nickte. Er hatte selbst bemerkt, dass der Gesang nun harmonischer klang, aber leider viel zu dünn. »Vielleicht hättet Ihr die Pichlerin und ihre Töchter nicht so hart anpacken sollen!« – Das kam ausgerechnet von einem, der mit einem vierzehnjährigen Buben nicht gerade zimperlich umging.

»Was zu sagen war habe ich mit aller Freundlichkeit gesagt, doch die Frauen waren voller Widerworte, und so gab eins das andere. Ich finde, wer verteilt wie die Pichler-Bäuerin sollte auch einstecken können.«

Winterholler seufzte. »Ich weiß, das kann sie nicht. Wenn es um sie geht, ist sie empfindlich wie ein rohes Ei.« Er wechselte das Thema. »Weihnachten steht ja schon bald vor der Tür. Dürfen wir zur Christmette mit einem festlichen Chor rechnen?«

»Ich werde mein Bestes tun, doch versprechen kann ich nichts.«

»Darf ich dann wenigstens mehrstimmige Fürbitten erwarten?«

Das sagte Korbinian dem Vikar zu und fragte: »Wird denn nur am vierundzwanzigsten Dezember und nicht auch am sechsundzwanzigsten ein Hochamt sein?«

»Nein, da gehen die Niederwessener nach Grassau. Es ist Pflicht, dass sie an drei Festtagen im Jahr dem Pfarrgottesdienst in Grassau beiwohnen. Meine Kirche ist ja nur eine Filialkirche.«

»Aha.« Korbinian stand auf. »Dann störe ich jetzt nicht länger.«

Die beiden Männer reichten sich die Hand, Korbinian setzte seine Mütze auf und trat vors Haus.

»Übermorgen«, sagte Winterholler noch, der ihn nach draußen begleitet hatte, »werde ich nach Grassau reiten. Wenn Sie einen Brief zu bestellen haben, nehme ich ihn gerne mit.«

Korbinian hob erstaunt den Kopf – so viel Hilfsbereitschaft plötzlich? »In der Tat wollte ich meinem Bruder noch schreiben.«

»Dann richten Sie ihm bitte auch meinen Dank aus.«

»Gerne.«

»Und den Brief bringen Sie mir morgen. Sollte ich nicht da sein, legen Sie ihn einfach auf den Tisch.«

Der Hof der Schmidthausers lag nicht weit von der Stelle entfernt, an der Vitus Amrei und den Esel traktiert hatte. Über den Wössner Bach, dann rechts auf einen schmalen Weg und noch etwa vierhundert Schritte gegangen. Er war groß und gehörte einst wohl zu den stattlicheren Höfen Niederwessens, wirkte aber heruntergekommen. Unrat lag herum, die Schweine, die in einem Pferch gleich beim Stall frei liefen, suhlten sich im eigenen Dreck, eine Kuh, zaundürr und ungepflegt, weidete im Obstgarten und man sah, dass ihre Klauen schon lange nicht mehr abgestemmt worden waren.

Der Junge, der Vitus, stand bei den Schweinen und gab ihnen aus einem Eimer Futter. Er hatte Korbinian bereits entdeckt. »Was wollen S'«, fragte er unwirsch seinen Lehrer.

»Mit deinen Eltern sprechen.«

»Das geht nicht.« Er stülpte den ausgeleerten Eimer über einen Zaunpfosten, betrat das Haus und zog die Tür hinter sich zu.

Korbinian schloss die Augen mit einem Seufzen. Natürlich konnte er sich das nicht bieten lassen, also folgte er dem Jungen, schob die Tür wieder auf und rief in den

Fletz hinein: »Ich bin es, Korbinian Hecht – der Lehrer. Ich möchte mit dem Vater von Vitus sprechen!«

Die erste Tür rechts vorne wurde geöffnet und Vitus erschien. »Das geht nicht, das habe ich doch gesagt.« Er sprach leise, so als schliefe jemand, den er nicht wecken wollte. »Mein Vater ist nicht da.«

»Und wann kommt er zurück?«

Vitus zuckte die Schultern.

»Und die Mutter?«

»Die ist krank, mit der können S' nicht reden.«

»Wer ist denn das?«, hörte Korbinian nun eine Frauenstimme aus dem Zimmer, in dessen Tür Vitus sich aufgebaut hatte.

»Ach nichts, bloß ein Hausierer.« Vitus wollte Korbinian die Tür vor der Nase zuschlagen, aber der hielt den Fuß dazwischen. »Vitus, so geht das nicht! Du lässt mich jetzt zu deiner Mutter, oder ich muss den Vikar einschalten.«

Widerwillig gab Vitus die Tür frei. In der Stube an einem Tisch, der vor Dreck strotzte, saß ein kleines Mädchen, vielleicht vier Jahre alt; auf einem Kanapee unterm Fenster lag eine Frau, mit einer schmuddeligen Decke zugedeckt. Sie streckte, als sie Korbinian sah, beide Arme nach ihm aus. »Da bist du ja, Johannes!«

»Mein Name ist Hecht, Korbinian Hecht«, sagte er und trat auf sie zu.

Die Frau lachte fröhlich. »Ja, das ist gut, wenn du einen Hecht gefangen hast, die Maria wird ihn uns schon braten. Und Kartoffeln dazu, das wird ein Fest!«

Vitus legte ihr die Decke, die heruntergerutscht war, wieder über. »Jetzt haben Sie es selbst gehört, mit meiner Mutter kann man nicht reden, also können Sie auch wieder gehen.«

Korbinian wusste, dass jedes weitere Wort sinnlos sein würde. Mit einem Gruß verließ er das Haus. Kaum draußen hörte er, wie von drinnen ein Riegel vorgeschoben wurde. Noch einmal sah er sich um. Der Dreck überall ekelte ihn an, und er wollte nicht daran denken, Milch von dieser ausgemergelten Kuh zu trinken, die das Mädchen drinnen am Tisch viel nötiger hatte. »Bringst mir ab morgen ein Ei mit, das reicht!«, rief er durchs Fenster und ging.

Sein Heimweg führte ihn beim Bauernkramer vorbei. Er war gerade auf Höhe des Anwesens, als Anna Greimbl mit einem Korb am Arm aus dem Laden trat.

Sie begrüßte ihn. »Wo kommen S' denn her, Herr Lehrer?«, fragte sie, um ein paar freundliche Worte zu wechseln.

»Ich war bei Vitus Schmidthauser, wollte mit seinen Eltern sprechen.«

Anna Greimbls Gesicht verfinsterte sich. »So, beim Schmidthauser. Haben Sie die Eltern angetroffen?«

»Nur die Mutter, aber sie ist wohl krank? Und was ist mit dem Vater? Er war nicht zu Hause, wo kann ich ihn denn finden?«

Die Greimblin wich seinem fragenden Blick aus. »Zu Hause war er wohl schon, aber ...« Sie brach ab.

»Aber was?«, drängte Korbinian und als sie immer noch nicht antwortete: »Ich glaube, ich sollte als Lehrer von diesem Jungen wissen, was los ist.«

»Einen Rausch wird der Schmidthauser halt haben, den er gerade irgendwo ausschläft. In irgendeiner Kammer, im Stall oder droben im Heu. Wo er gerade hinfällt, da bleibt er liegen. Seit zwei Jahren säuft er, mal mehr, mal weniger. Seit damals, seit dem Unglück.«

»Was für ein Unglück?«, hakte Korbinian nach.

Die Greimblin erzählte es ihm endlich. »Es begann damit, dass die beiden älteren Söhne im Krieg geblieben sind, dann ist die Tochter, die Maria, an einer Lungenentzündung gestorben. Darüber sind der Schmidthauser und seine Frau schon bitter geworden, und er hat oft getrunken und seine Frau und die vier Kinder geschlagen, die ihnen noch geblieben sind. Vor zwei Jahren hat's dann auch die Ursel und den Peter erwischt, da waren sie neun und zehn Jahre alt, und der Vitus war zwölf. Der Schmidthauser, damals noch einer der Vierer, hat die Kinder im Winter mit dem Schlitten auf seine Alm geschickt, um den Mist aufzuladen und zum Hof ins Tal zu bringen. Das tut man vornehmlich im Winter, weil da Zeit ist und es mit dem Schlitten einfacher geht als mit dem Fuhrwerk. Vielleicht hat der Vitus zu hoch aufgeladen, oder der Schlitten ist in der Kurve aus den Furchen geraten, jedenfalls ist er umgekippt und der Mist hat den Peter und die Ursel unter sich begraben. Der Vitus hat verzweifelt versucht, sie freizubekommen, aber so ein Junge mit zwölf Jahren ...« Sie schüttelte den Kopf und machte eine wegwerfende Handbewegung. »Jedenfalls sind die beiden Kinder jämmerlich unter dem Mist erstickt, und am schlimmsten war für die Eltern, dass sie ohne Absolution gestorben sind. Die Mutter hat daraufhin den Verstand verloren und der Vater, der säuft sich seitdem ins Grab.«

»Und wer kümmert sich jetzt um alles? Um Vitus, seine kleine Schwester, den Hof?«, fragte Korbinian.

»Es gibt niemanden, der sich kümmert. Zuerst haben wir versucht zu helfen, aber der Schmidthauser hat uns beschimpft und davongejagt, als wären wir das letzte Pack. Irgendwann haben wir aufgegeben und sie alleine wirtschaften lassen. Natürlich tun uns die Kinder leid, aber was soll man machen? So versoffen der Alte auch ist, er hat immer noch das Hausrecht, und der Hof gehört ihm selbst, also kann auch kein Lehnsherr einschreiten. Ich hab einmal zu Vitus gesagt, wenn du Hilfe brauchst, nehme deine Schwester und komm zu uns. Aber der steckt lieber die Prügel ein, als dass er seine Mutter alleine lässt.«

Eine Weile stand Korbinian still da und starrte ratlos auf seine Schuhspitzen. »Aber warum geht er dann überhaupt in die Schule, wenn er es gar nicht will?«

»Was der will oder nicht will, das interessiert seinen Vater doch nicht! Der sagt, er soll in die Schule gehen und später einmal auf die Lateinschule und dann Pfarrer werden, nur so könne er vielleicht das Unglück vergelten, das er über die Familie gebracht hat und Gott versöhnen. Aber an einen Gott glaubt der Junge doch gar nicht und von hier weggehen und Pfarrer werden, das will er schon erst recht nicht! Wenn er aber nicht gehorcht, dann bekommt es nicht nur er, sondern auch seine Mutter zu spüren.« Die Greimbl-Bäuerin wedelte mit der Hand, als würde sie jemandem ins Gesicht schlagen. »Und die Prügel und Demütigung, die er daheim erfahren muss, gibt er dann an andere weiter. Da sind die Menschen nicht besser als die Tiere, es wird immer von oben nach unten getreten und gebissen. Freilich tut mir der Bub leid, aber mittlerweile ist er so heruntergekommen, dass ich ihm alles Schlechte zutraue.«

»Und die Mutter? Kann man ihr nicht helfen?«

Anna Greimbl zuckte die Schultern. »Die Mutter ist von denen noch am glücklichsten, weil sie ja nichts mehr von ihrem Unglück weiß.« Sie sah Korbinian eine Weile nachdenklich an, dann sagte sie: »Ich glaube, Herr Lehrer, Sie wollen allen helfen – der Amrei auch. Aber manchmal ist es besser, die Dinge so zu belassen wie sie sind. Man sagt, aus grobem Hanf lässt sich keine Seide spinnen.«

Korbinian zog die Stirn in Falten. »Und wenn es eine Möglichkeit gäbe, dass Amrei wieder spricht? Würden Sie da nicht helfen wollen?«

»So wie es Gott gerichtet hat, so ist es gut, ob es uns nun gefällt oder nicht.« Sie nahm ihren Korb auf, den sie zwischendurch abgestellt hatte. »Ich muss jetzt gehen, Herr Lehrer.« Sie nickte ihm einen Gruß zu machte sich auf den Weg.

Noch am selben Abend setzte sich Korbinian hin und schrieb den angefangenen Brief an seinen Bruder zu Ende.

Niederwessen, am 29. Oktober anno 1752

Ignatz, Du wirst es nicht glauben, was ich seit gestern alles erlebt habe. Und da dachte ich, als man mich nach Niederwessen verbannte, dass ich mich dort zum Sterben langweilen würde. Heute in der Früh, ich saß gerade bei meinem kargen Morgenmahl, kam plötzlich Amrei zu mir. Sie stellte eine Schale Milch auf den Tisch, als Ersatz für die, in die sie mir am Tag zuvor hineingespuckt hatte, dann zog sie ein kunstvoll besticktes Stickmustertuch unter ihrem Kittel hervor und breitete es vor mir aus. Du kennst solche Tücher, auch unsere Mutter besitzt eins. Darauf sind alle möglichen Muster vorgestickt, ebenso Ziffern und Buchstaben als Vorlagen für Monogramme, Jahreszahlen und Sprüche. Das legt sie also hin und deutet auf verschiedene Buchstaben. Sie musste es dreimal tun, ehe ich begriff, dass die angezeigten Buchstaben einen Sinn ergaben – VITUS! Sie hatte mir den Namen des Jungen angedeutet! Als ich endlich begriff, dass sie schreiben kann, ging es so fort. Sie deutete auf Buchstaben, die Wörter ergaben, und ich erfuhr, dass Vitus auf dem Weg zur Schule in die Milch gespuckt

und sie es beobachtet hatte. Nur deshalb also ihre Aktion
– sie tat es, damit ich die Milch nicht trank! Damals, als
Vitus sie und ihren Esel angegriffen hatte, nahm sie alles
wehrlos hin, doch mich verteidigte sie so vehement, wie
eine Stute ihr Fohlen!

Ich fragte sie natürlich, woher sie schreiben und lesen
kann, und sie erklärte mir, ihr Vater hätte es ihrem Bruder beigebracht und sie hätte gut aufgepasst und es so
ebenfalls gelernt. Dann legte sie mir ein Heft vor, das ihr
Vater geführt hatte, eine Art Tagebuch. Darin las sie all
die Jahre seit seinem Tod, um das Erlernte nicht zu vergessen.

Was geht wohl in einem Menschen vor, der sich seinen
Mitmenschen und der äußeren Welt entzogen hat? Der
eine mag sich aufgegeben haben, so wie Vitus, der andere
aber im Innersten nach den Schätzen graben, die Gott
ihm schenkte. Das ist Amrei! Sie ist klug und voll der
Liebe für alle Kreaturen – nun ja, vielleicht nicht für die
Menschen, aber wen wundert es? Die Menschen haben
ihr angetan, was nicht einmal der schlimmsten Bestie
einfiele, denn ein Tier mordet aus Hunger oder um die
eigene Art zu erhalten, niemals aber aus Hass, Neid
oder Missgunst.

Du wirst ahnen, dass mir das gewünschte Lehrbuch
von Johann Konrad Ammann nun noch wichtiger ist.
Wie schön wäre es, wenn ich diese junge Frau zum Sprechen bewegen könnte!

Jaja, ich höre Dich schon antworten – Dich, den Älteren, den Vernünftigeren: Was geht es dich an, was mischt
du dich ein? Etwas Ähnliches hat mir Anna Greimbl
auch gesagt. Es sei besser, die Dinge in ihren gewohnten
Bahnen laufen zu lassen. Ich bin da anderer Meinung.
Dort wo Stillstand ist, herrscht der Tod.

Von Winterholler soll ich Dir übrigens ein Dankeschön ausrichten. Heute Nachmittag suchte ich ihn endlich auf, um ihm den Aufguss zu bringen, der ihm hoffentlich helfen wird. Er hat mich angefaucht wie ein Kater, dem du seine Beute entreißen willst. Zu gerne wüsste ich, was hinter seiner griesgrämigen Maske steckt. Hin und wieder lächelt er, und dann ist es mir, als ginge ein Vorhang auf, der einen verbirgt, den keiner kennt, nicht einmal er selbst.

Eigentlich hätte ich dem Vikar von Vitus' Spuckangriff berichten müssen, doch Amrei hat mich unter Tränen, es nicht zu tun. Warum, ist mir nicht so ganz klar. Will sie den Jungen schützen? Oder hat sie Angst, Winterholler könne mich zwingen, ihm zu verraten, woher ich meine Informationen über diese gemeine Tat habe? Im Ort weiß nämlich niemand, dass Amrei lesen kann, nicht einmal die Rexauers, die sie an Kindesstatt aufgenommen haben. Auch das verstehe ich nicht – warum verheimlicht sie es?

Dies alles, Bruder, geht nicht spurlos an mir vorüber. Als Musiker im Fürstlichen Schloss schlief ich so gut und fest wie ein Bär zur Winterszeit. Hier in meiner armseligen Hütte liege ich oft Stund um Stund wach, grüble und komme mir recht schlecht vor, obwohl ich doch niemandem etwas schuldig bleibe. Wie lebte ich dort in München in Saus und Braus und hatte keine Ahnung von all dem menschlichen Leid, das mir hier begegnet. Ja, auch in München wird es welche geben, die krank oder einsam sind, frieren und hungern müssen, sich schlagen und im eigenen Sumpf dahinvegetieren, aber wir sehen sie nicht und leben gedankenlos in den Tag hinein. Damit ist es bei mir ab jetzt vorbei. Die Welt ist dieselbe geblieben, aber mein Blick auf sie verändert sich, seit ich in dieser Abgeschiedenheit gezwungen bin hinzusehen, ob mir das nun gefällt oder nicht.

Und wieder einmal ist es über meinen Brief an Dich Nacht geworden. Es ist zu dunkel, um noch zu schreiben, der Magen knurrt mir, und ich friere. Im Schloss wird wohl gerade musiziert. Hunderte Kerzen erhellen die Flure und Säle, und eilfertige Diener servieren Kaffee, Likör und Leckereien.

Was wohl die Schöne gerade tut, der ich meine Verbannung zu verdanken habe?

Grüß mir die Mutter von ganzem Herzen. Du wirst ihr schon das Rechte berichten und weglassen, was sie besser nicht erfahren sollte.

Dein Bruder Korbinian

PS: In der Truhe in meinem Zimmer, zu Hause bei der Mutter, da findest Du meine alte Querflöte. Ich wäre Dir dankbar, würdest Du sie mitschicken. Und was Du an Noten finden kannst, lege bitte ebenfalls bei. Irgendwann werde ich Dir vergelten können, was Du in diesen schweren Zeiten für mich getan hast.

Und die Angst beflügelt
den eilenden Fluss.

10. Kapitel

Amrei stellte ein Schüsselchen mit Hagebutten auf den Tisch, legte das Alphabet daneben und erklärte Korbinian, dass es einen strengen Winter geben würde, denn in der Nacht vor Michaeli sei es sehr hell gewesen, und dass er darum Hagebutten sammeln müsse. Sie gab ihm zu verstehen, wo er sie finden konnte und deutete ihm weiter an, er müsse sich einen Vorrat an Honig, Mehl, Rüben und Eier besorgen, letztere wolle sie ihm einlegen. Dazu hob sie flehentlich die Hände – er sei zu unbesorgt, er müsse an den Winter denken.

Korbinian versprach es ihr, holte die Flöte und ließ sie spielen. Ein paar einfache Lieder beherrschte sie inzwischen. Sie hatte ein gutes Gespür für Musik, lernte schnell und spielte mit Hingabe. Wenn sie mehr Zeit hätte zum Üben, als die paar Minuten zwischen Putzen und Kochen, sie könnte bald schon die Kirchsänger auf seinem Instrument begleiten. Dieser Gedanke ließ ihn nicht mehr los, doch er befürchtete, wenn er vorschlug, mit ihren Eltern darüber zu reden, würde sich Amrei wieder zurückziehen und am Ende gar nicht mehr spielen.

Am Sonntag erschien Katharina Chronlachner zur Gesangsprobe. »Wenn Sie mich wieder nehmen wollen, Herr Lehrer«, sagte sie mit niedergeschlagenen Augen, »dann würde ich gerne wieder mitsingen.«

»Du weißt ja, was ich von euch erwarte«, antwortete er, »wenn du bereit bist, dich einzufügen, bist du herzlich willkommen.«

»Ich singe gerne und ich habe sonst nichts, worüber ich mich freuen könnte. Alles was Sie erwarten, tu ich dafür.«

»Und dein Vater, der hat es erlaubt?« Korbinian hatte inzwischen schon so manches über den Chronlachner und seine Familie gehört. Dass er ebenso jähzornig war wie begütert. Dass er zu Hause wie ein Patriarch regierte und nichts gelten ließ, was ihm gegen den Strich ging. Dass er Katharina schon zweimal verheiraten wollte, sie sich aber weigerte, obwohl sie woanders bestimmt ein besseres Leben hätte, als zu Hause bei ihrem Vater und den Brüdern, von denen der Jüngste ein Aufschneider war, der Zweitälteste nicht ganz klar im Kopf, und der Älteste, der vor elf Jahren den Puchberger-Hof übernommen hatte, als verkommenes Subjekt galt. Er trank und raufte, er schlug Frau und Kinder, und das Fluchen konnte er besser als seine Felder bestellen.

»Ich bin dreißig Jahre alt«, antwortete Katharina, »für jeden Bissen, den ich esse, für jedes G'wand, das ich trage, habe ich schwer gearbeitet. Da lasse ich mir nicht mehr sagen, was ich tun darf und was nicht.« Hatte sie soeben noch demütig zu Boden geblickt, erhob sie bei diesen Worten stolz den Kopf. »Dann gehe ich eben, als Magd finde ich allemal einen Platz.«

Korbinian nicke. »Wie gesagt, du bist herzlich willkommen.«

Schnell wurde deutlich, dass Katharina nicht nur die Liebe zum Singen besaß, sondern auch Begabung. Er ließ sie die Tonleitern hinauf und hinunter singen und zeigte ihr, wie sie mit Übungen ihr Tonvolumen nach oben hin ausweiten konnte. Am Ende der Stunde ging sie beseelt und mit roten Wangen nach Hause.

Ein anderes Mädchen, Kristin Weißner hieß es und war erst vierzehn Jahre alt, hatte sich ebenfalls zu den Kirchsängern gesellt, dazu Fridolin, ein Junge von zwölf Jahren.

Zu dritt ließ er sie die hohen Stimmen singen und gab den Männern die tiefen vor, er selbst sang Tenor. Bereits nach wenigen Wochen konnten sich die liturgischen Gesänge durchaus hören lassen, und Korbinian machte sich daran, etwas Festliches für den Weihnachtsgottesdienst einzustudieren.

Hagebutten fand er dort, wo Amrei gesagt hatte, Honig, Mehl und Rüben besorgte ihm Wolf Greimbl, Eier bekam er jedoch nur wenige, die Hühner legten kaum noch. Auch was die Schüler ihm mitbrachten wurde geringer, die Regale bei den Krämern lichteten sich, und nach und nach blieben sogar die Säumer aus, die das Jahr über Wein, Schmalz und Gewürze aus dem Süden mitgebracht hatten.

Gegen Ende November hatte Amrei ihm einen Vorrat angelegt, mit dem er hoffte, über den Winter zu kommen. Auch hatte sie ihm Leder und Felle besorgt, mit denen er die Fenster abhängen konnte und einige Wachskerzen mitgebracht, die sie selbst gezogen hatte.

Dann kehrte mit aller Macht der Winter ein. Das Schneegestöber fiel so dicht, dass kein Weg, kein Hof und kein Berg mehr zu sehen war – ringsum nichts als weiße Unendlichkeit. Wer unterwegs sein musste, hatte sich durch meterhohe Schneewehen zu kämpfen. Jeder Schritt kostete enorme Kraft, jeder Atemzug schmerzte, und wo der scharfe Wind nicht an heiße Wangen kratzte, stachen die Flocken wie tausend Nadeln.

Trotzdem kamen die Kinder zur Schule. In Korbinians armseliger Hütte zog es durch alle Ritzen. Er heizte ein, doch es half nicht viel. Sie saßen mit Jacken und Mützen auf den Bänken und zählten an klammen Fingern ihre Rechenaufgaben ab. Schlotternd buchstabierten sie und lasen, was Korbinian ihnen an seiner neuen Schultafel vorschrieb. Wörter wie Salz, Brot, Holz oder Wiese, Gebete und Kinderreime.

Wohlauf ihr klein Waldvögelein,
die ihr in Lüften schwebt,
stimmt an, lobt Gott den Herren mein,
singt all, die Stimm erhebt!

Er sang auch mit den Kindern, obwohl das nicht zum Unterricht gehörte, und als Winterholler davon erfuhr, war er ärgerlich. Doch Korbinian sagte ihm, es sei wichtig dass Stimmen schon im Kindesalter gebildet werden und wenn er gute Kirchsinger wolle, müsse man dafür etwas tun.

Der Jüngste vom Hörterer fing an zu husten, und täglich wurde es schlimmer. Korbinian ließ seinen Eltern ausrichten, er solle zu Hause bleiben und sich auskurieren. Drei Tage später läuteten die Sterbeglocken, und der kleine Hörterer kam nie wieder.

Dann war der Spuk so schnell vorbei wie er gekommen war. Ein warmer Wind zog auf, die Berge standen plötzlich wieder klar und scharf in der feuchten Luft. Auf den Hängen sammelte sich unter den Schneedecken Schmelzwasser und ergoss sich in die Bäche, die es ins Tal herunter leiteten, und auf der Hochplatte hörte man die Lawinen donnern.

Da war es Mitte Dezember.

Korbinian arbeitete mit seinem Chor an zwei Stücken. Das eine »Ein Lied für sechs Stimmen« von Cristofaro Caresana, das andere »Uns ist ein Kind geboren« von Johann Kuhnau. Natürlich besaß er keine Noten und hätte er sie auch besessen, seine Sänger hätten sie nicht lesen können. Er sang oder spielte ihnen jede Stimme auf seiner Querflöte vor, ließ sie einzeln proben und führte sie schließlich zusammen.

Nachdem Winterholler am ersten Advent einmal zugehört hatte, richtete er es ein, auch zukünftig während der

Proben in der Kirche anwesend zu sein. Er machte sich an seinem kleinen Altar zu schaffen. Er blätterte in der Bibel. Er kniete auf einem der Betstühle, die Stirn auf den gefalteten Händen, hustete und lauschte. Noch schlichen sich falsche Töne ein, noch brachen Stimmen weg, und doch hörte man bereits, was möglich war.

Musik ist die Sprache der Liebe. Musik kommt von Gott. Musik vermag das auszudrücken, was Worte nicht sagen können.

Der dort auf seinem Betstuhl kniete und lauschte, das war nicht der Vikar, das war Winterholler, der Mensch, der Höhen und Tiefen kannte, doch seine Gefühle hinter einem schwarzsamtenem Vorhang verbarg. Die Musik öffnete sein Herz. Korbinian spürte es und lächelte.

Das Paket kam vier Tage vor Weihnachten. Der Bub vom Schafferer-Wirt brachte es diesmal nicht mit, sondern sagte nur Bescheid, und Korbinian ging über Mittag ins Gasthaus, um es abzuholen. Es hatte einen gehörigen Durchmesser, war gut eine Elle lang und recht schwer. Entsprechend viel wollte der junge Schafferer fürs Mitbringen haben.

Was Ignaz geschickt hatte, war in ein gewachstes Tuch eingeschlagen, dazu mit einem dicken Seil verknotet. Wieder zu Hause, löste Korbinian das Seil, schlug das Tuch auf und besah sich den Inhalt. Zwei Paar dicke Wollstrümpfe, Fäustlinge und eine Mütze. Das hatte ihm, wie er dem beiliegenden Brief entnehmen konnte, Minna gestrickt, die Hausmagd seiner Mutter. Das gewünschte Musikinstrument und Noten lagen ebenfalls bei, dazu einige Bögen Papier, drei Bücher, einiges an Kräutern und Tinkturen, Kerzen, ein Hemd und Naschereien, die seine Mutter selbst hergestellt hatte. Es waren kleine runde Kuchen, kaum größer als eine Walnuss, gedörrte Früchte in Karamell getaucht oder Marzipankugeln mit Kuvertüre überzogen. Auch Pfefferkuchen und Printen, die Ignaz in seiner Apotheke verkaufte. Und zwischen allem lag noch ein Säckchen mit Geld und der Aufforderung, sich in der »neuen Heimat« ein gutes Paar Stiefel anpassen und einen Lodenumhang nähen zu lassen.

All diese Schätze! Korbinian betrachtete sie lächelnd. Noch vor wenigen Monaten hätte er solche Dinge als Selbstverständlichkeit angesehen, jetzt erschienen sie ihm als Kostbarkeiten. Er schob sich eine der Zwetschgen im Karamellmantel in den Mund, schloss die Augen und genoss. In seinen Gedanken sah er sich neben dem Fürsten sitzen. Sie musizierten gemeinsam, tranken Kaffee und aßen Süßes. Die Fürstin und ihre Hofdamen redeten und lachten, und einige warfen ihm, Korbinian, kecke Blicke zu.

Er öffnete die Augen wieder. Der Reiz der Schönen ließ ihn auf einmal kalt.

Er nahm das Buch von Johann Konrad Ammann zur Hand und blätterte darin, las hier und da ein paar Sätze und legte es wieder zur Seite. Die beiden anderen Bücher waren Lehrbücher der Medizin; das eine von Georg Ernst Stahl, das andere von Friedrich Hoffmann. Ignaz hatte in seinem Brief dazu angemerkt, Korbinian könne die langen Winterabende nutzen, um sich im Fach der Medizin zu bilden. Eine gute Diagnose würde es ihm, Ignaz, in Zukunft erleichtern, die richtigen Kräuter und Tinkturen zu schicken.

Dann war die Mittagspause um, die Kinder kamen von zu Hause zurück, und Korbinian fuhr mit dem Unterricht fort.

»Teilt zehn durch drei.«

»Eins bleibt übrig, Herr Lehrer.«

»Hängt eine Null an und teilt wieder durch drei.«

»Bleibt immer noch eins übrig, Herr Lehrer.«

»Fahrt so fort und erkennt: Wer einen Engel sucht und nur auf die Flügel schaut, könnte eine Gans nach Hause bringen!«

Die Buben lachten, nur einer lachte nicht – Vitus Schmidthauser.

Amrei kam wie immer vier Stunden nach Mittag. Korbinian führte sie zum Tisch, wo er die Leckereien auf einem Holzteller angeordnet hatte. »Nimm dir, was du haben möchtest.«

Sie sah ihn unsicher an.

»Na, nun nimm schon!«

Sie griff nach einem Pfefferkuchen, roch daran, biss vorsichtig hinein und stutzte.

Korbinian lachte. »Es schmeckt köstlich, nicht wahr?«

Sie nickte und verzehrte den ganzen Lebkuchen, er nahm sich ebenfalls einen und aß ihn.

Als Amrei aufgegessen hatte, leckte sie sich die Finger ab und deutete auf dem Alphabetbogen an: Was ist das?

»Man nennt es Pfefferkuchen oder auch Lebkuchen. Meine Mutter hat sie gebacken. Es gibt sie nur zu Weihnachten – wenn überhaupt, Lebkuchen sind auch bei uns in der Stadt Luxus.« Korbinian deutete auf die getrockneten Früchte im Karamellmantel. »Versuch das einmal.«

Amrei schob sich einen der braunen Batzen in den Mund und machte große Augen.

»Das ist Dörrobst, meine Mutter hat es in Karamell getaucht. Und das hier«, er deutete auf die Marzipankugeln, »ist eine süße Masse aus Mandeln und Zucker mit Schokolade überzogen.«

Amrei starrte ihn mit offenem Mund an. Sie hatte noch nie von Marzipan, Karamell oder Schokolade gehört, geschweige denn solches Konfekt gekostet. Sie wusste nur eines, es schmeckte köstlich!

»Mein Bruder«, sagte Korbinian, »verkauft Schokolade in seiner Apotheke, denn sie schmeckt nicht nur gut, sondern sie hat auch eine heilkräftigende Wirkung. Auch solche Printen«, Korbinian deutete auf ein rechteckiges braunes Gebäck, »kann man bei ihm erstehen. Nimm dir eine.« Amrei biss hinein und sah Korbinian erschrocken an. Er lachte. »Ja, sie sind sehr hart. Man muss sie gut kauen. Aber sie schmecken vorzüglich, nicht wahr?«

Amrei nickte. Als sie auch die Printe gegessen hatte, holte er seine alte Querflöte und sagte: »Darauf habe ich früher gespielt.« Er gab sie ihr. »Nun können wir gemeinsam musizieren.«

Amrei lachte. Ihr Lachen klang glöckchenhell, und Korbinian horchte erstaunt auf, denn es war das erste Mal, dass er ihre Stimme hörte.

Als sie das Erstaunen in seinen Augen bemerkte, blickte sie zu Boden und wurde rot.

»Ich finde, es wäre an der Zeit, deinen Eltern zu sagen, dass du die Flöte spielen möchtest. Vielleicht würden sie dir dann erlauben, ein wenig länger zu bleiben und zu üben, und du könntest auch den Chor in der Kirche begleiten.«

Plötzlich war es vorbei mit Amreis ungezwungener Fröhlichkeit. Entsetzt schüttelte sie den Kopf.

»Aber warum denn nicht?«

Meine Eltern würden es nie erlauben, zeigte sie ihm an.

»Und wenn Vikar Winterholler mit ihnen spräche?«

Wieder Kopfschütteln, diesmal noch heftiger.

Korbinian seufzte. »Bitte erkläre mir, wovor du solche Angst hast und warum niemand im Dorf wissen soll, dass du lesen und schreiben kannst.«

Ihr Kopf sank auf die Brust, Tränen traten in ihre Augen.

»Bitte«, hakte Korbinian nach. »Ich möchte es verstehen.«

Sie sank auf den Stuhl und Korbinian las mit, was sie ihm anzeigte. Es ging inzwischen so geschwind, dass sie vollständige Sätze formulierte.

»Immerzu schauen sie nach mir. Immerzu reden sie über mich. Ich hasse das! Sie lachen mich aus und behaupten, ich sei dumm. Und weil mir die göttliche Sprache nicht zueigen ist, durch die sich der Mensch vom Tier unterscheidet, so sagen sie, sei ich eben den Tieren näher und kein richtiger Mensch. Und darum würden mir die Tiere auch besser folgen als ihnen. Ich möchte meine Ruhe, ich möchte nicht angestarrt und ausgefragt werden! Doch wenn sie erfahren, dass ich lesen kann, kommt der Vikar und befragt mich. Der Burgsasse kommt vielleicht auch. Sie werden sich auf mich stürzen, wie die Fliegen auf einen Kuhfladen. Und meine Stiefeltern werden mir Vorwürfe machen, weil ich es sie nicht wissen ließ.«

Korbinian sah sie bekümmert an. Es fiel ihm ein, was Amreis Vater in sein Notizheft geschrieben hatte: *Sie ist die Klügste von all meinen Kindern, so klug, dass ich mich frage, warum unser Herrgott nicht einen Buben aus ihr gemacht hat, damit sie lernen und etwas werden kann.* Hier stand eine junge Frau vor ihm, reicher begabt als die meisten Frauen bei Hofe – und das sollte im Verborgenen bleiben, nur weil sie kein Junge war? Nur weil sie das Sprechen verweigerte? Nur weil sie Angst hatte vor den Blicken der Leute im Dorf?

Er nahm einen zweiten Anlauf. »Gut, aber auf der Flöte spielen, das wäre doch möglich! Deshalb müsste niemand erfahren, dass du lesen und schreiben kannst.«

Sie schüttelte den Kopf, schlug die Hände vors Gesicht und weinte.

»Es ist gut.« Ohne darüber nachzudenken, dass es unschicklich war, nahm Korbinian sie in die Arme. Ihren Kopf an seiner Brust schluchzte sie lange und aus tiefster Seele.

Nach einer Weile löste sie sich, sah ihn erschrocken an und trat einen Schritt zurück.

»Alles bleibt wie es ist«, versprach Korbinian. »Du kommst, kümmerst dich um meinen Haushalt und übst auf der Flöte. Niemand wird etwas davon erfahren.«

Samen säet man und
schütt' ihn nicht mit Säcken aus.

11. Kapitel

In der Nacht hatte es wieder geschneit. Die Berge ringsum waren wie in Zucker getaucht, die Sonne ließ den Schnee glitzern, und an einem Hang rutschten Kinder auf Brettern ins Tal. Ihr Lachen war weithin zu hören und vermischte sich mit den aufgeregten Rufen der Raben, die über dem Dorf kreisten.

Korbinian schirmte die Augen mit der Hand ab und blickte hinauf in den Himmel. Es war der vierundzwanzigste Dezember. Bis gerade eben hatte er mit seinen Schülern Lieder zu Ehren des Herren Jesus Christus gesungen, hatte danach drei der Lebkuchen in Stücke geschnitten und sie an die Kinder verteilt. Nun waren sie lachend und voller Erwartung nach Hause gegangen. Bald würde es Abend sein und bald Nacht, und er würde mit seinem Chor die Christmette begleiten.

Die Raben flogen Richtung Oberwessen davon. Korbinian zog sich die Mütze tiefer in die Stirn und wandte sich nach links. Erst jetzt bemerkte er, dass Agathe und Michel Rexauer vor ihrem Haus standen und zu ihm herübersahen. Als sich ihre Blicke trafen, nickten sie ihm zum Gruße zu und verschwanden so schnell im Fletz, als hätten sie Angst, ihr Nachbar könne das Wort an sie richten.

Korbinian seufzte. Er lebte nun seit einem Vierteljahr hier und es war ihm nicht gelungen, Kontakt zu Amreis Eltern aufzubauen. Noch immer begegneten sie ihm voller Misstrauen und gingen ihm nach Möglichkeit aus dem Weg. Zu Anfang kam die Mutter ein paarmal ins Haus, als Amrei bei ihm Dienst tat, wohl um zu kontrollieren, ob alles mit rechten Dingen zuging. Später stand sie manchmal drüben und blickte herüber oder rief, damit Amrei sich am Fenster zeigte. Doch das hatte sich irgendwann gelegt. Aber ein freundliches Wort kam noch immer nicht über ihre Lippen.

Korbinian ging hinein. In der Stube fiel sein Blick auf den Zweig, den Amrei für ihn am Barbaratag geschnitten und in einer Vase neben den Ofen gestellt hatte. Er sollte das Wunder der Heiligen Nacht verdeutlichen und galt darüber hinaus als Orakel. Würde er heute Nacht erblühen, bedeutete das Segen fürs kommende Jahr.

Korbinian holte Papier, eine Latte, die er als Lineal benutzte, und die Querflöte, legte sie auf den Tisch und nahm den Silberstift zur Hand, den er von seinem Vater geerbt hatte. Er betrachtete ihn eine Weile, sah dabei den Vater vor sich, wie er am Zeichenbrett saß und die Mutter zeichnete. Erinnerte sich an seine schönen schlanken Finger, seinen versunkenen Blick, die gütigen Augen. Was ihm vom Vater mitgegeben wurde, waren Akzeptanz und Vertrauen. Sitte und Anstand hatte ihm die Mutter beigebracht.

In seinem Elternhaus wurde viel gesungen und musiziert. Auch einfache Volksweisen, die er nun nach und nach zu Papier bringen wollte, um sie später mit Amrei zu spielen. Er würde ihr beibringen, Noten zu lesen, und vielleicht würde er sogar selbst komponieren.

Er legte das Lineal an und zeichnete Linien aufs Papier. Noten folgten. Hin und wieder nahm er seine Flöte, spielte ein paar Töne, zeichnete dann weiter. So verging die Zeit, bis es dunkel wurde und er eine Kerze anzünden musste. Sein Magen knurrte, er hatte den Tag über gefastet, nur ein wenig trockenes Brot gekaut. Zu Hause, in München, wird es zum Abendmahl Fisch geben und nach der Christmette einen Gänsebraten. Man wird gemeinsam musizieren und Stellen aus dem Alten Testament lesen. Die Mutter wird den Bediensteten ein kleines Geschenk reichen, ein Paar Strümpfe, ein Hemd vielleicht. Wenn er auch längst nicht mehr so viel Heimweh hatte wie zu Beginn seiner Zeit in Niederwessen, jetzt wäre er gerne bei seiner Familie.

Er nahm seine Flöte und spielte »Als Jesus Christ geboren ward«.

Eine Maus huschte über die Dielen und verschwand hinterm Ofen. Korbinian stand auf, heizte nach, aß von seinen Süßigkeiten, hob das Fell an, das vor dem Fenster hing, und sah hinaus. Drüben bei Amrei war alles still, am Himmel blinkten die Sterne, der Mond lag als schmale Sichel über den Bergen.

Er griff noch einmal nach der Flöte, spielte »Als ich bei meinen Schafen wacht«, legte sie wieder beiseite und dachte über Amrei nach.

Am Sonntag war es ihm in seiner Hütte zu eng geworden, deshalb hatte er nach dem Kirchgang eine kleine Wanderung unternommen. Er war dem Saumpfad gefolgt bis zum Staffner hinauf, einem kleinen Hof auf einem Plateau, vor dem die Säumer oft Rast hielten, um die Ladung ihrer Tiere zu überprüfen und zu vespern. Droben angekommen, entdeckte er Amrei. Sie saß auf einem umgeknickten Baum, sah ihrem Esel zu, der sich hier an Zweigen genüsslich tat, dort mit Hufen und Nüstern Schnee zur Seite schob, um darunter nach ein paar Grashalmen zu suchen.

Korbinian verbarg sich hinter einem Strauch und beobachtete sie. Sie sah zufrieden aus, ein Lächeln lag auf ihrem Gesicht. Einmal war es ihm, als hörte er sie summen. Gerne wäre er näher gekommen um zu lauschen, aber dann hätte sie ihn bemerkt, und der schöne Augenblick wäre dahin gewesen. Als ihr Esel sie einmal so fest stupste, dass sie beinahe rücklings in den Schnee fiel, lachte sie laut und vernehmlich, sprang plötzlich auf, drehte sich mehrmals um sich selbst und hüpfte vor dem Tier hin und her. Der Esel folgte ihren Bewegungen, sprang da hin und dort hin, hob die Vorderhufe an, schlug nach hinten aus. Es schien, als vollführten die beiden einen Tanz.

Was war sie nur für eine seltsame Frau. So stark und klug, so wild und vergnügt und gleichzeitig so schüchtern und verschlossen, dass kein Weg zu ihr führte. Es sei denn über die Musik. Ja, die Musik konnte ihr Herz öffnen!

Das Läuten der Kirchenglocken holte Korbinian aus seinen Gedanken zurück. Er stand auf und kleidete sich an. Den Rock, die Mütze, die Fäustlinge. Gleich im neuen Jahr würde er sich einen Umhang und ein Paar Stiefel anpassen lassen und loderne Strümpfe dazu, so wie die Männer sie hier trugen. Denn die aus Wolle, die ihm Minna gestrickt hatte, waren für den tiefen Schnee nicht geeignet. Sie wurden nass, und Klümpchen bildeten sich an ihnen.

Gerade als er vors Haus trat, ging auch drüben beim Rexauer die Tür auf. Das Licht einer Laterne fiel auf den Schnee und ließ ihn golden scheinen. Korbinian erkannte Amrei und ihre Mutter. Sie waren in dicke Tücher gehüllt. Hinter ihnen erschien Michel Rexauer, er schloss die Tür.

Korbinian fasste sich ein Herz, wünschte einen guten Abend und fragte, ob er sich ihnen anschließen durfte.

»Ist schon recht«, sagte der Rexauer, zog seinen Mantel enger um sich und stapfte den Frauen nach.

Korbinian ging schweigend neben dem Mann her. Aus allen Häusern strömten die Leute der Kirche entgegen. In dunkle Mäntel gehüllt, schweigend, die Lichter ihrer Laternen tanzten ihnen voran. Man begrüßte sich nicht, nickte sich nur zu.

Beim zweiten Läuten betraten sie die Kirche. Ein paar Alte scharten sich bereits um die Betstühle, die Frauen links, die Männer rechts. Der Mesner zündete die Kerzen an.

Korbinian verabschiedete sich von den Nachbarn und stieg auf die Empore. Die Sänger waren bereits da, nur Katharina fehlte noch. Sie kam erst die Treppe herauf gehetzt, als die Ministranten bereits die Messe einläuteten. Kaum dass sie den Blick hob, als sie Korbinian begrüßte. Sie legte das Tuch ab, das sie sich um Kopf und Schultern geschlungen hatte, und stellte sich in die Reihe. Jetzt sah man, dass sie geschlagen worden war. Ihr linkes Auge war blutunterlaufen, eine kleine Wunde klaffte über dem Wangenknochen.

Winterholler trat aus der Sakristei. Der Mesner hob den Glockenkranz und läutete. Man schlug das Kreuz, ein Murmeln ging durch die Reihen.

»Im Namen des Vaters, des Sohnes und des Heiligen Geistes, Amen.«

Korbinian griff nach dem Taktstock, die Sänger sahen ihn an. Noch einmal legte er den Finger an den Mund, zum Zeichen, dass weniger mehr war und sie nicht laut sondern aus der Tiefe ihrer Seele singen sollten.

Winterholler hob die Hände. »Ký-ri-e e-léi-son. Christe e-léi-son«, klang es von der Empore und Winterholler stimmte mit ein.

»Ký-ri-e e-léi-son. Christe e-léi-son. Gló-ri-a in excél-sis De-o. Et in terra pax homi-ni-bus bonae vo-luntá-tis.«

Im Schein der paar Kerzen, die am Altar brannten, verrichtete Winterholler den Gottesdienst, und die Gemeinde folgte in Demut seinen Anweisungen.

»Bitt' für uns – sei gnädig und erhöre uns.«

Später erklomm Winterholler die Kanzel. Einen Leuchter nahm er mit, damit man ihn sehen konnte. Goldglänzende Putten saßen auf dem Kanzelbaldachin, schauten mit verklärtem Blick gen Himmel.

Winterholler predigte vom Kind, das ihnen geboren wurde. Vom Erlöser der Menschheit, von Güte, Demut und Dankbarkeit.

Und dann sang der Chor »Brich an, du schönes Morgenlicht« und »Ave Maria zart«.

Korbinian nickte, er lächelte den Sängern Mut zu. Drunten war es so still, dass man nicht einmal ein Mäuslein huschen hörte – nur Winterholler hustete ab und zu. Und als Katharinas Stimme in einem Solo engelsgleich durch den Raum schwang, flossen Tränen – nicht nur bei den Frauen, auch so mancher Mann griff sich verstohlen an die Augen.

Später, als Winterholler sich einmal umdrehte und zur Empore hochblickte, war es Korbinian, als lächelte er. Ein Lächeln des Vikars, was für ein Weihnachtsgeschenk!

Nach dem Gottesdienst begegneten die Niederwessener ihrem Lehrer zum ersten Mal freundlich. Nicht nur die Greimbls, die vom Schafferer und Hörterer, auch solche, die seinem Blick bisher ausgewichen waren oder gar die Straßenseite gewechselt hatten, wenn er ihnen entgegenkam. Wortreich dankte man ihm für diese schöne Musik zur Christmette und wünschte frohe Weihnachten. Nur Vitus verschwand so schnell er konnte zwischen den Gräbern auf dem finsteren Kirchhof, und die drei Weiber, die dem Chor den Rücken gekehrt hatten, standen tuschelnd abseits.

Korbinian war noch nicht lange zu Hause, als leises Klopfen ihn aufhorchen ließ. Amrei trat ein, stellte einen Teller auf den Tisch, darauf dampften zwei Mettenwürste. Ein Kletzenbrot und ein Gebildbrot in Form eines Mannes legte sie daneben. Sie holte das Alphabet und zeigte an: »Danke für den Chor. Ich habe noch nie so etwas Schönes gehört.«

Sie wollte gehen, doch Korbinian griff nach ihrer Hand und hielt sie fest. »Spiel mit mir.« Er deutete auf die beiden Flöten, die auf dem Tisch lagen.

Sie schüttelte den Kopf, schaute zum Fenster, was so viel hieß wie: »Ich muss nach Hause.«

»Nur ein Lied.« Korbinian drückte ihr die ältere der Flöten in die Hände, nahm selbst die andere. »Es ist ein Ros entsprungen«, sagte er – Amrei hatte dieses Lied in den letzten Wochen geübt.

Nach einem ängstlichen Blick zum Fenster setzte sie die Flöte an die Lippen. Korbinian tat es ebenfalls, nickte, und sie begannen. Als der letzte Ton verklungen war, ließ Amrei das Kinn auf die Brust sinken. Tränen rannen über ihre Wangen. Sie legte die Flöte auf den Tisch und ging, ohne sich noch einmal nach Korbinian umzudrehen.

Niederwessen, am 25. Dezember anno 1753

Mein lieber Bruder,
 es ist halb zwei Uhr morgens. Seit etwa einer halben Stunde bin ich von der Christmette wieder zu Hause und mein Herz ist so voll von dem was ich denke und fühle, dass ich mich hinsetze, um Dir zu schreiben.
 Das Paket kam vor vier Tagen. Meinen besten Dank an euch alle für die Arbeit, die ihr euch gemacht habt, um etwas für mich zu backen, zu stricken oder zusammenzusuchen! Ganz besonderen Dank aber Dir für die Bücher, mein lieber Bruder, die aufzuspüren bestimmt nicht einfach war, von den Kosten, die du dafür auf Dich nehmen musstest, gar nicht zu reden. Was ich Dir schulde, werde ich erfahren, Du musst mir weiterhin Kredit gewähren, denn wie Du ja weißt, reicht was ich hier verdiene kaum für das Nötigste. Immerhin, nach einem Vierteljahr habe ich mein erstes Gehalt bekom-

men. Noch nie habe ich mir ein paar Gulden so schwer verdient!

Auch ihr seid vermutlich bei der Christmette gewesen und sitzt nun noch in gemütlicher Runde beisammen. Minna wird euch bedienen, ihr werdet singen und fröhlich sein und vielleicht auch ein wenig an mich denken. Gemütlich ist es bei mir nicht, aber ich möchte mich nicht beklagen. Obwohl ich jetzt gerne bei euch wäre, das gebe ich zu, um mit unserer lieben Mutter zu plaudern und mit Dir eine Zigarre zu rauchen. Und ja, eine gute Tasse Kaffee vermisse ich sehr!

Heute war es also so weit, der erste feierliche Auftritt der Kirchsinger – ein erhebendes Erlebnis! Du hättest sie hören sollen. Vor wenigen Monaten noch als »Schreier« verspottet, haben sie gesungen wie Engel, ihre Herzen auf der Zunge, jeder Ton war getragen von tiefer Hingabe. Danach wurden mir die Hände von Menschen geschüttelt, die ich noch nie gesehen hatte, freundliche Worte kamen über Lippen, die zuvor nur verkniffen zusammengepresst worden waren, und selbst Winterholler hat gelächelt! Vor allem Katharina Chronlachners Stimme ging einem zu Herzen, und wir alle waren durch ihren Gesang zu Tränen gerührt. Umso schlimmer, dass sie zu Hause geschlagen wird, womöglich weil sie gegen den Willen ihres Vaters dem Chor wieder beitrat. Um ehrlich zu sein, Katharina ist mir ein Buch mit sieben Siegeln. Zu Beginn erschien sie einem ziemlich verhuscht. Sie tat, was der Vater ihr befahl, kam leise und verschwand ebenso leise wieder, und sie sah einem nie in die Augen. So klang auch ihre Stimme: Zaghaft, verhalten, ohne Kraft und Ausdruck. Doch nachdem sie den Chor zuerst auf Geheiß des Vaters verlassen hatte, meldete sie sich zwei Wochen später zurück, und plötzlich war alles anders. Ein trotziger Wille spricht seither *aus ihrem Blick, und ihre Stimme klingt wie befreit. Es scheint mir, dass ich ihr eine Kraft geben kann, die sie vorher nicht hatte – oder nein, nicht ich bin es, es ist die Musik!*

Über diesem Dorf, Ignaz, liegt etwas Verderbliches, das ich, je länger ich hier lebe, mehr und mehr spüre. Ein dunkler Schleier, ein Nebel. Oder bilde ich mir das nur ein? Die Einsamkeit treibt wie wir wissen mitunter seltsame Blüten! Vater sagte einmal: Nur um den Einsamen schleichen Gespenster. Mich packen sie wohl schon an der Nase und treiben ihre hinterhältigen Spielchen mit mir.

Jetzt sitze ich in meiner zugigen Hütte und schreibe Dir diesen Brief. Sehne mich nach euch und sehne mich nach Amrei, der »Füchsin«, mit ihrer aufrechten Art und ihren kräftigen weißen Armen, die voller Sommersprossen sind und zupacken können, das glaubst Du nicht! Muss man den Damen und Dämchen in München schon ein Taschentuch aufheben, weil sie sich, in starre Korsetts und Reifröcke gezwängt, nicht bücken können, lässt Amrei sich mit Müh und Not einen schweren Korb voller Holz tragen! Und in ihre grünen Augen solltest Du einmal sehen! So voller Traurigkeit ist dieser Blick, so voller Glück und Neugierde zugleich. Ich möchte sie an der Hand nehmen und nimmermehr loslassen, möchte ihr die Welt zeigen und sie mir von ihr zeigen lassen. Was weiß sie alles, das mir fremd ist und umgekehrt! Ach, mein Bruder, wenn das die Liebe ist, dann liebe ich zum ersten Mal in meinem Leben!

Jetzt ist es heraus. Ich habe es schwarz auf weiß vor mir auf Papier gebracht. Lese es und weiß zugleich, dass es unmöglich sein wird, diese Liebe zu leben. Ein Bauernmädchen und ein Musikus vom Hofe des Fürsten! Nein, nicht meinetwegen, nicht weil sie mir nicht gut genug wäre. Umgekehrt ist es. Du ahnst ja nicht, was für einen Stolz dieses Bauernvolk in sich trägt. Mit einem Bloßhäusler setzt sich ein Bauer nicht an den Tisch und ein Fremder, sei er auch ihr Chormeister und Lehrer, kommt für eine ihrer Töchter nicht in Frage.

Sag, ist es nicht Ironie des Schicksals, dass man mich ans dunkle Ende der Welt geschickt hat, um mich für meine Neigung zum Schönen Geschlecht zu bestrafen, und ausgerechnet hier verliebe ich mich mit Haut und Haaren? Oder gehört es zu einer Art »Göttlichen Plan«? Soll mir gezeigt werden, dass Liebe kein Spiel ist? Möchte Gott mir das Herz zerreißen zur Strafe für den begangenen Ehebruch?

Die Kerze ist niedergebrannt, und ich bin zu müde, um über all dies weiter nachzudenken. Ich werde zu Bett gehen und Dir morgen weiterschreiben.

Eine gute Nacht wünscht Dir Dein einsamer Bruder vom Ende der Welt!

Niederwessen, am 28. Dezember anno 1753

Mein lieber Ignaz,

ich wollte meinen Brief gleich am nächsten Tag zu Ende bringen, doch etwas Furchtbares ist passiert. Am ersten Weihnachtstag, das ist hier der Brauch, geht man nach Grassau zum Gottesdienst. Ich schloss mich an, in der Hoffnung, Amrei nahe sein zu können, doch sie war nicht bei den Ihren. Später erfuhr ich, weshalb sie zu Hause geblieben war. Die Kuh ist hochträchtig, Amrei musste Stallwache halten.

Nun heißt Stallwacht nicht, dass man jede Minute bei dem Tier zu bleiben hat. Man sieht halt alle halbe Stunden einmal nach und holt im Notfall Hilfe bei den Dorfwächtern, die ihre Runden gehen, um Einbruch und

Diebstahl zu verhindern. Oder man wendet sich an irgendeinen anderen Bauern, der zu Hause geblieben ist. Es ging bereits auf Mittag zu, Amrei wusste, dass ihre Leute bald zurückkommen würden, da nahm sie ihren Esel und führte ihn aus. Hat sie keinen Dienst mit ihm zu verrichten, verschafft sie ihm so Bewegung und lässt ihn auch hier und da an irgendwelchem Gestrüpp fressen, denn das spart Heu und Stroh.

An diesem Tag verließ sie das Dorf auf dem Weg, der am Schmidthauser-Hof vorbeiführt. Vitus wird sie gesehen haben und wusste, es konnte nicht lange dauern, dann käme sie zurück, und da hat er sich wohl diesen hässlichen Plan ausgedacht. Kaum fünfzig Schritt war sie auf ihrem Nachhauseweg am Schmidthauser vorbei, ging neben der Straße eine Sprengladung hoch. Wohl weit genug entfernt, dass Amrei und ihr Esel am Körper keinen Schaden nehmen konnten, doch das Tier erschrak sich buchstäblich zu Tode. Es sank vor ihr hin, lag in seinen letzten Zuckungen am Wegrand, und Amrei stand schreiend daneben. Ein einziger gellender verzweifelter Laut, die Hände gegen ihren Kopf gepresst, als hätte sie Angst, das was in ihm ist, könne herausquellen wie überkochende Milch aus einem Topf.

So fanden sie die Dorfwächter. Einer von ihnen brachte sie nach Hause, der andere kümmerte sich um den Esel. Schnitt ihm die Kehle durch, ließ ihn ausbluten, holte dann den Beinhauer dazu, der gerade von Grassau zurückkehrte, damit er Wurst aus Amreis Esel machte, um den Schaden noch ein wenig zu begrenzen.

Aber da wusste ja noch niemand, was eigentlich geschehen war. Die Dorfwächter hatten die Detonation gehört, darauf Amreis Schreien, waren hingeeilt und haben getan, was getan werden musste.

Zwei Tage lag Amrei zu Bett, ihren Blick starr an die Decke gerichtet, wollte sie nichts hören und nichts sehen. Ich weiß nicht, warum die Mutter mich schließlich holte, es war wohl ein Akt der Verzweiflung. Schon einmal war Amrei so dagelegen, elf Jahre zuvor, und man musste um ihr Leben bangen. Sie wollte die Tochter nicht verlieren und griff nach jedem Strohhalm. Der letzte Strohhalm war ich.

Von der Mutter gefolgt betrat ich Amreis Kammer. Sie lag wie tot in ihren Kissen, die Hände auf der Decke gefaltet, die Augen geschlossen. Doch als ihre Mutter sagte: Hier ist der Herr Lehrer, er möchte wissen, wie es dir geht, öffnete sie die Augen, blickte mich an, und um ihren Mund spielte ein Lächeln.

Die Mutter rückte mir einen Stuhl ans Bett, damit ich mich setzten konnte, blieb selbst neben mir stehen. Ich hatte meine Flöte mitgenommen und fragte Amrei, ob ich etwas für sie spielen sollte, und da nickte sie. Ich spielte das Flötenkonzert von Carl Philipp Emanuel Bach, das sie so gerne hörte. Sie lag da mit geschlossenen Augen, lauschte und weinte. Ihre Mutter hielt ihre Hand und weinte ebenfalls. Wohl nicht der Musik wegen, sondern weil sie spürte und froh war, dass wieder Leben in ihre Tochter kam.

Das war gestern. Heute gegen Mittag besuchte ich Amrei noch einmal. Wieder spielte ich das Konzert. Als ich damit fertig war, schloss Amrei die Augen. Nach einer Weile öffnete sie sie wieder, blickte die Mutter an, dann mich, dann wieder die Mutter. Ich spürte, dass sie einen inneren Kampf kämpfte, spürte ein Drängen und Zögern zugleich und dachte wohl zum tausendsten Mal seit ich sie kannte: Ach, wenn sie doch nur sprechen würde!

Da richtete sie sich plötzlich auf und versuchte das Nachtkästchen zu öffnen, das neben ihrem Bett stand, allein es fehlte ihr die Kraft dazu, und sie sank mit einem Aufseufzen wieder in die Kissen.

Die Mutter öffnete es nun selbst, sah hinein, zog erst eine Schatulle heraus und hielt sie Amrei hin, aber die schüttelte den Kopf. Das Heft mit den Notizen ihres Vaters folgte, ihr Rosenkranz, ein Wachsstock, und schließlich ganz zuletzt das Sticktuch. Endlich nickte sie, und die Mutter sah erstaunt von ihr zu mir.

Ich nahm der Mutter das Tuch aus der Hand und breitete es vor Amrei aus. Was sie mir dann in gewohnter Weise andeutete, war ungeheuerlich! Vitus hatte das Sprengpulver gezündet! Sie sah ihn am Wegrand mit einer Dose und Feuer hantieren, ohne jedoch zu ahnen, was gleich passieren würde. Vitus also! Du kannst Dir denken, Bruder, dass damit die Feindschaft zwischen diesem Jungen und mir endgültig besiegelt ist. Bis heute Morgen hatte ich noch ein wenig Mitleid mit ihm, doch das ist nun vorbei.

Die Mutter, die Amreis Tun beobachtete, machte große Augen. Lesen kann sie nicht und wusste darum auch nicht, was Amrei mir mitgeteilt hatte, aber sie verstand durchaus, was vor sich ging. In ihrem Blick lagen sowohl Erstaunen als auch Vorwurf. Sie fragte mich, woher Amrei lesen und schreiben kann, und ich sagte ihr, nachdem ich mit Amrei Blicke getauscht hatte, dass ihr Vater es sie lehrte, als sie noch ein Kind war, und dass sie es mir eines Tages offenbarte, um mir einen Frevel anzuzeigen. Ich spürte sehr wohl, dass die Mutter sich übergangen und ausgeschlossen fühlte, aber die Hoffnung, ich könnte ihrer Tochter helfen wieder gesund zu werden, war stärker als die Kränkung und so nahm sie es hin und fragte mich, was Amrei mir mitgeteilt hatte. Wieder tauschte ich Blicke mit Amrei und als sie nach einigem Zögern nickte, sagte ich es der Mutter. Auch ihr Entsetzen war groß, das kannst Du Dir vorstellen. »Der Bub also, der elendige Nichtsnutz!«, schrie sie, »Der wird uns kennen lernen!«

Die Mittagspause war zu Ende und die Kinder kamen zum Unterricht zurück, Vitus als letzter. Als ich ihn sah, mit seinem bockigen Gesicht, mit seinem aufsässigen Blick, Bruder, da habe ich ihn am Schlafittchen gepackt und ihm mit dem Stock allerhand eindringliche Lehren auf sein Hinterteil geschrieben. Ich hätte nie gedacht, einmal einen Menschen zu züchtigen, und nun habe ich es doch getan, und es tut mir nicht einmal leid. Hartes Holz braucht eine starke Axt, heißt es. Vielleicht ist dies ja doch ein wahres Wort.

Natürlich musste ich Winterholler davon berichten. Er suchte den Jungen zu Hause auf und fand heraus, woher er das Sprengpulver hatte. In der Werkstatt seines Vaters hatte er es gefunden, schön trocken in einer Blechdose gelagert. Es stammte aus Zeiten, als der alte Schmidthauser noch zu den geachteten Männern des Dorfes zählte und das Recht hatte, Baumstümpfe zu sprengen. Die ärmeren und geringeren unter den Dorfbewohnern müssen die Baumstümpfe mühsam mit der Spitzhacke herausschlagen, was viel Kraft und Zeit kostet.

Ein Gutes hat die Geschichte. Vitus wird nicht mehr zum Unterricht kommen. Winterholler hatte wohl einen günstigen Moment erwischt, in dem der Vater nüchtern war. Er hat ihm klar gemacht, dass sein Sohn nicht geeignet sei für die Schule, erst recht nicht für die Lateinschule und schon gleich gar nicht für den Beruf eines Pfarrers. Wenn es eine Schuld gäbe in der Familie und er, der Vater, nicht ins ewige Fegefeuer wolle, gäbe es nur einen Weg, selbst Buße zu tun und ein ordentliches Leben zu führen.

Ich weiß nicht, ob Winterhollers Ermahnungen Früchte tragen werden und der Vater dem Alkohol abschwört, aber eines ist gewiss, Vitus setzt keinen Fuß mehr über meine Schwelle.

Soweit für heute, lieber Ignaz. Noch einmal meinen besten Dank für alles, an die Mutter einen Kuss und liebe Grüße an alle, die mich kennen und vermissen,
Dein Korbinian

PS: Winterholler hustet übrigens noch immer, wenn auch nicht mehr ganz so schlimm wie früher. Ich mache mir Sorgen. Es scheint hier eine Schäferin zu geben, die Heilkräuter sammelt. Ich werde versuchen, bei ihr für Aufgüsse die Wurzel der Wetterdistel zu bekommen. Du siehst, Deine Lehrbücher der Medizin tun mir jetzt schon gute Dienste!

*Blüten sind
noch keine Früchte.*

12. Kapitel

Das neue Jahr hatte begonnen, man schrieb nun 1754.
Wieder einmal war es bitterkalt und fiel Schnee, so viel,
dass er an Korbinians kleinem Haus fast bis an die Dach-
rinne reichte. Jeden Morgen stand er lange vor Schulbe-
ginn auf, schürte das Feuer und schippte einen Weg von
der Tür zur Straße und die Fenstern frei, damit Licht her-
einkam. Der Blick zum Rexauer hin war ihm durch den
beiseite geschippten, hoch aufgetürmten Schnee nun größ-
tenteils versperrt, nur das Dach, ein Stück vom Stall und
die Haustür konnte er sehen – gerade genug um mitzube-
kommen, wer ein- und ausging.

Amrei hatte Recht behalten. Jetzt wo man im Dorf
wusste, dass sie das Schreiben und Lesen beherrschte, ent-
stand ein erstaunlicher Tumult um sie. Kaum war sie so
weit, dass sie das Bett verlassen konnte, gab man sich bei
ihr die Klinke in die Hand.

Zuerst kamen Winterholler und Greimbl, der noch
immer der erste der Vierer war. Die Rexauerin legte das
Sticktuch auf den Tisch, und die beiden Männer befragten
Amrei zu den Ereignissen von vor nun beinahe zwölf Jahren. Doch sie weigerte sich zu antworten, zeigte nichts an
auf dem Tuch, schüttelte nur immer wieder den Kopf.

Schließlich zog man Korbinian hinzu. Erst in seinem
Beisein erklärte sie, dass sie damals nichts gesehen hätte.
Sie sei droben in der Schlafkammer gewesen, um ihren
alten Kittel anzuziehen, weil die Eltern wegen des Kriegs-
getümmels, das vom Achberg her zu hören war, beschlossen hatten, doch nicht nach Schleching zu gehen. Da hätte

sie von drunten plötzlich ihre Leute ganz furchtbar schreien gehört, hätte Angst bekommen und sich in der Truhe versteckt. Mehr hätte sie nicht zu sagen.

In den folgenden Tagen erschienen Menschen, die Korbinian bei den Rexauers noch nie zuvor gesehen hatte und die er selbst nur vom sonntäglichen Kirchgang kannte. Der Weißner war darunter, der Hausecker, auch die drei Frauen, die mit fliegenden Fahnen den Chor verlassen hatten. Und schließlich erschien sogar Chronlachner, der sonst für einen wie den Rexauer nur einen abfälligen Blick übrig hatte.

Am Tag nach Heilig Drei Könige ritt Emmanuel Graf von Törring, Pfleger auf Burg Marquartstein, bei den Rexauers vor – eben jener Mann, der an Korbinians Schicksal entscheidend mitgewirkt hatte, indem er dem Fürsten riet, ihn als Lehrer nach Niederwessen zu schicken. Amreis Vater nahm ihm das Pferd ab und brachte es in den Stall, die Mutter führte den hohen Besuch in die Stube und holte ihre Tochter. Doch auch dem Burgsassen wollte Amrei ohne Korbinians Beisein keine Antwort geben, also ging der Rexauer ihn holen.

Von Törring konnte sich ein Schmunzeln nicht verkneifen, als der Lehrer eintrat. »Ah, der Herr Musikus.« Der Burgsasse blieb sitzen, ein Bein über das andere geschlagen, wippte er mit dem Fuß.

Korbinian verneigte sich, verzog dabei keine Miene.

»Gefällt es Euch in Niederwessen?«

»Ich habe mich eingelebt, und die Schüler machen Fortschritte.«

»Wie man hört, lehrt Ihr selbst die Mädchen das Schreiben und Lesen.«

»Das würde ich selbstverständlich tun, käme eines der Mädchen zum Unterricht. Falls Ihr allerdings auf Amrei anspielt, sie hat es von ihrem Vater Georg Puchberger gelernt.«

»Hm.« Von Törring hob beide Augenbrauen. »Sie weigert sich allerdings mir etwas zu buchstabieren. Die Rexauerin erklärte mir, sie würde es nur in Ihrer Gegenwart können.«

Korbinian sah Amrei an, dann wieder von Törring. »So stimmt das nicht. Natürlich könnte sie es ohne meine Gegenwart auch.«

»Aber?«

»Nun – ich gebe ihr Sicherheit. Sie vertraut mir.«

»Ach!« In von Törrings Blick flackerte Ärger auf. »Und mir, dem Burgsassen, vertraut sie nicht?«

»Es geht hier nicht um ein amtliches Vertrauen, nicht um Geld, Gut oder Gesetz. Es geht um ein persönliches, menschliches Vertrauen, und das ist, wie Ihr wisst, eine Sache, die wachsen muss. Als ich entdeckte, dass sie lesen und schreiben kann, bat sie mich, es niemandem zu sagen, denn sie hatte Angst davor, dass man auf sie zeigen, über sie reden und sie ausfragen würde.«

An dieser Stelle meldete sich die Rexauerin zu Wort. »Und recht hat sie gehabt! Plötzlich gehen Leute bei uns aus und ein, die uns zuvor kaum kennen wollten. Sie begaffen unsere Tochter, manche verlangen sogar ganz offen, Amrei möchte ihnen ihre Kunst vorführen. Als ob sie eine Jahrmarktsattraktion wäre.«

»Aber so ungewöhnlich ist es doch nun auch wieder nicht, dass ein Mädchen schreiben und lesen kann«, wunderte sich von Törring. »In der Stadt kommt es hin und wieder vor.«

»In der Stadt, aber nicht bei uns.« Die Mutter senkte den Blick. »Und wo es doch heißt ...« Sie brach ab.

»Wo es doch heißt?«, hakte von Törring nach.

153

»... nur weil Gott dem Menschen die Sprache gegeben hat, unterscheidet er sich vom Tier. Weil Amrei aber nicht sprechen kann, ist sie den Tieren näher als den Menschen und deshalb als Mensch unwürdig. So reden sie hier.« Die Stimme der Mutter war immer leiser geworden. Sie blickte bekümmert zu ihrer Tochter.

Amrei saß am Tisch vor ihrem Sticktuch, die Augen niedergeschlagen, ihr Kinn zitterte. Plötzlich schlug sie die Hände vors Gesicht und weinte.

Kopfschüttelnd starrte von Töring die Rexauerin an, die sich jetzt zu ihrer Tochter setzte, um sie zu trösten. Amrei sei mehr ein Tier als ein Mensch? So viel Dummheit in diesen Bauernköpfen, das war doch unfassbar! Jetzt endlich verstand er, warum über sie gelacht und gespottet wurde, und warum sie sich von den meisten Leuten fernhielt. Der Burgsasse räusperte sich. »Trotzdem«, er deutete auf das Sticktuch, »ich kann es ihr nicht ersparen, auf meine Fragen zu antworten, schließlich ist sie die einzige Zeugin. Fragt sie, Lehrer Hecht, ob und wenn ja was sie gesehen hat.«

Korbinian verneigte sich kaum merklich. Unmut lag in dieser Geste. »Bitte fragt Amrei selbst, Herr von Törring, sie kann so gut hören wie jeder hier im Raum.«

Von Törrings Backenmuskeln spielten. Was bildete sich dieser Musikus ein, ihn zu rügen! Ärgerlich wandte er sich an Amrei. »Also, was hast du gesehen damals?«

Sie fuhr mit dem Ärmel über ihre tränennassen Augen, sah dann zu Korbinian, hob endlich die Hand und deutete auf das Sticktuch. Erstaunt folgte der Burgsasse ihrem Finger, der von Buchstabe zu Buchstabe glitt.

Ich habe nichts gesehen. Ich habe nur Tumult und Angstschreie gehört und mich deshalb versteckt.

»Es stimmt tatsächlich, sie kann schreiben!« Von Törring hob beide Augenbrauen. »Aber hast du vielleicht Stimmen erkannt?«

Das Blut wich aus ihrem Gesicht. Sie schüttelte heftig den Kopf.

Ihre Reaktion machte den Burgsassen misstrauisch. »Du hast keine Stimmen erkannt?«

Wieder Kopfschütteln.

»Oder sonst etwas? Ein Zeichen? Hast du vielleicht etwas gefunden? Etwas, das die Mörder verloren oder zurückgelassen haben?«

Sie schlug die Hände vors Gesicht und weinte wieder.

»Es war doch so, gnädiger Herr, dass die Vierer sie in der Korntruhe gefunden und von dort gleich zum Greimbl nach Hause gebracht haben«, mischte sich der Rexauer ein. »Wie sollte sie da etwas finden können?«

Seufzend stand von Törring auf. »Es bereitet mir keineswegs ein Vergnügen, eure Tochter zu befragen«, sagte er, während er seinen Mantel vom Haken nahm. »Ich tu es zu ihrem eigenen Besten. Es gab damals Zweifel, ob wirklich die Panduren die Täter waren. Der Puchberger-Hof lag nicht auf dem Weg, den sie zurückgelegt hatten. Sie wären zick-zack gelaufen. Mein Vorgänger jedenfalls hatte Zweifel.«

»Aber wer sollte es denn sonst getan haben. Und ausgerechnet in dieser Nacht«, fragte der Rexauer.

Inzwischen hatte von Törring seinen Mantel angezogen und den Hut aufgesetzt. »Bettler und Landstreicher vielleicht. Es zieht viel Gesindel umher.«

»Und wenn es so wäre«, meldete sich Korbinian zu Wort, »was würde es bringen zu wissen, dass irgendein Landstreicher der Täter war, den man heute nicht mehr fassen kann, weil er längst über alle Berge ist?«

Von Törring schlüpfte in seine Handschuhe, dabei sah er Korbinian kühl an. »Macht Ihr Eure Arbeit, Lehrer Hecht, ich mache die meine.« Damit verließ er grußlos die Stube. Michel Rexauer folgte ihm, holte sein Pferd aus dem Stall und half ihm in den Sattel.

Drinnen saß Korbinian eine Weile schweigend bei den beiden Frauen, sah zu, wie die Alte der Jungen tröstend übers Haar strich, dachte dabei über Amrei nach, über ihr Schicksal, über ihre Liebe zur Musik und zauderte. Sollte er es wagen und die Eltern fragen? Schließlich fasste er sich ein Herz. »Jetzt, wo Amrei ihren Esel nicht mehr hat, braucht sie etwas anderes für sich«, sagte er. »Ich könnte ihr das Flötespielen beibringen. Du hast doch selbst bemerkt, Rexauerin, wie gut ihr die Musik tut.«

Erschrocken riss Amrei dem Kopf hoch. Ihre Tränen versiegten, ihre Augen wurden groß. Sie blickte auf Korbinian, dann auf die Mutter.

»Die Amrei soll das Flötespielen lernen?«, staunte Agathe. »Aber ...«

Im selben Moment trat ihr Mann ein. Korbinian blickte von Agathe zu ihm. »Warum denn nicht. Sie könnte mit der Flöte die Kirchsänger unterstützen. Es wäre gut für Amrei, gut für den Chor, gut für das Dorf. Was also sollte dagegen sprechen?«

»Das Gerede, das daraus entsteht, Herr Lehrer. Es reicht doch jetzt schon, wie sie dem Mädel hinterherschauen. Als ob sie eine Kuh mit sechs Beinen wäre!«

»Dann kann es schlimmer ja nicht werden – nur besser.«

Die Rexauerin und ihr Mann sahen lange auf ihre Tochter. »Mir soll's recht sein«, sagte der Vater schließlich, und die Mutter fügte an: »Aber beim Üben muss sie am Fenster sitzen, damit ich sie sehen kann.«

Amrei fiel der Rexauerin um den Hals und brach neuerlich in Tränen aus, aber diesmal vor Glück.

»Danke«, sagte Korbinian so sachlich wie möglich. »Die Musik wird Amrei helfen, das verspreche ich.«

Am Abend überbrachte ihm einer der Hörterer-Buben die Nachricht, dass der Vikar ihn sprechen wollte. Korbinian zog seine neuen Stiefel an, warf den Umhang über, setzte die Mütze auf und marschierte los.

Winterholler saß in eine Decke gehüllt am Ofen und trank heißen mit Honig gesüßten Wein. »Möchten Sie auch einen Becher?«

Korbinian nahm gerne an. Der Vikar goss ihm den Rest aus dem Topf ein und kam gleich zur Sache. »Der Burgsasse war hier und berichtete mir von seinem Besuch bei den Rexauers.«

»Ach.« Korbinian nahm einen Schluck, während Winterholler hustete und sich in seinem verzweifelten Kampf gegen die Krankheit auf die Brust schlug, als könne er sich so das Atmen erleichtern.

»Er erzählte mir auch, weshalb Sie nach Niederwessen geschickt wurden«, fuhr Winterholler fort, als das Husten endlich aufhörte. »Ehebruch mit der Gattin eines Verwandten der Fürstin!« Winterholler sah ihn bohrend an.

Korbinian sog tief die Luft ein. »Ich habe gebeichtet«, wagte er sich nach einigem Zögern zu verteidigen. »Ich wurde bestraft, und ich bereue.«

»Ihr habt dem Bauer Greimbl erzählt, dass Ihr etwas mit dem Magen habt und der guten Luft wegen hierher kamt. Diese Lüge habt Ihr nicht gebeichtet!«

»Ich habe Euch gebeichtet, dass ich gelogen habe. Ihr habt nicht weiter nachgefragt und mir die Lüge vergeben.«

Winterholler erinnerte sich. Er seufzte. »Was Euch betrifft«, sagte er ohne Korbinian dabei aus den Augen zu lassen, »so bin ich mir nicht sicher, was ich von Euch zu halten habe. Ihr seid nicht streng genug. Ihr seid«, er suchte nach Worten, »anders! Ihr fügt euch nicht ein! Und doch ... man kann Euch nicht wirklich etwas vorwerfen. Euer Unterricht trägt Früchte, die Kirchsinger scheinen Euch zu schätzen, in Greimbl habt Ihr einen leidenschaftlichen Fürsprecher. Ich möchte Euch aber eindringlich warnen, lasst Euch in Bezug auf das Mädchen, die Amrei vom Rexauer, nichts zu Schulden kommen.«

Korbinian sah Winterholler erstaunt an.

»Von Törring hat Andeutungen gemacht«, beantwortete Winterholler die stumme Frage.

Ah, daher wehte also der Wind. Korbinian konnte ein Schmunzeln nicht unterdrücken. »Ich versichere es Euch, und Gott soll mein Zeuge sein, ich werde mir weder bei Amrei noch bei einer anderen Frau etwas zu Schulden kommen lassen. Und was Amrei betrifft, so werde ich so gut es geht meine Hand schützend über sie halten.«

Wieder seufzte Winterholler. »Das ist es ja gerade. Sie mischen sich ein. Sie kommen hier her und maßen sich Dinge an. Amrei braucht Ihren Schutz nicht.«

»Ich bin anderer Meinung. Die Sache mit dem Esel sollte uns zu denken geben.«

»Der Bub wird sich in Zukunft zurückhalten, dafür habe ich gesorgt.«

»Wissen Sie, was man sich über Amrei erzählt? Weil sie nicht spricht, sei sie den Tieren näher als den Menschen.«

»Augustinus«, sagte Winterholler, »sprach in Anlehnung an Paulus: ›Wer nicht hören kann, kann daher auch nicht glauben. Wer stumm ist, ist wie das Tier‹.«

»Amrei kann aber hören! Und vermutlich kann sie auch sprechen. Sie verweigert sich nur, denn sie hat Angst vor den Menschen!«

»Mäßigt Euch, Lehrer Hecht! Sprecht nicht in diesem Ton mit mir!« Winterholler starrte ihn zornig an, Korbinian hielt seinem Blick stand.

Nach einer Weile stellte Winterholler seinen Becher ab und stand auf. »Es strengt mich zu sehr an, mit Ihnen zu streiten – können Sie Schach spielen?«

Diese Frage erstaunte Korbinian, zumal sie so unvorhersehbar im Raum stand. Fast hätte er gelacht. »Ja, ich kann Schach spielen. Ein wenig zumindest. Unser Vater hat es uns beigebracht.«

»Nach den modernen Regeln? Die Bauern dürfen zu Beginn über zwei Felder gehen, eine Rochade des Königs ist möglich, mit der Dame kann schräg und gerade gezogen werden?«

Korbinian nickte. »Ja, diese Regeln kenne ich.«

Winterholler legte seine Hand auf ein Buch das auf dem Tisch lag und sagte: »Ich würde vorschlagen, dann fechten wir zukünftig unsere Meinungsverschiedenheiten auf dem Schachbrett aus.«

Als Winterholler seine Hand wieder zurückzog, konnte Korbinian den Titel lesen. »L'Analyse des Echecs.« Es war ein Schach-Lehrbuch, von Francois-André Danican Philidor geschrieben. Korbinian schmunzelte. Winterholler war doch immer wieder für eine Überraschung gut. »Warum nicht«, antwortete er, »die Winterabende sind lang in Niederwessen.«

Auf seinem Nachhauseweg schneite es wieder. Die Flocken, die vom Himmel stoben, kratzten und prickelten auf seinen heißen Wagen, und er sann über Winterholler nach, über Amrei und auch über Vitus und dachte bei sich mit einem Seufzen: Es gibt Dinge zwischen Himmel und Erde, von denen wir nur den Schatten an der Wand sehen.

Niederwessen, am 4. Februar anno 1754

Mein lieber Bruder!

In meinem letzten Brief schrieb ich dir, dass ich Amrei nun im Flötespielen unterrichten darf. Seit drei Wochen übt sie täglich eine Stunde mit mir und eine Stunde alleine zu Hause. Ihre Fortschritte sind beachtlich, und ich denke, schon zum Ostergottesdienst kann ich sie auf der Flöte die Kirchsinger begleiten lassen. Doch was viel wichtiger ist, durch die Musik blüht Amrei auf wie die Knospe einer Blume im warmen Sonnenschein. Ihre Augen leuchten, ihre Wangen sind rosig, ihr Lachen klingt wie der Gesang einer Nachtigall. Ach Bruder, ist die Welt nicht viel zu schön, um einander das Leben schwer zu machen?

Vor zwei Tagen war Lichtmess und somit Dienstbotenwechsel. Amrei verrichtete ihre Arbeit wie immer, doch bevor sie nach Hause ging, machte sie einen Knicks vor mir und sah mich fragend an. Ich spürte, dass sie etwas erwartete, wusste aber nicht was, also schob ich ihr den Alphabetbogen hin.

Ihre Finger glitten über die Buchstaben. Heut' ist Lichtmess schrieb sie, und als ich immer noch nicht begriff, fügte sie an, ob sie morgen wiederkommen sollte.

»Aber ja!«, rief ich bestürzt. »Das ist für mich gar keine Frage! Du bist doch nicht irgendeine Dienstmagd für mich, du bist ...« An dieser Stelle brach ich ab. Was sie mir wirklich bedeutet, konnte ich ihr schließlich nicht sagen. Freude und Glück, Liebe und Hoffnung. Ein Tag an dem ich sie nicht sehe, ist ein verlorener Tag. Weint sie, bin ich verzweifelt. Lacht sie, scheint die Sonne auch für mich und wäre sie nicht mehr, ich wüsste nicht, was ich tu.

Ich stand auf, griff nach ihren Händen, sagte so sachlich wie möglich, dass ich mit ihrer Arbeit sehr zufrieden bin und ohne sie geradezu verloren wäre. Sie ging. An der Tür sah sie sich noch einmal um und lächelte.

Kaum war sie fort, klopfte ein Lichtmesssammler bei mir an. »Unsere Liebe Frau schickt mich und lässt um ein Lichtmessopfer bitten«, sagte er. Ich verstand nicht, deshalb wurde er deutlich: »Ein Geld sollen Sie mir geben, Herr Lehrer, für Altarkerzen. Aber keine Heller, Herr Lehrer, es müssen schon Kreuzer sein, weil Nickel nimmt keine Weihe an!« Ich gab ihm fünfzehn Kreuzer. Er nickte, schob sie ein und sagte: »Da wird Unsere Liebe Frau sich schon auf besondere Weise bei Ihnen bedanken!« Jetzt überlege ich, Ignaz, ob man sich für eine großzügige Spende bei Unserer Lieben Frau etwas ausbitten darf, denn ich wüsste schon, was ich mir wünsche. Aber das hieße ja, dass man sich die Erfüllung seiner Träume im Himmel erkaufen kann ...

Auch von Winterholler gibt es etwas zu berichten. Am letzten Sonntag ging ich nach Oberwessen, wo die Schäferin wohnt, von der ich Dir im letzten Brief geschrieben habe. Bei ihr bekam ich wie erhofft die getrocknete Wurzel der Wetterdistel, die brachte ich Winterholler gestern mit – und was kam heraus? Dieses sture Mannsbild hat die Kräuter, die ich ihm im letzten Herbst gab, nie genommen! Ich versprach ihm unter zornigen Blicken nie wieder mit ihm Schach zu spielen, wenn er sich nicht endlich behandeln ließe und bereitete ihm höchstpersönlich den ersten Aufguss zu. Nun hoffe ich, er nimmt zukünftig seine Medizin, sonst landet er schneller vor den Pforten seines Herren, als ihm lieb sein dürfte.

Apropos, die Tochter des Fleischhauers ist vor einigen Tagen gestorben. Sie hatte sich ein fingerdickes Stück

Holz in den Fuß gerammt. Der Vater zog es heraus, doch etwas davon blieb in der Wunde stecken. Bald pochte es in ihrem Fuß und er glühte wie ein Stück Kohle. Da hat der Fleischhauer eine Alte geholt, die drüben im Tirolerischen ihr abergläubisches Unwesen treibt. Sie riet ihm, die Wunde mit Schuhpech einzustreichen, das sollte den Schiefling herausziehen. Überdies, sagte sie, müsse der kranke Fuß dreimal den Vollmond sehen, erst dann könne er heilen. Darauf rieb der Fleischhauer kräftig Schuhpech auf die Wunde und stellte sich das Mädchen bei Vollmond vor die Tür. Im ersten Viertel des abnehmenden Mondes ist sie gestorben.

Du siehst, Ignaz, es ist dringend notwendig, dass ich mich mit dem Studium der Medizin beschäftige, aber ich kann mich nicht zerreißen. Ich unterrichte siebenmal pro Woche sechs Stunden am Tag, denn seit kurzem haben wir auch eine Sonntagsschule eingerichtet. Ich probe mit dem Chor und mit Amrei und muss selbst üben, um meine Fingerfertigkeit nicht zu verlieren. Abends spiele ich mit Winterholler Schach oder studiere, bis mich die Müdigkeit übermannt. Meine Tage sind also voll ausgelastet – langweilig ist mir jedenfalls nicht mehr.

Das war es für dieses Mal, lieber Ignaz. Bestell bitte der Mutter, sie soll sich nicht länger um mich sorgen, es geht mir gut. Und danke ihr für den Kaffee, den sie mir geschickt hat. Ich genieße jeden Sonntag nach dem Kirchgang eine Tasse und denke dabei an euch,
    in Liebe Dein Bruder
    Korbinian

Wer Rosen brechen will,
scheue die Dornen nicht.

13. Kapitel

Man schrieb den neunzehnten März. Eine seltsame Stimmung lag über dem Ort. Seit dem frühen Morgen wälzten sich von den Bergen Nebelmassen ins Tal, wo sie wie ein weißer Teppich liegen blieben. Doch über dem Nebel schien die Sonne, und Kolkraben absolvierten ihre Balzflüge. Luftrollen und Wellenflüge, paarweise, als tanzten sie miteinander ein kompliziertes Menuett, dazu ihre verliebten Rufe, die durch den Nebel ins Dorf herunter hallten.

Sonst war es still im Ort. Das Vieh gefüttert, die Ställe ausgemistet, die Bauern hatten sich mit ihren Familien nach Grassau aufgemacht, wo heute ein großer Markt stattfand. Nur hier und da mochten hinter verhangenen Fenstern noch ein paar Alte oder Kranke sitzen, auf kleine Kinder aufpassen und ihre Morgensuppe löffeln – und irgendwo drehten wohl auch die Dorfwächter ihre Runde.

Korbinian war beim Greimbl gewesen. Er hatte ihn gebeten, einen Brief mit nach Grassau zu nehmen und ihm ein paar Kräuter genannt, die er vom Grassauer Bader für seine Frau mitbringen sollte. In letzter Zeit litt Anna Greimbl am Gliedschwamm, wie sie ihre Gelenkschmerzen nannte.

Nun stand er vor der Kirche, wartete auf Amrei, Katharina und Bartel, einen Junge, den er für den Chor gewinnen konnte. Der Musik zuliebe, waren sie nicht nach Grassau gegangen. In zwölf Tagen, am Ostermontag, würden der Bub und die beiden Frauen während der Messe gemeinsam ein Osterlied zum Besten geben. »Du

163

Morgenröte, unser Heiland« – Korbinian hatte es selbst geschrieben.

Er lauschte auf die Raben. Da schlug es vom Turm die neunte Stunde. Auf einmal hörte er ein anderes Geräusch. Zuerst nur leise und dumpf, doch bald war es als Hufgetrappel zu erkennen. Es näherte sich von Osten her, wurde lauter, dann wieder leiser und verklang im Süden. Ein Reiter, der offensichtlich nicht nach Grassau wollte, sonst hätte sein Weg ihn an Korbinian vorbeigeführt. Vermutlich war er unterwegs nach Ober- oder Hinterwessen.

Korbinian drehte sich um, ging über den Kirchhof, schob die Tür auf und betrat das Gotteshaus. Drinnen war es düster, kalt und feucht, eine Maus, die er aufgeschreckt hatte, huschte davon.

Der Mesner schloss gerade die Tür zum Turm. »Gott zum Gruß, Herr Lehrer.«

»Gott zum Gruß, Mesner. Der Nebel ist so dick, dass man kaum die Hand vor Augen sehen kann!«

»Das wird schon noch, Herr Lehrer. Eine Stunde, dann haben wir den schönsten Sonnenschein. Und ist der Josephitag klar, folgt ein fruchtbares Jahr! Dass Sie nicht nach Grassau gegangen sind?«

»Was muss sich ein Junggeselle wie ich schon groß kaufen, die paar wenigen Dinge, die ich notwendig brauche, bringt mir der Greimbl mit. Da nütze ich die Zeit lieber für eine Probe.«

Die Tür wurde geöffnet, und Katharina und Bartel traten ein. Sie grüßten ebenfalls und stellten sich zu den beiden Männern.

Katharina hielt Korbinian eine Schüssel hin, in der Schmalznudeln lagen. »Die sind für Sie, ich hab sie gestern ganz frisch gebacken.«

Kaum hatte sie das gesagt, wurde die Tür aufgestoßen und Amrei stürzte herein. Sie war schreckensbleich, die

Augen hatte sie weit aufgerissen und schnappte mit dem Mund, als würde sie nach Worten ringen. So warf sie sich schluchzend an Korbinians Brust und kreuzte die Arme über ihrem Kopf, als ob sie von irgendwoher Schläge fürchtete. Das Entsetzen stand allen ins Gesicht geschrieben, es musste etwas Furchtbares passiert sein.

Korbinian schob Amrei von sich, nahm sie an den Schultern, sah ihr in die Augen und fragte: »Was ist passiert?« Die Frage war müßig, wie sollte sie antworten? Er wandte er sich an den Mesner. »Die Bibel«, sagte er mit Blick auf den Altar, »wir brauchen die Bibel.«

»Aber ich darf doch nicht …« Der Mesner sah von Korbinian zu Amrei und wieder zu Korbinian. Einen Augenblick dachte er nach, dann gab er sich einen Ruck, holte die Bibel und legte sie auf einen der Betschemel.

»Was ist geschehen?«, wiederholte Korbinian und schlug das Heilige Buch irgendwo auf.

Zögernd streckte Amrei den Finger aus, ließ ihn erst langsam dann immer schneller über die kunstvoll gemalten Buchstaben gleiten.

Korbinian las mit, ein Ausdruck von Fassungslosigkeit lag auf seinem Gesicht. »Ein Mann hat sie überfallen«, erklärte er den Umstehenden. »Ein Reiter. Als sie ihr Haus verließ tauchte er plötzlich aus dem Nebel auf und versuchte sie aufs Pferd zu ziehen. Doch es gelang ihr, sich zu befreien und hier her zu laufen. Der Nebel bot ihr Schutz. Beim Neubauer ist sie über den Steg und dann über die Mauer auf den Kirchhof geklettert.«

»Ein Mann auf einem Pferd?«, fragte Korbinian. Er erzählte, dass er einen Reiter gehört hatte, er sei aus der Schlechinger Richtung gekommen.

Amrei nickte.

»Was für ein Pferd?«, fragte Korbinian.

»Ein Brauner mit einer sternförmigen Blesse«, zeigte sie an, »sonst hatte es keine Abzeichen.« Aber solche Pferde gab es in Niederwessen zuhauf.

»Und der Mann?«

Amrei beschrieb ihn als schlank und vermutlich noch jung. So genau konnte sie es nicht sagen, denn sie hatte Angst und war viel zu aufgeregt, um auf Äußerlichkeiten zu achten. Er trug bäuerliche Arbeitskleidung wie sie jeder hier trägt und eine Zipfelmütze – auch das war üblich. Die hatte er tief ins Gesicht gezogen, und um Mund und Nase hatte er einen Schal geschlungen, so konnte sie nicht viel mehr von ihm sehen, als seine Augen.

»Kann es Vitus gewesen sein?«, fragte Korbinian.

»Aber Vitus hat doch kein Pferd«, mischte sich der Mesner ein.

Natürlich, das stimmte, Vitus hatte kein Pferd. Aber wer sollte es sonst gewesen sein? Wer sonst hätte ein Interesse daran, Amrei zu schaden oder ihr gar etwas anzutun! »Würdest du ihn wiedererkennen?«, fragte Korbinian nach einer Weile.

Amrei schüttelte den Kopf. Plötzlich traten wieder Tränen in ihre Augen und sie deutete an, dass sie, als sie sich losriss, die Flöte verloren hat.«

»Mach dir keine Sorgen, wir finden sie«, beruhigte er sie, sah Katharina und Bartl an und sagte: »Es wird besser sein, wir gehen alle nach Hause, für heute hat das Proben nicht viel Sinn.«

Der Mesner trug die Bibel an ihren Platz zurück. Vor der Kirche trennten sich die Sänger. Katharina und der Bub, die ein Stück weit denselben Weg hatten, gingen die Dorfstraße hinunter, Korbinian und Amrei über den Steg auf die andere Seite des Baches. Nicht weit von Korbinians Haus fanden sie den Kasten, in dem sie die Flöte aufbewahrte, im Schnee. Erleichtert griff Amrei danach und presste ihn an sich wie ein verlorenes Kind, das zurückgekehrt war.

»Nein, du bleibst bei mir, bis deine Eltern aus Grassau zurück sind«, sagte Korbinian, als sie sich verabschieden und nach Hause gehen wollte.

Erleichtert folgte sie ihm. Drinnen setzten sie sich ans Fenster, öffneten den Kasten, wickelten die Flöte aus dem Tuch, und untersuchten sie. Sie war trocken und unversehrt, alles schien in Ordnung zu sein.

»Bleib hier sitzen«, sagte Korbinian. »Ich koche uns eine Tasse Kaffee auf.«

Amrei schüttelte den Kopf und deutete auf sich.

»Nein«, sagte Korbinian, »keinen Bauernkaffee, so wie du ihn kennst, etwas ganz Besonderes.«

Verwundert sah sie zu, wie er schwarze runde Dinger in einem Mörser zerkleinerte, denn eine Kaffeemühle besaß er nicht. »Das sind Kaffeebohnen«, erklärte er, »ich habe sie in einer Pfanne geröstet. Sie wachsen in fernen Ländern und werden mit Schiffen zu uns gebracht. Meine Mutter hat sie mir geschickt, weil ich Kaffee so gerne trinke.« Inzwischen hatte er Wasser in einem kleinen Topf erhitzt und warf die zerstoßenen Bohnen hinein, um sie eine Weile zu kochen. Dann goss er die schwarze Brühe durch ein Stoffsäckchen in eine Kanne, und als sie durchgesickert war, rührte er Honig hinein, verteilte den Kaffee in zwei Becher und reichte Amrei einen davon.

Sie kostete und stutzte, zog die Stirn in Falten und trank noch einmal.

»Schmeckt es?«, fragte Korbinian mit einem Lächeln.

Amrei wog den Kopf, was bedeutete, dass sie nicht sicher war, was sie von diesem Getränk halten sollte.

»Es ist vielleicht ein wenig gewöhnungsbedürftig«, gab er zu, sah sie eine Weile an, fragte dann: »Kennst du die Geschichte von der stummen Prinzessin?«

Sie schüttelte den Kopf.

»Die stumme Prinzessin war eine fröhliche junge Frau.
Sie hat immer gelacht und geplaudert, und jeder mochte
sie. Da sah sie eines Tages, als sie mit ihrem Vater auf die
Jagd ging, einen jungen Schäfer. Von da an sprach sie nicht
mehr. Egal welche Kräuter man ihr auch verabreichte, um
ihre seltsame Krankheit zu heilen, sie blieb stumm. Bis
eines Tages ein altes Weiblein beim König vorsprach und
behauptete, sie wüsste, wie man die stumme Prinzessin
heilen könnte. Es ist ganz einfach, sagte sie, holt den jungen Schäfer her. Der König ließ also den Schäfer kommen.
Der legte der Prinzessin die Hände auf die Schultern und
fragte: Liebst du mich? – Ja, hat sie geantwortet, und von
da an war sie geheilt.«

Amrei schlug zuerst die Augen nieder, doch im nächsten Moment blickte sie wieder auf und sah Korbinian fest
an.

Er ging vor ihr in die Knie. »Liebst du mich?«, fragte er.

Doch so sehr er sich auch gewünscht hatte, sie würde Ja
sagen, nur dieses eine einzige Wort, sie brachte es nicht
über die Lippen. Trotzdem blieb sie ihm eine Antwort
nicht schuldig. Zögernd hob sie die Hand und legte sie
ihm mit einem Lächeln auf die Wange. Korbinian griff
danach, zog sie an seine Lippen um sie zu küssen.

Doch schnell hatte sie die Realität wieder eingeholt.
Draußen am Fenster huschte jemand vorbei! Es war nur
ein Schatten, aber sie hatten ihn beide gesehen. Korbinian
sprang auf, rannte hinaus, doch zu spät. Mehr als Fußspu-
ren, die durch seinen Garten zum Bach führten und sich
dort hinter der Scheune der Rexauers verliefen, konnte er
nicht mehr ausmachen.

Als er zurückkehrte, saß Amrei zitternd und ängstlich
im dunklen Eck hinterm Ofen, und Korbinian dachte:
Und was, wenn der Burgsasse doch Recht hatte? Wenn es

nicht die Panduren waren, die Amreis Familie getötet hatten? Und was, wenn auch kein Bettler oder Landstreicher der Mörder war, sondern einer von hier? Jemand aus Niederwessen? Jemand, der nun Angst bekam, Amrei, die Stumme, die plötzlich einen Weg gefunden hatte sich zu äußern, könnte ihn verraten?

Korbinian ging zu ihr. »Hab keine Angst«, sagte er, nahm sie am Ellenboten und führte sie zum Tisch. »Angst vergiftet die Seele. Wenn es etwas gibt, wovor du dich fürchtest, wenn du dich an etwas erinnerst, vielleicht aus der Vergangenheit, sag es mir! Ich bin für dich da, ich stehe dir bei.«

Er holte Amreis Flöte und legte sie ihr in die Hände. Dann nahm er seine, und sie spielten im Duett eines der Lieder, die er ihr beigebracht hatte.

Als Korbinian Tags darauf Winterholler aufsuchte, um mit ihm Schach zu spielen, kam ihm vom Hufschmied Vitus entgegen. Er führte einen Braunen mit einer sternförmigen Blesse am Halfter. Korbinians Pulsschlag tanzte. Vitus mit einem Pferd! Mit einem Braunen, der eine sternförmige Blesse hatte!

»Hast jetzt etwa ein Ross?«, fragte er, mühsam um Ruhe beherrscht.

Der Bub sah ihn hasserfüllt an und ging ohne zu antworten weiter.

Beim Schmied blieb Korbinian stehen, überlegte eine Weile, trat schließlich ein. Hans Bachhauser war ein alter Mann, der vom vielen Buckeln beim Ausschneiden und Beschlagen einen runden Rücken bekommen hatte. Seine Hände waren tellergroß und schwarz vom Ruß, sein Haar, eigentlich weiß, ebenfalls. Er stand am Feuer und fachte es mit einem Blasebalg an bis die Kohlen glühten.

»Gott zum Gruße«, sagte Korbinian.

»Grüß Gott«, kam es kurzangebunden zurück.

»Vitus war gerade mit einem Ross hier?«

»Hm«, machte der Schmied. Er legte ein Stück Eisen ins Feuer und betätigte wieder den Blasebalg.

»Seit wann hat er denn ein Pferd?«

»Warum fragen Sie ihn nicht selbst?« Hans Bachhauser holte das Eisen mit einer Zange aus der Glut, begutachtete es und legte es wieder zurück.

»Ich frage dich, Schmied, weil mir der Bub keine Antwort gab. Aber ich kann dir auch den Vikar oder Wolf Greimbl vorbeischicken.«

»Seit drei Tagen«, gab der Mann endlich Auskunft. »Er hätte es vom Chronlachner gekauft, hat er mir erzählt, vom Alten, vom Xani.«

»Vom Chronlachner? Aber wie kann sich der Bub ein Ross leisten?«

»Er will sich damit als Fuhrmann verdingen. Dann bezahlt er es in Raten ab und hilft außerdem beim Chronlachner im Wald. Der braucht dringend Holzknechte.«

»Ja, hat denn der Bub zu Hause nicht schon genug Arbeit am Hals?«

Wieder begutachtete der Schmied das glühende Eisen. »Das ist nicht meine Sache«, sagte er dabei. »Aber wenn Sie mich schon fragen, ich glaub, er will sich von daheim lossagen. Dem ist das alles zu viel. Jetzt grad, wo sein Vater wieder nüchtern ist und sich um seine Frau und die kleine Afra kümmern kann, ist die Gelegenheit günstig.« Er ging mit dem glühenden Eisen zum Amboss, legte es auf und fing an, es mit einem Schmiedehammer zu bearbeiten.

Korbinian verstand – die Audienz war beendet.

Winterholler saß am Tisch. Er hatte sich einen dicken Schal um Hals und Brust gewickelt und trank heißen Wein. Das Schachbrett stand vor ihm, die Figuren waren aufgestellt. »Der Mesner«, sagte er nach einer kurzen Begrüßung, »hat mir von dem Überfall auf Amrei berichtet. Greimbl war auch schon hier. Ich bin etwas ratlos, muss ich zugeben. Was hat das mit diesem Mädchen auf sich? Steckt wieder einmal dieser Vitus dahinter?«

»Man wird ihn befragen müssen, denn soeben habe ich ihn mit einem Braunen gesehen, der einer sternförmigen Blesse hat, genau wie der, den Amrei uns beschrieb. Ich habe mich beim Schmied erkundigt, das Pferd gehört Vitus seit drei Tagen, vom alten Chronlachner hat er es und soll es in Raten abbezahlen. Wenn er also ein Pferd hat, kann er Amrei überfallen haben.«

»Wie Sie das sagen; ganz so als ob Sie es nicht wirklich glauben.«

»Doch. Es scheint mir durchaus möglich. Der Hass dieses Jungen ist unergründlich. Ich frage mich, woher er kommt? Aber andererseits ...« Korbinian geriet ins Stocken.

»Andererseits?«

»Als der Burgsasse bei Amrei war, da machte er so eine Bemerkung. Sein Vorgänger hätte damals Zweifel gehabt, ob wirklich die Panduren die Mörder von Amreis Familie waren. Das hat mir zu denken gegeben. Nur einmal angenommen von Törrings Vorgänger hatte Recht mit seinen Zweifeln – wer war es dann? Bettler und Landstreicher? Oder jemand aus Niederwessen? War es aber jemand aus Niederwessen, dann fühlt er sich jetzt, wo er weiß, dass Amrei schreiben kann, womöglich in Bedrängnis. Sie könnte ihn wiedererkennen und verraten.«

»Ja, ich erinnere mich, dass von Notthaff damals Zweifel anmeldete. Aber niemand außer ihm konnte das glauben.«

»Warum nicht? Gab es hier noch nie Menschen, die Unrechtes getan haben? Nehmen wir nur Vitus. Im Kleinen beginnt es, und ehe man sichs versieht, baumelt so ein Junge am Galgen. Ich lebe nicht lange in Niederwessen und habe hier tatsächlich noch kein größeres Verbrechen miterlebt, aber gegeben haben wird es solche. Oder warum unterhält das Marquartsteiner Gericht eine Galgenstätte?«

Der Vikar sah bekümmert drein. »Und doch kann ich mir so eine Untat von einem der Unseren nicht vorstellen. Und erst recht nicht, dass er nun wieder anfangen sollte«, Winterholler suchte nach Worten, »sein Unwesen zu treiben. Die Leute hier mögen Fehler haben, und die Schlechtigkeit sitzt so manchem im Nacken. Aber Mord und Totschlag, das ist doch etwas anderes.«

»Und dass Vitus jetzt ein Pferd hat – soll man dem nicht nachgehen? Wir können doch den Überfall auf Amrei nicht einfach so hinnehmen.«

Winterholler seufzte. »Aber was sollen wir tun? Niemand war dabei. Keiner hat es tatsächlich gesehen.«

»Was wollen Sie damit sagen, Herr Vikar!« Korbinians Blick wurde kühl. »Dass Amrei sich die Geschichte ausgedacht hat? Dass man der Stummen, die angeblich mehr ein Tier als ein Mensch ist, nichts glauben kann?«

»Nicht ich sage das, aber die Leute werden es sagen. Solange es keine Zeugen gibt, werden sie zweifeln. Wirbeln Sie keinen Staub auf, Hecht. Sie werden damit nichts anderes erreichen, als dass man Sie als Nestbeschmutzer sieht. Jetzt haben Sie sich ein wenig Zuneigung errungen, und man beginnt Sie zu achten. Setzen Sie das nicht aufs Spiel für eine vage Vermutung, die Sie nicht beweisen können!«

Winterholler hatte das letzte Spiel gewonnen und durfte deshalb heute beginnen. Ohne ein weiteres Wort zog er mit einem der Bauern und sah Korbinian auffordernd an. Der seufzte still in sich hinein. Leider hatte der Vikar

recht. Es waren nichts als vage Vermutungen, und die Niederwessener würden nicht nur ihn sondern auch Amrei
dafür büßen lassen, wenn er sie verlauten ließe.

Er neigte sich über das Schachbrett, setzte seinen Zug
und nahm einen Schluck aus dem Becher, der für ihn
bereitstand.

»Und um Vitus kümmere ich mich«, sagte Winterholler
nach seinem zweiten Zug.

Ein kleines Loch stopf zu,
denn groß wird es im Nu.

14. Kapitel

Ein sonniger, warmer Frühlingstag war dieser Ostermontag, an dem Korbinian mit seinem Chor und Orchester die Messe begleitete. Zu seiner und Amreis Flöte waren noch ein Großbass-Krummhorn, eine Langtrompete und eine krumme Zinke gekommen. Auf letzterer spielte der Jüngste vom Schafferer, der Hans. Er hatte das Instrument in einer Kiste von seinem Onkel gefunden, der im Krieg gefallen war. Korbinian gab ihm darauf Unterricht und als er bemerkte, dass der Bub begabt war und sich bereitwillig einfügte, nahm er ihn in sein kleines Kirchenorchester auf.

Der Chor mit Katharina als Solistin durchsang alle Höhen und Tiefen mit so viel Gefühl und Hingabe, dass sich denen drunten die Augen mit Tränen füllten. Doch mehr noch als über Katharinas wunderbare Stimme staunte man über Amrei, die auf ihrer Flöte ein Solo spielte. Was sie zum Besten gab, war über die Maßen schön. Ein Hosianna wie auf Engelsschwingen durch das Kirchenschiff getragen.

Nach dem Hochamt dankten es ihr die einen mit gutem Zuspruch und freundlichen Komplimenten, andere schüttelten ihr die Hände und wieder anderen glotzten ihr mit offenem Mund nach und wollten nicht glauben, dass dies mit rechten Dingen zugegangen war. Das konnte die Amrei doch nicht gewesen sein, die Stumme, die den Tieren näher war als den Menschen! Und doch hatte man sie mit eigenen Augen auf der Empore stehen und spielen gesehen.

Zum Festtagsbraten war Korbinian beim Greimbl eingeladen.

»Das hätten wir nie geglaubt, dass die Amrei noch einmal so aus sich herausgeht«, sagte die Bäuerin, »und auch nicht, dass unsere Kirchsinger jemals so schön singen würden. Es ist wirklich ein Glück für uns, Herr Lehrer, dass Sie sich hierher versetzen haben lassen.«

Korbinian blickte auf seine Hände, er sagte nichts und war froh, als Wolf Greimbl das Thema wechselte. »Wir besitzen eine alte Fidel, Herr Lehrer, und der Wolfi«, er deutete auf seinen Enkel, der zu Korbinians Schülern zählte, »der würde gerne darauf das Spielen lernen.«

»Da kann ich ihm leider nicht helfen, denn das Fiedeln kann ich selbst nicht«, entgegnete Korbinian. »Aber wenn es nicht unbedingt die Fidel sein muss, vielleicht kann man das Instrument gegen eine Flöte oder ein Krummhorn eintauschen?«

»Der Bruder vom Bauernkramer, der kennt doch von Grassau bis ins Tirolerische hinüber Gott und die Welt«, sagte die Greimblin, »der könnte sich umhören, ob einer eine Fidel braucht.«

»Ja, Großvater«, rief der Bub begeistert, »der Joseph soll die Fidel tauschen, dann kann ich auch Musik machen!«

Wolfgang Greimbl lachte. »Da haben Sie was angerichtet, Herr Lehrer, jetzt wollen plötzlich alle das Musizieren erlernen.«

Drei Tage später erhielt Korbinian einen Brief von der Herzoglichen Kanzlei in München. Das Siegel, mit dem er verschlossen war, nötigte dem jungen Schafferer, der ihn mitgebracht hatte, einiges an Respekt ab. Er verneigte sich sogar, als er ihn Korbinian überreichte. »Falls Sie eine Antwort schreiben müssen, Herr Lehrer, in drei Tagen gehe ich wieder nach Grassau, da kann ich den Brief mitnehmen.«

Korbinian setzte sich an den Ofen, brach das Siegel und las. Seine Augen wanderten über die Zeilen, seine Lippen bewegten sich dabei. Schließlich ließ er den Brief sinken und sah aus dem Fenster zum Hof der Rexauers hinüber. Noch vor drei oder vier Monaten hätte er sich über diese Nachricht gefreut, Luftsprünge hätte er vermutlich gemacht. Aber jetzt ... Zurück nach München sollte er, zurück an den Hof?

Er versuchte es sich vorzustellen, sah sich im Gedanken mit dem Orchester spielen, während die hohen Herrschaften speisten. Sah die Damen und Herren Menuett tanzen, hörte das aufreizende Lachen der Frauen, die ihm über seidene Fächer hinweg kokette Blicke zuwarfen, hörte die Männer politisieren und über Dinge sprechen, von denen sie keine Ahnung hatten.

Auch er, Korbinian, hatte keine Ahnung gehabt, bis er hier her verbannt worden war. Hatte nicht gewusst, was Armut heißt, was Kälte und Hunger bedeuten, was Überschwemmungen anrichten können und was man braucht, um zu überleben. Wie man Feuer macht zum Beispiel, oder eine Mahlzeit zubereitet.

Und jetzt, im Frühjahr, wollte er erleben, wie es ist, wenn sich nach einem langen Winter die Sonne über die Berge erhebt und die Erde dampfen lässt. Wie das Korn sprießt und was die Felder nach einem langen Sommer hergeben, wie die Gärten blühen und aus den Knospen an den Bäumen Früchte werden. Aber das Wichtigste von allem war Amrei! Wie könnte er ohne sie fortgehen, sie hier zurücklassen?

Unterzeichnet war das Schreiben von irgendeinem Kanzleiangestellten. Natürlich, der Kurfürst würde sich nicht herablassen, einen kleinen Musikus persönlich zurückzubeordern, auch dann nicht, wenn er hin und wieder mit ihm in seinen privaten Gemächern musizierte.

Noch einmal überflog Korbinian die Zeilen: ... und stellt Euch unsere hochverehrte Durchlaucht Kurfürst Max III. Joseph frei, an seinen Hof zurückzukehren ...

Korbinian seufzte. Freistellen! Natürlich, ein Kurfürst bittet nicht, er gewährt. Und was er großzügig gewährt, hat man dankbar anzunehmen, und folgte man dem Ruf nicht, wäre das ein Affront, den der Fürst nicht verzeihen konnte.

Korbinian saß in der Klemme.

Als drüben beim Rexauer die Tür aufging, Amrei mit dem Flötenkasten in der einen und einem Topf in der anderen Hand auf den Hof trat, schob er den Brief schnell in das Buch, das auf der Ofenbank lag.

Amrei blickte kurz zum Dorf hinunter, dann ging sie an ihrem Garten vorbei auf dem Trampelpfad zu ihm herüber. Lächelnd trat sie ein, stellte den Flötenkasten auf den Tisch, hielt Korbinian den Topf hin, damit er hineinblicken konnte. Roggenknödel mit Kraut! In letzter Zeit brachte sie öfter etwas mit, das sie zu Hause gekocht hatte, und wenn er einwendete, dass sie ihre Vorräte doch für sich brauchten, entgegnete sie, er gäbe ihr ja schließlich Unterricht im Musizieren.

Sie stellte den Topf ans Herdfeuer, nahm die Flöte, setzte sich damit ans Fenster und spielte, was Korbinian ihr zu üben aufgetragen hatte. Versonnen sah er zu wie ihre Finger auf dem Instrument tanzten, blickte in ihre Augen, die so glücklich leuchteten, sah ihren Mund, der sich über dem Tubus spitze und wünschte sich nichts sehnlicher, als sie zu küssen.

Nach München zurück! Ach, wenn er doch noch ein halbes Jahr länger bleiben dürfte, noch ein wenig mehr Zeit zur Besinnung hätte.

Amrei hatte das Lied zu Ende gespielt. Sie ließ die Flöte sinken und sah Korbinian fragend an. Sie spürte wohl, dass heute etwas mit ihm anders war als sonst.

»Gut«, sagte er. »Doch noch etwas getragener an dieser Stelle.« Er nahm sein eigenes Instrument und ließ hören, wie er es meinte.

Danach spielten sie das Stück zu zweit, und am Ende lächelten sie sich an, und dieses Lächeln war wie eine Liebkosung, so innig und voller Zärtlichkeit.

Nein, er konnte nicht nach München zurück! Nicht jetzt, nicht so plötzlich! Nicht ohne zu wissen, was aus Amrei werden sollte.

In sich versunken kniete Winterholler auf einem Betstuhl und murmelte ein Gebet. Als Korbinian die Kirche betrat, hob er den Kopf. »Suchen Sie mich?«

»Ja.« Korbinian verneigte und bekreuzigte sich vor dem Altar, wendete sich dann wieder Winterholler zu. »Ich brauche Ihre Hilfe.«

»Einer der Buben?«

Korbinian schüttelte den Kopf. »In eigener Sache.«

Winterholler erhob sich, Korbinian folgte ihm zu einer Bank, die seitlich unter einem Bild vom Heiligen Martin stand, damit Alte und Kranke auf ihr Platz nehmen konnten. Dort setzten sie sich, und Korbinian erzählte Winterholler von dem Brief.

»Wie kann ich Ihnen da helfen?«, antwortete der Vikar. »Sie wissen doch selbst, wie man verreist. Sie packen Ihre Sachen, gehen nach Grassau, dort mieten Sie sich einen Platz in einer Postkutsche.«

»Aber das ist es ja – ich will gar nicht zurück. Nicht jetzt zumindest.«

Erstaunt sah Winterholler ihn an. »Und ich hatte geglaubt, Sie wünschten sich nichts sehnlicher, als uns hier den Rücken zu kehren. Schließlich wissen wir beide nur allzu gut, dass Ihr Erscheinen in Niederwessen nicht freiwillig war.«

»Ich bin nicht freiwillig gekommen, das stimmt. Aber oft findet man dort das Beste für sich, wo man nicht danach gesucht hat. Ich habe Dinge begonnen, die ich zu Ende führen möchte. Ich brauche Aufschub – ein halbes Jahr noch, vielleicht ein ganzes.«

Winterholler sah ihn an, als wolle er das Letzte aus ihm herausfragen. »Ich wüsste nicht ein Ding, das Sie hier begonnen haben, das sich in einem halben oder ganzen Jahr zu einem Ende bringen ließe. Ob Sie heute gehen oder morgen, man wird Sie vermissen, denn Sie lassen Schüler ohne Lehrer zurück und einen Chor, ein Orchester ohne Chormeister. Und dann sind da noch ein paar Menschen, die Sie vermissen würden, aus ganz privaten Gründen.« Konnte sein, damit meinte er auch sich selbst, aber einer wie Winterholler biss sich lieber die Zunge ab, als einzugestehen, dass er einen anderen brauchte.

Sie schwiegen sich eine Weile an, ehe der Vikar fortfuhr: »Sie bitten um ein wenig Aufschub, Hecht, um sich nicht entscheiden zu müssen. Was Sie hier im letzten halben Jahr gelernt haben ist, dass Sie nicht wirklich dorthin gehören, woher Sie kommen, aber hierher gehören Sie auch nicht. Sagen Sie dem Fürsten jetzt Nein, schlagen Sie eine Tür zu, die Sie sich gern aufhalten möchten.«

Korbinian gab zu, dass es so war. »Ich weiß, ich zaudere und zweifle. Aber reicht denn dies halbe Jahr wirklich, um gleich ein ganzes Leben umzukrempeln?«

Winterholler schwieg lange, ehe er sagte: »Dem einen mag es reichen, dem anderen nicht. Ich soll für Sie Aufschub erwirken, aber ich befürchte, Sie überschätzen meine Möglichkeiten.«

»Sie kennen von Törring gut, das haben Sie mir selbst erzählt. Und von Törring ist mit dem Fürstenpaar verschwägert. Wenn Sie ihm sagen, dass ich hier gebraucht werde, besser noch, dass Sie mich brauchen ... Ihr Wort hat doch Gewicht.«

Winterholler nickte. »Ich kann es versuchen, wenn ich auch keine große Chance auf Erfolg sehe.«

»Ich danke Ihnen, Herr Vikar.«

Die beiden standen auf, und Winterholler sagte mit Blick auf den Altar: »Vielleicht sollten Sie auch mit Gott darüber Zwiesprache führen, denn der Mensch denkt, aber Gott lenkt.«

Korbinian seufzte still in sich hinein. Da war er wieder, der Herr Vikar, so wie er ihn kannte und nicht besonders liebte – immer ein wenig schneller mit seinen Anordnungen, als man selbst aus freien Stücken handeln konnte.

Diesmal geschah es am Weidachberg. Wie jedes Jahr am dreiundzwanzigsten April, dem Namenstag ihres Vaters, ging Amrei zu einem Marterl, das ihre Eltern dort droben errichtet hatten, zum Dank, dass der Vater unversehrt geblieben war, als einmal im Wald, nicht weit von ihm, ein Blitz eingeschlagen hatte. Sie hängte einen kleinen Totenkranz an das steinerne Kreuz, den sie selbst aus Buchsbaum und Wiesenschaumkraut gebunden hatte, und betete für das Seelenheil ihrer Verstorbenen. Da brach plötzlich aus dem Dickicht ein Mann hervor, eine Mütze über den Kopf gezogen, das Gesicht mit Ruß geschwärzt. Er packte sie von hinten und warf sie zu Boden. Einen einzigen Schrei konnte sie ausstoßen, bevor er sie würgte. Gellend und so laut war er gewesen, dass er dem Jagdgehilfen Brandner, der in der Nähe des Tatorts durch den Wald streifte, durch Mark und Bein ging. Weil er Amrei zuvor auf dem Weg gesehen hatte, dachte er sich, dass sie es gewesen sein musste, die so verzweifelt geschrien hatte, und lief in die Richtung los, in der er sie vermutete. Dabei ging ihm so einiges durch den Kopf. Angefangen von der Bärin, die er vor Tagen am Steilenberg mit zwei Jungen beobachtet hatte, bis hin zu den Wilddieben und Schmugglern, die sich in der Gegend immer wieder herumtrieben und vermutlich nicht zögern würden, sich an einer jungen Frau zu vergehen. Um das Schlimmste zu verhindern, blieb er stehen und schoss einmal in die Luft, und damit rettete er Amrei vermutlich das Leben. Denn der Mann, der über ihr kniete und mit seinen Händen ihren Kehlkopf einzudrücken versuchte, war nun gewarnt, sprang auf und verschwand auf Nimmerwiedersehen im Gebüsch.

Als der Jagdgehilfe Amrei fand, saß sie aufrecht ans Kreuz gelehnt, hielt sich den Hals und rang nach Atem. Er beugte sich zu ihr hinter, wollte helfen, doch in ihrer Angst schlug sie nach ihm, bis sie endlich begriff, dass er es gut mit ihr meinte und vorhatte, sie ins Dorf zu bringen.

Zu Hause berichtete der Mann was vorgefallen war.

Jammernd und klagend lief die Rexauerin mit einem Eimer zum Bach, um eiskaltes Wasser zu schöpfen. Zurück in der Stube tauchte sie ein Tuch hinein und wickelte es um den malträtierten, blutunterlaufenen Hals ihre Tochter. Dann holte sie Korbinian und breitete das Sticktuch vor Amrei aus.

Fassungslos nahmen sie ihren Bericht entgegen.

»Mein Gott«, rief Agathe, schüttelte fortwährend den Kopf, »was hat das Mädel denn getan, dass ihr einer nach dem Leben trachtet.«

Sie schickten nach Wolf Greimbl, der ließ den Pfleger zu Marquartstein benachrichtigen, und zwei Stunden später saßen sie alle beim Rexauer in der Stube. Amrei zwischen Korbinian und dem Burgsassen am Tisch, Greimbl und der Jagdgehilfe ihnen gegenüber, die Mutter weinend am Ofen; nur der Vater, der zu einem Fuhrdienst unterwegs war, ahnte von den Ereignissen noch nichts.

»Wer hat denn gewusst, dass du auf den Weidachberg gehst?«, fragte der Burgsasse.

Amreis Finger glitt über das Sticktuch, und Korbinian ließ verlauten, was sie anzeigte. »Es ist im Dorf allgemein bekannt, dass ich alle Jahre an Georgi auf den Weidachberg gehe, und einige haben mich auch gesehen. Ein paar Frauen standen beim Bauernkrämer, der Strobl kam mir mit seinen beiden Rössern am Bachsteg entgegen, und beim Schmidthauser hat die Afra auf der Straße gespielt.

Korbinian sah vom Sticktuch auf und Amrei stirnrunzelnd an. »Dann wusste es also auch Vitus?«

Amrei zuckte die Schultern.

»Wer ist dieser Vitus?«, fragte der Burgsasse.

Korbinian erzählte ihm, was es über den Jungen zu sagen gab.

»Aber den Vitus«, berichtete der Jagdgehilfe, »den hab ich mit seinem Ross im Wald vom Chronlachner gesehen.«

»Dann passt es ja«, rief Agathe, »wenn er eh dort drüben im Wald war!«

»Aber von der Zeit passt es nicht, da hätte er mich auf dem Weg überholen müssen.«

»Und wenn er geritten ist, quer durch den Wald?« Wut schwang in ihrer Stimme mit. »Dem trau ich alles Schlechte zu!«

»Was meinst du?«, fragte der Burgsasse Amrei. »Kann es dieser Vitus gewesen sein?«

Sie konnte es nicht sagen. Es war ein junger Mann, da war sie sicher, aber sie glaubte, er war doch älter als Vitus. Und ein Ross hatte er auch nicht dabei.

»Das kann man irgendwo im Gebüsch anbinden«, meldete sich die Rexauerin wieder zu Wort.

Der Burgsasse sah die Bäuerin zweifelnd an. »Aber warum sollte dieser Vitus deine Tochter umbringen wollen?«

»Das ist seine Rache dafür, dass sie ihn geschlagen und an den Lehrer verraten hat.«

»Deshalb bringt man keinen um.«

»Es könnte auch meinetwegen sein«, warf Korbinian ein. »Er hasst mich aus tiefstem Herzen und er weiß, dass Amrei mir den Haushalt führt.«

Um den Mund des Burgsassen zuckte ein zweideutiges Lächeln. »Nun gut, sie führt Euch den Haushalt, Hecht, aber Ersatz für eine Magd findet ihr jederzeit wieder. Ihr Verlust würde Euch doch sicher nicht so sehr treffen, dass diese Art der Rache wirklich einen Sinn ergäbe.«

Korbinian biss die Zähne zusammen. Gerne hätte er dem Burgsassen für seine abfällige Bemerkung ein Widerwort gegeben, aber er dachte an den Brief, und dass er ihn sich nicht zum Gegner machen durfte. Der Schatten fiel ihm wieder ein, den er und Amrei vor vier Wochen am Josephitag am Fenster vorbeihuschen sahen. Und wenn es Vitus gewesen war, der sie beobachtet und gesehen hatte, dass er vor Amrei kniete und ihre Hände hielt? Da brauchte einer nicht zu hören, was gesagt wurde, er wusste auch so Bescheid. Doch schon im nächsten Moment kamen Zweifel in ihm auf. Man konnte über den Jungen denken wie man wollte, aber er war nicht feige. Hätte er tatsächlich geplant, sich an ihm zu rächen, würde er sich nicht an Amrei vergreifen, sondern ihm selbst Schaden zufügen.

Von Törring fragte noch dies und das, doch sie kamen nicht weiter, und schließlich verabschiedeten sich die Männer.

Korbinian begleitete sie nach draußen, holte von Törrings Pferd aus dem Stall und übergab ihm die Zügel. Er wollte ihn gerade auf den Brief des Fürsten ansprechen, als er selbst das Wort an ihn richtete.

»Ich traf Vikar Winterholler vor zwei Tagen im Pfarrhof zu Grassau. Er erzählte mir, Ihr seid nach München zurückbestellt worden?«

Korbinian nickte. »Ich erhielt einen Brief von der Herzoglichen Kanzlei.«

»Winterholler lässt Euch nur ungern gehen. Er braucht Euch, sagt er. Er sähe es gerne, wenn Ihr Euch noch ein Weilchen um die Schüler und seine Kirchsänger kümmern würdet. Und wie steht Ihr dazu?«

»Ich möchte niemanden vor den Kopf stoßen.«

»Heißt das, Ihr würdet bleiben?« Von Törring sah ihn ungläubig an.

»In München wäre ich leichter zu ersetzen als hier, denn Musiker gibt es dort zu Hauf.«

Von Törring hob beide Augenbrauen. »So selbstlos, Hecht?«

Korbinian sagte nichts, hielt dem Burgsassen stattdessen den Steigbügel, denn er machte Anstalten aufzusitzen.

»Nun, ich könnte in dieser Sache natürlich intervenieren.« Von Törring sah ihn lauernd an.

Korbinian ließ sich weiterhin keinerlei Emotionen anmerken. »Dann warte ich also noch ein paar Tage mit meiner Antwort nach München?«, fragte er.

»Nun, antwortet ruhig. Schreibt, ich hätte Euch gebeten zu bleiben. Und was diesen Vitus betrifft, ich lass ihn holen und werde ihn persönlich zu der Sache mit der Stummen befragen. Wenn er etwas mit diesen Überfällen zu tun hat, wird er es sagen, darauf könnt Ihr Euch verlassen.« Er gab dem Pferd die Sporen und ritt davon.

Korbinian ging zurück zu den Frauen.

»Diese Befragung hat wieder einmal nichts gebracht«, empfing ihn Agathe mit Tränen in den Augen. »Für den, der meiner Amrei das angetan hat, bleibt sie Freiwild!«

Korbinian widersprach. »Zumindest glaubt man ihr jetzt, denn es gibt einen Zeugen. Niemand kann mehr sagen, sie hätte sich das nur ausgedacht.«

»Mein Mann wenn das erfährt«, schimpfte sie, »der bringt den Vitus um!«

»Um Gottes Willen, Rexauerin, macht euch nicht unglücklich!« Korbinian setzte sich zu ihr und sah sie bekümmert an. »Wenn der Bub etwas damit zu tun hat, dann findet der Burgsasse das heraus. Aber ich glaube nicht, dass Vitus es war.«

»Wer sonst?«

»Ja, wer sonst?« Korbinian tauschte Blicke mit Amrei, die noch immer am Tisch vor ihrem Sticktuch saß. Wie gerne hätte er sie jetzt in den Arm genommen und getröstet.

Wo ein räudig Schaf im Stall,
da werden räudig all.

15. Kapitel

Noch am selben Abend wurde Vitus abgeholt. Korbinian beobachtete es von seinem Garten aus. Zwei Gerichtsdiener ritten auf der Straße, die auf der anderen Seite des Baches am Schafferer vorbei Richtung Oberwessen führte, zuerst hinwärts, kehrten bald darauf wieder zurück und führten den Buben an einem Strick hinter sich her. Er beobachtete es und verspürte keine Genugtuung dabei. Auch nicht, als der Junge plötzlich den Kopf drehte, zu ihm herübersah und Korbinian selbst auf die Entfernung sehen und spüren konnte, wie viel Hass in seinem Blick lag.

Er ging hinein, setzte sich in der Stube an den Tisch und schrieb zuerst an die Herzogliche Kanzlei, dann an seinen Bruder, um ihm mitzuteilen, dass er in Niederwessen bleiben würde, ein halbes Jahr noch, vielleicht ein ganzes. Schrieb ihm auch, dass es sein eigener Wunsch sei und man sich also nicht um ihn zu sorgen brauchte.

Amrei kam am späten Nachmittag. Sie fielen sich in die Arme, und Amrei weinte. Korbinian spürte wie sie zitterte, fühlte ihre Tränen an seinem Hals, ihren Herzschlag an seiner Brust. Er dachte, dass sie so aufgewühlt war, lag an ihrer Angst – zwei Überfälle in so kurzer Zeit, sie konnte sich ja ihres Lebens nicht mehr sicher sein! Doch als sie sich aus seiner Umarmung löste, brachte sie es kaum fertig, ihm in die Augen zu sehen, und er erinnerte sich wieder an die beleidigenden Worte des Burgsassen.

»Was ist?«, fragte er.

Sie gab keine Antwort, stand verstockt da, biss die Zähne zusammen und starrte an ihm vorbei aus dem Fenster.

Er legte den Alphabetbogen auf den Tisch. »Du musst mir sagen, was in deinem Kopf vorgeht, wir müssen miteinander reden.«

Endlich hob sie die Hand und deutete an: »Ich bin nur eine Magd, was gibt es da zu reden.«

Korbinian nahm sie an den Schultern und sah ihr fest in die Augen. »Du bist für mich nicht nur eine Magd, das weißt du. Aber was wäre gewesen, wenn ich dem Burgsassen widersprochen und lauthals verkündet hätte, wie es wirklich um uns steht? Was würde deine Mutter sagen? Dein Vater? Würden sie dich noch zu mir herüber lassen? Und wie würde man dich im Dorf anschauen? Sie hätten wieder etwas zu reden und einen Grund, mit Fingern auf dich zu zeigen.«

Amrei nickte. »Ich weiß«, antwortete sie auf dem Alphabetbogen, »und das macht mich so traurig. Wie sollte es je anders werden? Ich bin bloß ein Bauernmädchen und Sie sind ein feiner Herr. Da kann man schön von Liebe reden, aber am Ende ist es doch nichts als Lüge.« Sie hob den Kopf und blickte ihn stolz an.

Korbinian starrte auf den Brief, den er an die Herzogliche Kanzlei geschrieben hatte, und der gefaltet und versiegelt auf dem Tisch bereitlag, um verschickt zu werden. Sie hatte ja recht, und es war sogar alles noch viel schlimmer, als sie es sich jetzt ausmalte, denn eines Tages musste er gehen – und dann? Vielleicht hätte er dem Ruf nach München doch jetzt gleich folgen sollen, bevor sie beide sich noch tiefer in ihre Gefühle verstrickten. Aber es war zu spät, bestimmt hatte der Burgsasse bereits seinen Bericht nach München geschickt.

Es war ihm recht, dass sie nach ihrer Flöte griff und zu spielen anfing. Er lauschte der Melodie, die er selbst geschrieben und Amrei gewidmet hatte – das Stück handelte von einem Amselmännchen, das seiner Liebsten ein Liebeslied sang.

Als sie fertig war, spielten sie es noch einmal zweistimmig. Dann griff Korbinian nach Amreis Hand und führte sie an seine Lippen. Dabei dachte er an seine Mutter, die in schweren Stunden zu sagen pflegte, dass das Schicksal immer das Rechte für uns weiß. Aber kann man vertrauen, wo die Vernunft uns eines Besseren belehrt?

Zwei Tage später kam Vitus zurück. Mit gesenktem Kopf und finsterem Blick ging er durchs Dorf, überquerte den Bach und bog nach rechts ab zum Hof seiner Eltern. Er sprach mit niemandem, aber allein, dass man ihn freigelassen hatte, zeigte wie die Sache stand: Man konnte ihm nichts nachweisen. Es gab Zeugen, hieß es bald darauf, die ihn zur Tatzeit an anderer Stelle gesehen haben wollten.

Amrei nahm es gefasst auf. Sie hatte ohnehin nie wirklich geglaubt, dass Vitus der Täter war. Sie verließ kaum noch das Haus. Zur Kirche, in den Wald oder aufs Feld ging sie nur in Begleitung ihrer Eltern, selbst wenn sie zu Korbinian hinüber lief wartete Agathe vor dem Haus, bis sie drüben die Tür hinter sich geschlossen hatte.

Dann fand man den Schmidthauser, den Vater vom Vitus, an einem Baum aufgeknüpft im Wald. Ob er sich selbst das Leben genommen oder einer ihn umgebracht hatte, wer konnte das sagen? Es gab keine Spuren und auch keine Nachricht, die er hinterlassen hätte. Das Ross, mit dem er in den frühen Morgenstunden fortgeritten war, nachdem er seine Frau geküsst hatte, kehrte bald darauf alleine zurück, deshalb hatte man nach ihm gesucht.

Man begrub ihn schnell und ohne Aufsehen im hintersten Teil des Kirchhofes. Es gab keine Leichenfeier, wer hätte sie auch ausrichten sollen. Die Bäuerin war ihrer Sinne nicht mehr mächtig und hatte nicht einmal verstanden, was passiert war, Vitus lebte in seiner eigenen dunklen Welt, zu der niemand einen Zugang fand, und die kleine Afra war erst sechs Jahre alt. Es gab einen Bauern, Steckl hieß er und wohnte nicht weit vom Greimbl entfernt, der nahm sie als Gemeindekind zu sich. Dort gab man ihr Essen und Kleidung und auch ein wenig Geborgenheit und Liebe.

Wer am Schmidthauser-Hof vorbeiging, sah dort den Jungen werkeln, sofern er nicht im Wald war, um mit seinem Ross für den Chronlachner zu arbeiten. Eine Kuh besaß er noch, eine Muttersau, die geferkelt hatte, Hühner und ein paar Schafe, den Garten und ein Feld direkt am Hof. Die anderen Felder überließ er für fünf Jahre dem Chronlachner, dafür galt das Ross als abbezahlt. In fünf Jahren würde er neunzehn sein, und dann würde man sehen, was vom Hof noch übriggeblieben ist und was aus dem Jungen geworden war.

Und noch einmal vergingen zwei Wochen, in denen sich das Dorf endgültig aus seinem Wintermantel schälte. Alles blühte und trieb aus, Schnee lag nur noch an schattigen Stellen im Wald. Die Bauern strichen die Wiesen mit dem Rechen ab und entfernten Steine, Astwerk und Maulwurfshaufen. Sie legten die Saat in die Erde, die sie im Vorfrühjahr gepflügt und geeggt hatten. Lämmer kamen zur Welt, die Katzen warfen Junge, die Hühner legten wieder, und die Kinder kamen früher zur Schule und blieben eine Stunde kürzer, weil sie zu Hause gebraucht wurden. Man hätte meinen können, alles sei friedlich und still, doch Korbinian ließ sich nicht täuschen, und auch Amrei war von einer Unruhe getrieben, die sie fortwährend über die Schulter sehen ließ, ob ihr nicht einer folgte oder plötzlich im Raum stand.

Als Korbinian am Dienstag zu Winterholler ging, um mit ihm Schach zu spielen, war es ungewöhnlich still im Haus.

»Herr Vikar!«, rief er, doch nichts rührte sich. Es war auch kein Husten zu hören und nirgends brannte eine Funsel. In der Annahme, Winterholler sei zu einem Gemeindemitglied gerufen worden, wollte Korbinian wieder gehen, da hörte er aus der Schlafkammer leises Klopfen. »Herr Vikar!«, rief er noch einmal, bekam jedoch auch diesmal keine Antwort.

Vorsichtig, als rechnete er mit dem Schlimmsten, schob er die Tür zur Schlafkammer auf und fand Winterholler im Halbdunkel in seinem Bett liegen. Es war nur ein Flüstern, das über dessen Lippen kam. »Bin krank. Hab Fieber.«

Korbinian trat neben ihn und legte seine Hand auf Winterhollers Stirn. »Mein Gott, Sie glühen ja wie ein heißes Eisen!«

»Bitte schicken Sie den Mesner nach Grassau, damit der Pfarrer kommt, um mir die letzte Ölung zu geben. Aber machen Sie kein Aufsehen darum. Ich möchte nicht, dass sich irgendwelche Betweiber in meine Schlafkammer verlaufen. Wenigstens jetzt noch nicht.«

»Ja, aber ...«

»Kein Aber, tun Sie, was ich Ihnen gesagt habe!«

Korbinian ging in die Stube, wo sich neben dem Fenster Winterhollers Sekretär befand, schrieb ein paar Zeilen, faltete und versiegelte das Blatt und lief damit zum Mesner, der schräg gegenüber wohnte.

Er saß in der Stube, seine Frau kam aus der Küche.

Korbinian übergab ihm den Brief mit entsprechenden Anweisungen und bat die Mesnerin, von der Schäferin Alant, schwarzen Senf und Mutterkraut zu holen. »Sie möchte die Kräuter aber nicht mischen. Und bringen sie mir auch Eis aus dem Eiskeller vom Schafferer.«

Sie machte große Augen. »Ja, was ist denn passiert?«

»Es geht dem Vikar nicht gut.« Er sah sie eindringlich an. »Er möchte nicht, dass es bekannt wird, ich bitte darum, nichts verlauten zu lassen.«

»Um Himmels Willen!« Die Mesnerin bekreuzigte sich. »Ja freilich, Herr Lehrer, Sie bekommen alles so schnell wie möglich, und ich sag niemandem was.«

»Danke.« Damit war Korbinian auch schon wieder draußen und über die Straße, schloss hinter sich die Haustür und betrat die Schlafkammer.

Winterholler, obwohl er unter einem dicken Plumeau lag, klapperten mit den Zähnen.

»Wann fing das an?«, fragte Korbinian.

»Heute Mittag kam der Schüttelfrost, danach das Fieber.«

»Wo haben Sie Schmerzen?«

»Hier.« Winterholler deutete auf die Mitte der Brust. »Ein drückender, brennender Schmerz.«

Korbinian legte seine Hand auf Winterhollers Halsschlagader. Sein Puls ging noch schneller als sein Atem. Darüber hinaus fiel ihm auf, dass Winterholler kaum noch hustete. Er holte kaltes Wasser in einer Kanne, einen Becher dazu und gab ihm zu trinken. Anschließend suchte er nach einer Schüssel und ein paar Lappen, wusch des Vikars Gesicht, Hände und Füße, deckte ihn wieder zu und öffnete das Fenster.

»Sie wollen wohl die Sache noch beschleunigen«, flüsterte Winterholler mit Blick auf das geöffnete Fenster, »dann haben Sie mich endlich los.«

»Im Gegenteil. Ich lege Wert darauf, dass Sie mir noch lange erhalten bleiben. Mit wem sollte ich sonst Schach spielen?«

Winterholler hätte gerne gelacht, aber der Schmerz in seiner Brust war zu heftig.

»Mein Vater vertrat die Ansichten eines Arztes Namens Paracelsus, der dazu riet, die Stube, in der ein Kranker liegt, gut zu lüften. Ich weiß, diese Theorien sind umstritten, aber in unserer Familie wurde es so gehandhabt, und wir Brüder haben beide eine Lungenentzündung überstanden.«

»Sie glauben, ich habe Lungenentzündung?«

»Ich glaube es nicht, ich weiß es. Ich habe die Mesnerin gebeten, für einen Aufguss Kräuter von der Schäferin zu holen und Eis vom Schafferer. Man muss mit Kälte behandeln.«

»Ein Eisbad?«

»Nein, davon halte ich nichts. Aber ich lege es Ihnen zum Kühlen an die Waden.« Korbinian schloss das Fenster und setzte sich auf einen Stuhl neben das Bett.

Während sie warteten versank Winterholler in tiefen Fieberschlaf. Hin und wieder sprach er im Delirium, Korbinian verstand von dem, was er sagte, jedoch nur einen Namen: Lena.

Bald hörte er die Haustür gehen. Es war die Mesnerin mit den Kräutern und einem Waschzuber voll Eis. Mit besorgtem Gesicht fragte sie, ob sie helfen könne.

»Danke. Ich komme zurecht«, antwortete Korbinian.

Gekränkt über die Zurückweisung ging sie wieder, die Tür fiel hinter ihr zu.

Korbinian ging in die Küche, um einen Aufguss zu bereiten und nach Honig zu suchen, von dem er drei Löffel in den Aufguss rührte. Nachdem er Winterholler die Medizin eingeflößt hatte, füllte er einige Lappen mit zerstoßenem Eis und legte ihm die Eisbeutel unter und um die Waden.

Der Pfarrer in Begleitung des Mesners und zweier Messdiener kam kurz nachdem der Dorfwächter, der wie immer seine Runde drehte, die zehnte Stunde ausgerufen hatte. Die Mesnerin kümmerte sich um die Pferde, die Männer betraten das Haus.

Der Pfarrer war ein kleiner, wohlgenährter Mann mit dunklen Augen und einem kantigen Kinn. Besorgt blickte er auf den Kranken und sagte ihm, er möge nun die Beichte ablegen. Als Winterholler keine Antwort gab, rüttelte er ihn sanft an der Schulter, und endlich schlug der Vikar die Augen auf.

»Bereuen Sie Ihre Sünden?«

»Ich bereuc«, flüsterte Winterholler.

Korbinian zog sich ans Fenster zurück und betete das Vaterunser, während der Pfarrer Winterholler die Sakramente zuteilwerden ließ. Als er wie üblich auch die Beine mit Öl bestreichen wollte, stutzte er wegen der Eisbeutel, fuhr dann aber fort und schloss schließlich mit einem Amen.

»Amen«, sagten auch Korbinian, der Mesner und die Messdiener.

Winterholler fiel wieder in Fieberschlaf. Der Pfarrer wandte sich Korbinian zu und fragte in Bezug auf die Eisbeutel: »Wer behandelt ihn denn? War etwa auch ein Bader hier?«

»Nein, ich behandle ihn.«

»Was wissen Sie über die Heilkunst? Sind Sie nicht Musikus?«

»Mein Vater war Apotheker, mein Bruder ist es ebenfalls. Ich studiere seit einem halben Jahr die Heilkunst aus Büchern, die mir mein Bruder geschickt hat, und so kenne ich mich ein wenig aus.«

Der Pfarrer sah ihn lange an, bevor er sich wieder dem Kranken zuwendete, der im Delirium zu sprechen begann. »Wer ist Lena?«, fragte der Pfarrer.

»Ich weiß es nicht.« Mit einem Blick auf Winterholler fügte Korbinian an: »Er hat mir einmal erzählt, er hätte eine jüngere Schwester, die ihm sehr am Herzen liegt.«

»So, eine jüngere Schwester.« Der Pfarrer rieb sich mit einem Seufzen die steifen Glieder.

Erst jetzt fiel Korbinian ein, dass er ihm etwas anbieten könnte. Der Weg aus Grassau war weit und die Nächte waren noch immer sehr kalt.

Er brachte die Männer in die Stube, fand in der Küche einen Krug Wein, erhitzte etwas davon und rührte Honig unter. »Eine Stärkung für den Heimweg.« Damit reichte er jedem der Männer einen Becher.

Der Pfarrer trank. »Es scheint mir, Sie kennen sich gut hier aus«, sagte er.

»Es ist kein großes Schloss, in dem man sich verlaufen könnte.«

»Und warum ist niemand hier außer Ihnen?«

»Vikar Winterholler wollte es nicht. Eher zufällig fand ich ihn hier mit hohem Fieber. Er bat mich, nach Euch zu schicken, sonst wollte er kein Aufsehen.«

»Und wer kümmert sich weiterhin um ihn?«

»Ich werde mich kümmern.« Korbinian sah den Mesner an. »Und der Mesner und seine Frau.«

Der Pfarrer seufzte. »Nun, ich vermute, wir werden bald eine Beerdigung haben, am besten, ich benachrichtige Winterhollers Familie. Geben Sie mir morgen gleich in der Früh Bescheid, wie es um ihn steht.« Der Pfarrer erhob sich.

Korbinian verneigte sich. »Selbstverständlich.«

Es war kalt in Winterhollers Haus, das nicht viel größer und komfortabler war als das, in dem er selbst wohnte.

Fröstelnd zog Korbinian sich seinen Umhang fester um die Schultern und nickte wieder ein. Als leises Stöhnen ihn aufschrecken ließ, beugte er sich über den Kranken und fühlte seine Stirn, die immer noch glühendheiß war, lüpfte dann das Plumeau, um nach den Eisbeuteln zu sehen. Langsam schmolz ihr Inhalt dahin, das Wasser versickerte im Stroh, mit dem der Jutesack gefüllt war, der dem Vikar als Matratze diente.

Korbinian ging mit den Lappen hinters Haus, wo der Zuber mit Eis stand und füllte sie neu. Als er in die Kammer zurückkam, war Winterholler wach. »Sie sind ja noch da«, presste er hervor.

»Jemand muss bei Ihnen bleiben.«

»Und der Pfarrer aus Grassau – wann kommt er?«

»Er ist schon wieder fort. Er hat Ihnen die letzte Ölung gegeben. Aber ich denke, es war vergebliche Liebesmüh. Sie schaffen das!« Korbinian legte das Eis an Winterhollers Waden und deckte ihn zu.

»Geben Sie mir bitte meinen Rosenkranz?«

Korbinian drückte ihm den Rosenkranz in die Hand, der am Bettpfosten hing. »Sie haben im Delirium immer wieder einen Namen gerufen. Lena.«

Die Hand des Vikars ballte sich fester um die Silberperlen. »Lena? Und was habe ich sonst noch gesagt?«

»Nichts was zu verstehen gewesen wäre. Einzig der Name.«

»Lena«, flüsterte Winterholler und schloss die Augen.

Korbinian dachte er sei eingeschlafen, doch als er sich über ihn beugte, öffnete Winterholler die Augen und bat um etwas zu trinken.

Korbinian flößte ihm ein paar Schlucke von dem Aufguss aus Mutterkraut ein. Danach übergoss er eine Handvoll Alant mit heißem Wasser, ließ es ein wenig abkühlen, tauchte einen Lappen in die Schüssel und wusch Hals, Brust und Rücken des Kranken.

Erschöpft fiel der Vikar zurück in die Kissen, schloss die Augen und versank ins dunkle Niemandsland.

Als er wieder wach wurde, war es vier Uhr morgens.

»Ich bin ja immer noch nicht tot«, flüsterte Winterholler halb erstaunt und halb im Scherz.

»Es scheint mir sogar, das Fieber ist etwas heruntergegangen«, sagte Korbinian.

Der Vikar lächelte, trank aus dem Becher, den Korbinian ihm an die Lippen hielt, und schlief wieder ein.

*Nichts verbreitet sich
schneller als ein Gerücht.*

16. Kapitel

Dunkel lag die Nacht über dem Dorf, kein Stern war am Himmel zu sehen. Nur hin und wieder, wenn die Wolkendecke aufriss, zeigte sich für einen Augenblick der volle Mond. Im Stall vom Rexauer war das Klirren einer Kette zu hören, ein Pferd schnaubte, sonst war es still. Da löste sich aus dem Schatten der Nacht eine Gestalt, schlich am Hausgarten der Rexauers vorbei und drückte sich in den kleinen Schuppen, der an Korbinians Haus angebaut war. Nicht lang, trat die Gestalt wieder aus dem Schuppen, ging Richtung Kirche und war verschwunden.

Es mochte eine Viertelstunde vergangen sein, als das Feuer aufloderte. Gefräßig züngelte es über die Latten bis hinauf zum Dach, griff auf den Dachstuhl des Wohngebäudes über und hatte sich bald des ganzen Hauses bemächtigt. Es prasselte und ließ die Funken sprühen, und bald war die dunkle Nacht so hell, dass man bis zum Schafferer und zur Kirche hinübersehen konnte.

Amrei wurde vom Feuerschein wach, der in ihre Kammer fiel. Sie sprang aus dem Bett und lief zum Fenster. Da stand bereits das ganze Haus in Flammen. Sie schrie auf – ein langer gellender Schrei. Und dann brach es aus ihr heraus: »Korbinian! – So helft doch, er verbrennt!«

Wie eine Wahnsinnige war sie zur Tür gesprungen, hinausgerannt und über den Hof. Dort stand sie dem Feuer so nah, dass die Flammen sie fast erreichten, rang die Hände und schrie immer wieder: »Hilfe, so helft doch – Korbinian, er verbrennt!«

Auch der Rexauer war inzwischen auf dem Hof und riss seine Tochter von den Flammen zurück, und der Dorfwächter, der gerade weit ab beim Rulander seine Runde drehte und den Brand nun ebenfalls wahrnahm, blies in sein Horn, bis alles wach war.

Der Rexauer war wieder ins Haus gelaufen, hatte Eimer geholt und fing an, aus dem Brunnen zu schöpfen und das Wasser an sein Haus und auf sein Dach zu schütten. Agathe zerrte indes Amrei mit sich, die immer noch schrie und um sich schlug: »Du musst helfen, die Tiere! Sie müssen aus dem Stall fort, das Feuer kann übergreifen!«

Amrei schluchzte auf, sah Agathe an als begreife sie nicht, half ihr dann aber doch, die Rösser beim übernächsten Nachbarn hinterm Haus anzubinden, die Kuh und das andere Vieh zu holen und in Sicherheit zu bringen.

Inzwischen war das ganze Dorf auf den Beinen. Für den Lehrer konnte man nichts mehr tun, nun galt es, das Schlimmste zu verhindern, denn wenn das Feuer auf die Nachbarhäuser übergriff, würde bald ganz Niederwessen in Flammen stehen.

Amrei weinte und schluchzte, und immer wieder rief sie Korbinians Namen. Agathe zog sie fast gewaltsam hinter sich her zum Nachbarn, drückte sie dort auf die Hausbank und schloss sie in die Arme. Sie weinten beide und hielten sich aneinander fest. Die Alte suchte nach Worten, um ihre Tochter zu trösten, aber mehr als ein Stammeln brachte sie nicht fertig. Was hätte sie auch sagen sollen? Alles wird wieder gut? Es wäre eine Lüge! Nichts würde wieder gut werden für ihr Mädchen, dem der Tod einen nach dem anderen von denen entriss, die ihr die Liebsten waren!

Natürlich hatte Agathe längst bemerkt, wie es um Amrei stand, dass sie ihr Herz an den Lehrer gehängt hatte. Nächte war sie wach gelegen, weil sie nicht wusste, was sie tun sollt. Dem Mädchen den Umgang verbieten? Natürlich, das wäre das Vernünftigste gewesen. Aber wie sehr war Amrei aufgeblüht durch die Musik und durch diesen Mann, der einen Weg zu ihrem Wesen gefunden hatte. Sie hatte es einfach nicht fertig gebracht, dieses Band wieder zu zerreißen.

Agathe seufzte und wischte sich die Tränen aus dem Gesicht, Amrei in ihren Armen zuckte unter ihrem lautlosen Schluchzen. Da war es ein wenig über vier Uhr am Morgen, und wäre der Himmel nicht von dunklen Rauchschwaden verhangen gewesen, hätte man hinter dem Rechenberg den ersten Dämmerschein erkennen können.

Als das Horn des Dorfwächters erschall, schrak Winterholler aus seinem Dämmerschlaf auf. »Brand«, flüsterte er, »es scheint zu brennen. Doch nicht die Kirche?«

Korbinian war schon am Fenster, sah draußen Leute wie die Wiesel rennen. Männer, Frauen und Kinder mit Eimern und Tränksäcken, die Gesichter schreckerfüllt.

»Die Kirche kann es nicht sein, da würde man den Feuerschein sehen«, sagte Korbinian, und dann hörte er eines der Kinder rufen: »Die Schul' brennt, der Lehrer brennt!«

Korbinian wurde blass. Er drehte sich zu Winterholler um. »Es scheint bei mir zu sein.« Sein nächster Gedanke galt Amrei. Sie wusste ja nicht ... niemand wusste, dass er nicht zu Hause war! Sie würden glauben ... Seine Gedanken rissen ab. »Ich muss hinauf. Kann ich Sie einen Moment alleine lassen?«

»Gehen Sie nur, Gott ist bei mir.«

Korbinian nahm den Weg, der an der Kirche vorbei und dort über den Steg führte. Im großen Getümmel achtete keiner auf ihn, alle rannten und schrien durcheinander. Als er oben ankam und keuchend vor dem Feuer stehen blieb, war nichts mehr übrig von seinem Haus als brennende

Balken, zusammengesackt über einem Haufen Glut, aus dem Funken sprangen, die über seinem Kopf tanzten, als wären sie Glühwürmchen in einer lauen Sommernacht.

Die Leute hatten vom Bach herauf bereits zwei Ketten gebildet, eine dritte fügte sich hinzu. Die Eimer flogen nur so von Hand zu Hand. Der Letzte goss ihren Inhalt in die Flammen oder auf das Haus vom Rexauer auf der einen und das vom Furtnerweber auf der anderen Seite.

Da schrie plötzlich einer: »Der Lehrer! Gott sei's gedankt, der Lehrer lebt!« Es war der alte Greimbl, der neben seinem Ältesten in der ersten Kette stand und vor lauter Schreck und Freude vergessen hatte, den Eimer weiterzugeben. So hielten die Leute eine Weile wie angewurzelt inne und konnten nicht glauben, was sie sahen.

»Der Lehrer – er lebt!«, schrie jetzt auch der Schafferer, so laut, dass es alle hören konnten, und Amrei, die noch immer weinend in den Armen ihrer Ziehmutter lag, sprang auf und rannte um die Scheune herum dem Brandherd entgegen, starrte zuerst auf die brennenden Balken, als ob Korbinian aus der Glut auferstehen könnte wie Phönix aus der Asche, wandte sich dann nach links und sah ihn endlich.

Das war ein Moment, in dem es für Amrei nichts gab auf der Welt als sie und ihn. Keine Tugend, keine Sitte, keine Vergangenheit oder Zukunft, weder Zeit noch besseres Wissen, auch Gott nicht – einfach nichts, nur sie und ihn.

Sie stürzte sich in seine Arme, weinte und schluchzte: »Welch ein Glück, Gott sei's gedankt!«

Hunderte Augenpaare waren auf sie gerichtet. Amrei liegt in des Lehrers Armen! Und er hält sie fest und drückt sie an sich, als ob es keinen Anstand gäbe. Und habt ihr es auch gehört – die Stumme kann plötzlich wieder sprechen!

»Gott sei's gedankt«, sagte nun auch Korbinian. »Gott sei's gedankt, du sprichst! Sag noch einmal etwas, damit ich es ganz sicher glauben kann.«

»Es war so schrecklich, ich habe gedacht, du bist verbrannt!« Eine neue Flut von Tränen brach aus Amrei heraus, Tränen der Erleichterung diesmal, Tränen des Glücks.

»Weiter! Wir müssen löschen!«, brüllte von unten einer herauf und die Ketten setzten sich wieder in Bewegung.

Agathe war neben Amrei getreten, zog sie sanft aus Korbinians Armen. »Wo waren Sie denn, Herr Lehrer, wir haben geglaubt, sie sind in den Flammen umgekommen.«

Auch Greimbl stand plötzlich neben ihm und klopfte ihm auf die Schultern. »Dass Sie noch leben – ich bin so froh!«

Korbinian sah von Wolf Greimbl zu Agathe und von ihr zu Amrei und berichtete, wie er Winterholler mit hohem Fieber vorgefunden hatte und dass er zur Krankenwache bei ihm geblieben war.

Mit einem Krachen stürzten bald auch die letzten Balken seines Hauses ein, das Wasser, das ins Feuer gegossen wurde zischte und dampfte – ein letztes Aufbegehren der Flammen, und bald war der Brand gelöscht.

Die Neuigkeit ging schneller herum als das Feuer sich ausgebreitet hatte. Während die Asche noch glomm, der Rauch noch über den Bergen hing, zerrissen sich die Schandmäuler schon die Goschen. Vorneweg die Pichlerin und ihre beiden Töchter, die damals den Chor verlassen hatten. Dass die Amrei ein verrufenes Weibsbild sei, weil sie gar keinen Anstand hätte, und sich der Munchner schämen sollte, sich an dem Mädel zu vergreifen, empörten sie sich lautstark. Und dass sie schon gewusst hätte, die Pichlerin, warum sie ihre Töchter nicht mehr zu diesem Schamlosen in die Kirche gelassen hatte.

Andere hielten dagegen, dass es doch eindeutig ein Zeichen Gottes sein musste, dass der Lehrer gar nicht im Hause war, sondern die Nacht am Krankenbett des Vikars verbracht hatte. Und dass Amrei nun wieder sprechen konnte, das sei doch ein wahres Wunder! Da konnte der Mann doch gar nicht so schlecht sein.

Und wieder andere begannen sich zu fragen, wie der Brand überhaupt entstehen konnte, wo der Lehrer schon seit Stunden kein Feuer mehr geschürt hatte. Da muss doch einer seine Finger im Spiel gehabt haben! Und wer konnte schon interessiert daran sein, dem Lehrer das Haus anzuzünden? Da gab es nur einen!

Währenddessen saß Korbinian bereits wieder an Winterhollers Bett. Nicht nur aus Sorge um ihn, auch weil er keine Unterkunft mehr hatte.

»Nun?«, fragte der Vikar, als er aus seinem Dämmerschlaf erwachte und Korbinian neben sich sah.

»Das Fieber ist gesunken, die Krisis überstanden. Jetzt hängt alles davon ab, ob Sie ...«

»Ich spreche nicht von mir, sondern von Ihnen«, fiel ihm Winterholler ins Wort.

»Das Haus liegt in Schutt und Asche. Man hatte geglaubt, ich sei darin verbrannt. Es wusste ja niemand außer dem Mesner, dass ich bei Ihnen war.«

»Aber wie kann das sein? Brandstiftung?«

Korbinian zuckte die Schultern. »Ich weiß es nicht. Ich vermute es auch. Selbstverständlich hatte ich die Glut auf der Herdstelle gelöscht, bevor ich das Haus verließ, und es brannte auch keine Kerze oder ein anderes Licht. Zudem ging ich in der siebten Stunde fort, der Brand brach aber erst um vier Uhr morgens aus. Andererseits – wer sollte mein Haus anzünden und warum? Und gleichzeitig riskieren, dass auch die Nachbarn Schaden nehmen und am

Ende vielleicht das ganze Dorf niederbrennt? Das ist doch Wahnsinn!«

»Der Junge?«

Korbinian runzelte die Stirn. »Glauben Sie wirklich, er wäre zu so etwas fähig?«

»Die Seele des Menschen ist unergründlich.«

Winterholler schloss die Augen. Korbinian dachte, er sei eingeschlafen. Doch plötzlich sah er ihn wieder an. »Es gibt noch eine leer stehende Kammer gleich nebenan. Die richten Sie sich ein.«

»Ich danke Ihnen.«

Ein Schmunzeln zuckte um Winterhollers Mund. »Es ist ganz eigennützig, denn so habe ich Sie wenigstens unter Kontrolle.«

Die Tür wurde geöffnet, die Mesnerin trat ein. Sie hielt eine dampfende Schüssel in Händen. »Ich habe ein Huhn ausgekocht, die Brühe gibt Kraft. Es ist genug für Sie beide.« Sie stellte die Schüssel auf den Nachttisch, legte zwei Löffel dazu.

Winterholler bedankte sich. »Und Mesnerin«, sagte er, »Sie könnten dem Lehrer dabei helfen, sich die Kammer nebenan einzurichten, er muss ja wo bleiben.«

Die Frau warf Korbinian einen flüchtigen Blick zu, dabei nickte sie. Er spürte, dass sie immer noch gekränkt war, weil er sie letzte Nacht fortgeschickt hatte. Eilfertig stand er vom Stuhl auf und deutete an, dass sie sich setzen sollte. »Wenn Sie Vikar Winterholler die Brühe zuerst eingeben, esse ich später ein wenig davon«, sagte er.

Er ging hinüber in die Stube, dort sah er aus dem Fenster. Es war längst hell, die Bauern sollten eigentlich im Stall oder auf dem Feld sein und ihre Arbeit verrichten, stattdessen hatte sich eine Gruppe von ihnen drüben beim Greimbl versammelt. Es dauerte nicht lange, und der Schafferer-Wirt und die beiden anderen Vierer kamen hinzu. Was gesagt wurde, konnte Korbinian nicht verstehen, sah nur hassverzerrte Gesichter und erhobene Fäuste, und plötzlich brach Tumult los. Er überlegte gerade, ob er hinausgehen sollte, um zu hören, was ihr Anliegen war, da kamen ein paar Männer die Dorfstraße herauf. Xani Chronlachner und seine Söhne waren auch unter ihnen. Sie zerrten Vitus hinter sich her, schubsten und stießen ihn, bis er vor den Vierern stand, und dort gaben sie ihm noch einmal einen Tritt, dass er vor Schmerz halb in sich zusammensackte.

Korbinian war mit einem Satz an der Tür und draußen. Da hörte er auch schon, wie sie schrien: »Du elender Lump, du Nichtsnutz und Brandstifter, dir zeigen wir's!«

»Du Saukerl! Uns das Dorf anzuzünden, dass wir morgen alle mit Nichts dastehen und unsere Kinder verhungern müssen!«

»Ich war es nicht!«, wehrte sich der Junge.

Einer der Männer hatte eine Schaufel dabei, mit der zog er plötzlich aus, um sie Vitus auf den Kopf zu schlagen.

»Bist' wahnsinnig!« Der Schafferer-Wirt konnte gerade noch dazwischen springen, »du kannst den Buben doch nicht einfach umbringen!«

»Der hat nichts Besseres verdient!« Der Mann spuckte vor Vitus aus.

»Aber ich war es doch nicht!« Vitus' Stimme klang trotzig und weinerlich zugleich.

Jetzt trat Korbinian aus der Menge, stellte sich neben den Buben und legte eine Hand auf seine Schulter. Vitus wollte sie abschütteln, aber Korbinian hielt ihn fest. »Dieser Junge hasst mich, ich weiß nicht warum«, rief er in die Menge. »Doch das ist nicht Grund genug, das Dorf seiner Väter anzuzünden! Und außerdem: Man kann über ihn denken wie man will – ein Feigling ist er nicht. Ich habe ihn nie anders erlebt, als dass er zu dem steht, was er tut, im Guten wie im Schlechten. Deshalb glaube ich ihm, wenn er sagt, dass er es nicht war!«

»Wer sollte es dann gewesen sein«, schrie Alois Chronlachner.

»Er ist der Einzige hier, der eine solche Wut auf Sie hat!«, fügte der Bauernkramer an.

Korbinian dachte an die Warnung des Vikars, man könnte ihn als Nestbeschmutzer sehen. Trotzdem, er musste endlich sagen, was er schon lange vermutete. »Vielleicht auch nur der Einzige, von dem ihr wisst. Und vielleicht geht es hier ja gar nicht um Wut und auch nicht so sehr um mich, sondern um Amrei.«

»So ein Schmarrn!«, brüllte Alois Chronlachner. »Dann hätte der Brandstifter doch das Haus vom Rexauer angezündet.«

Korbinian sah Alois lange an, bevor er antwortete: »Die Gefahr war ja auch groß, dass das Feuer übergreift. Die beiden Häuser stehen nahe genug beieinander. Nur hätte man gleich den Rexauer angezündet, dann hätte man die Schuld nicht so leicht auf den Jungen schieben können.«

»Worauf wollen Sie hinaus, Herr Lehrer«, fragte Wolf Greimbl.

»Dass es hier in Wahrheit um den Mord an Amreis Familie geht.«

»So ein Blödsinn! Jetzt hat's ihn hier oben erwischt, den Münchner!« Xani Chronlachner lachte auf und tippte sich an den Kopf. »Was sollte der Brand von heute mit den Panduren zu tun haben? Das ist zwölf Jahre her und kein Pandur mehr weit und breit!« Die anderen lachten mit ihm.

»Und wenn es gar kein Pandurenüberfall gewesen ist? Wenn der Mörder in Wahrheit einer von hier war? Dann müsste er jetzt, wo er weiß, dass die stumme Zeugin von damals ihn doch noch verraten könnte, Angst haben aufzufliegen! Da ist es doch sicherer, sie aus dem Weg zu schaffen! Habt ihr euch keine Gedanken gemacht, warum zweimal ein Anschlag auf Amrei verübt wurde?«

»Vitus hasst sie!«, schrie einer. »Er war es!«

Korbinian schüttelte den Kopf. »Aber darum bringt man doch keinen um!«

»Das denke ich allerdings auch«, stimmte ihm der Schafferer-Wirt zu.

»Und der Esel? Den hat er auch umgebracht.«

»Das war ein dummer Jungenstreich und so nicht geplant«, sagte Greimbl, »seine Strafe für dieses Vergehen hat er bekommen!«

»Schon damals, vor zwölf Jahren«, nahm Korbinian den Faden wieder auf, »hatte der Vorgänger des Burgsassen Zweifel angemeldet, ob wirklich die Panduren die Mörder von Amreis Familie waren, und ich bezweifele es ebenfalls.«

»Sie sind ein Fremder, was wissen denn Sie schon!« Xani Chronlachner trat hervor. Seine Schläfenadern waren dick angelaufen, sein Gesicht rot vor Zorn. Er stieß Korbinian so hart zur Seite, dass er gegen Greimbl taumelte und gefallen wäre, hätte der ihn nicht aufgefangen. Chronlachner drehte sich zu den anderen um und schrie: »Ihr lasst euch doch von so einem Dahergelaufenen nicht ins Hirn scheißen! Der da war es!« Er stieß seinen Finger in Richtung des Jungen. »Der ist ein skrupelloser Nichtsnutz, hat den Esel umgebracht, Amrei zweimal überfallen und jetzt auch noch das Dorf angezündet! Der gehört nicht länger zu uns, der muss bluten!«

Die Leute schrien durcheinander vor Zorn und stürzten sich auf Vitus, und wäre nicht plötzlich Katharina wie aus dem Nichts aufgetaucht und hätte sich vor den Jungen gestellt, wer weiß, was sie ihm angetan hätten.

Als Xani Chronlachner seine Tochter sah, wurde er blass. »Verschwind und halt's Maul!«, schrie er sie an, packte sie, zog aus und schlug ihr ins Gesicht. Danach wollte er sie fortschleifen, doch der Schafferer sprang ihr bei. An Größe und Gewicht unterlag er dem Chronlachner um nichts, und so dauerte das Gerangel nicht lange, und der Wirt hatte den Älteren in sicherem Griff.

Katharina hielt sich die Wange. Ihr Blick, auf den Vater gerichtet, war hasserfüllt. Sie wandte sich an die Vierer. »Mein Vater war es, er hat den Brand gelegt!« Und in die Menge rief sie: »Und das vor zwölf Jahren ...«

Ihr Bruder Alois stürzte sich mit einem Aufschrei auf sie, legte seine Hände um ihre Kehle und drückte zu. Zwei Männer mussten ihn von seiner Schwester wegzerren und festhalten.

Keuchend rang Katharina nach Atem, bevor sie ihren Satz zu Ende bringen konnte, » ... das vor zwölf Jahren, das war Alois!«

Zuerst war es mucksmäuschenstill, dann ging ein Raunen durch die Reihen.

»Sie lügt, sie ist nicht bei Trost!«, schrie der alte Chronlachner.

Katharina ließ sich nicht beirren. »Zwölf Jahre lang habe ich gelogen«, sagte sie mit fester Stimme. »Zwölf Jahre, in dem du und der da«, sie zeigte auf Alois, »mich mit Schlägen und Drohungen gezwungen habt zu schweigen. Erstickt und eingegangen wäre ich fast daran. Aber jetzt ist Schluss! Kein Mensch soll euretwegen mehr sterben müssen!« Sie sah Greimbl an. »Bringt mich zum Burgsassen, ich will eine Aussage machen.«

»Alles gelogen, glaubt ihr nicht!«, schrie Xani Chronlachner. »Sie will sich nur bereichern! Den Hof will sie sich unter den Nagel reißen, weil sie jetzt in ihrem Alter keiner mehr heiraten will!«

»Ich pfeife auf den Hof. Und heiraten hätte ich dreimal können, aber ich wollte nicht, weil ich sonst zu meinen Kindern vielleicht einmal hätte sagen müssen, dass sie aus einer Mörderfamilie stammen.«

»Blödes Luder, halt dein Maul!« Alois versuchte sich loszureißen, doch sie hielten ihn fest.

Der alte Greimbl seufzte. »Sperrt ihn und seinen Vater im Badhaus ein, bis der Burgsasse sie holen lässt.«

Einige der Bauern protestierten. Sie wollten lieber dem Alten glauben als seiner Tochter.

»Wem hier zu glauben ist und wem nicht, das muss der Burgsasse entscheiden«, sagte Greimbl und schickte die Leute nach Hause.

Wer mit dem Teufel essen will,
muss einen langen Löffel haben.

17. Kapitel

Als von Törring erfuhr, worum es ging und was dem Chronlachner vorgeworfen wurde, ließ er sich nicht nur Katharina und die beiden Verdächtigen vorführen, sondern auch Amrei und Korbinian holen. In einer Taverne unterhalb der Burg war das gerichtliche Verhörzimmer eingerichtet, dort erwartete er sie. Alois und Xani Chronlachner wurden fürs erste in eine der angrenzenden Gastkammern gesperrt, wo zwei Schergen sie bewachten, Katharina, Amrei und Korbinian brachte man ins Verhörzimmer.

Von Törring ließ sie auf einer Bank Platz nehmen, die in der Mitte des Raumes stand, er selbst saß mit seinem Schreiber hinter einem langen Tisch. Nachdem er die Personalien der Anwesenden festgestellt hatte, fragte er Amrei, ob er ihr ein Pult bringen lassen sollte, auf dem sie ihr Sticktuch ausbreiten konnte. Sie dankte ihm mit einem klaren und deutlichen: »Nein.«

Erstaunt sah er sie an. »Sie spricht ja! Seit wann?«

»Mein Haus ist heute Nacht abgebrannt und um ein Haar auch ihres«, sagte Korbinian an ihrer Stelle, als Amrei nicht antwortete. »Die Angst war stärker als die Widerstände, da hat sie um Hilfe gerufen. Aber die Worte gehen ihr noch immer schwer über die Lippen, wir bitten dies zu verzeihen.«

Von dem Brand hatte der Pfleger bereits gehört, die Ereignisse um Amrei waren ihm neu. »Wenn die Puchbergerin also spricht, dann brauche ich Sie nicht, Herr Hecht, Sie können gehen.«

Erschrocken griff Amrei nach Korbinians Arm, um ihn festzuhalten. »Nicht gehen, er soll bleiben!«

Von Törrings Blick ging zwischen den beiden hin und her, schließlich nickte er. »Gut, bleiben Sie meinetwegen Hecht.« Er wandte sich an Katharina. »Also, Chronlachnerin, was sind das für Vorwürfe, die du gegen deinen Vater und deinen Bruder vorzubringen hast.«

»Wenn's recht ist, fang ich bei damals an, vor zwölf Jahren, als ...«, sie stockte, sah zu Amrei, blickte dann auf ihre Hände, die sie im Schoß gefaltet hatte und fuhr leise fort: »... als das Schreckliche passiert ist. Die Panduren haben überall geplündert und Höfe abgebrannt. Die Peterer-Alm, den Klein- und den Großknogler, den Müller und den Streichenwirt haben sie angezündet. Als wir das Schießen hörten und das Kriegsgetümmel, hat der Vater uns ins Haus geschickt. Wir sollten zur Mutter und zum Großvater hinauf, die beide im Oberstock krank zu Bett lagen. Danach ging er in den Wald, wohin er den Knecht und meine Brüder geschickt hatte, um einen Baum herauszuziehen, der vom Sturm umgeknickt war. Er fand sie aber nicht, bloß der Schlitten stand an besagter Stelle. Er dachte schon das Schlimmste, dass sie verschleppt oder umgebracht worden sind, lief um sie zu suchen ein Stück Richtung Puchberger, dort auf die Wiese und wieder zum Wald hinauf. Da kamen sie ihm entgegen. Vorneweg der Anton, der war damals erst fünfzehn Jahre alt. Der hat geschrien, als ob er am Spieß stecken würde. Hintennach der Otto, der unser Knecht war, und zuletzt der Alois. Sie wollten den Toni einfangen. Der Vater, der ihnen ja von unten entgegenkam, hielt ihn dann fest und überwältigte ihn.«

Katharina holte tief Atem, ihre Augen hatten sich mit Tränen gefüllt.

»Weiter«, forderte von Törring sie auf.

»Sie haben ihn heimgebracht, in die Stube. Mein jüngster Bruder, der Christian, musste oben bei der Mutter bleiben, aber mich hat der Vater heruntergeholt. Da dachte er ja noch, sie seien angegriffen worden, weil sie alle mit Blut besudelt waren, der Toni am meisten. Immer noch hat er um sich geschlagen und geschrien. Ich sollte ihn waschen und nach Verletzungen absuchen. Ich hab also warmes Wasser aus dem Kessel geschöpft, und der Vater hat den Toni festgehalten bis er endlich ruhig war und dann den Alois aufgefordert, ihm zu erzählen, was passiert ist. Der wollte aber nichts sagen, bis plötzlich der Toni unter Tränen hervorstieß: »Beim Puchberger waren wir und haben sie alle umgebracht!«

Katharina schlug die Hände vors Gesicht und weinte. Amrei saß stumm und aufrecht neben ihr, kein Schluchzen war von ihr zu hören, nur die Tränen liefen unaufhaltsam über ihr erstarrtes Gesicht.

»Der Vater wollte es erst gar nicht glauben«, fuhr Katharina nach einer Weile fort, »aber sie hatten ja alle drei die Hände und die Kittel voller Blut, und dazu der irre Blick aus Tonis Augen. Er hat den Alois dann so lange verprügelt, bis er ihm endlich alles gestand.«

Katharina zog ein Sacktuch aus der Tasche in ihrem Rock, fuhr sich damit über die Augen. »Tags zuvor«, berichtete sie, »hatte ich beim Abendbrot erzählt, dass die Nachbarn in der Früh alle zusammen nach Schleching auf die Beerdigung von Elisabeths Großmutter gehen würden. Darum hatten die drei gedacht, die vom Puchberger seien nicht zu Hause, und da wollten sie das Geld holen.«

»Welches Geld?«, fragte von Törring.

»Der Puchberger hatte viel gespart, um sich vom Kloster freizukaufen. Und dann hat der Michel die Elisabeth geheiratet, und die hat dazu noch einen guten Batzen Mit-

211

gift beigebracht. Zusammen waren es siebenhundertfünfzig Gulden.«

Amreis Kopf fuhr herum, ihre Augen wurden groß, und auch von Törring war überrascht. Siebenhundertfünfzig Gulden, das war wirklich eine Menge, davon konnte man einen stattlichen Hof bauen und noch einiges Vieh kaufen. »Wussten deine Brüder und der Knecht denn, wo der Puchberger es versteckt hatte?«

»Dass viel Geld da war, wussten ja alle im Dorf. Dann hat der Toni einmal unbemerkt beobachtet, wie Amreis Vater eine eiserne Kassette an der Tür, die vom Haus in den Stall führt, in ein Loch in der Mauer geschoben, das Loch mit einem Stein verschlossen und dann eine Futterkiste davorgestellt hat. Das erzählte er dem Alois und dem Otto. Sie vermuteten, dass in der Kassette das Geld versteckt war, und das ließ sie bald nicht mehr los. Damals hatte der Alois oft Streit mit dem Vater, der ihn schlug und schimpfte wie uns alle, aber der Alois wollte es sich nicht mehr gefallen lassen. Und der Otto hatte schon lange genug von uns, der wollte bloß noch weg. Vom Auswandern hat er gesprochen, nach Ungarn oder Rumänien, dort könnte er sein eigener Herr sein. Und dann, als die vom Puchberger zur Beerdigung nach Schleching wollten und der Vater sie zu dritt in den Wald schickte, da fassten sie den Plan, das Geld zu holen und abzuhauen. Aber die vom Puchberger waren gar nicht fortgegangen.« Katharina sah Amrei an. »Vermutlich hatten sie wie wir das Schießen und das Kriegsgetümmel gehört und hatten sich nicht weggetraut.«

Amrei nickte. »Ja. Wir hatten alle schon unser gutes G'wand an, da hörten wir plötzlich das Schießen. Der Vater ging hinaus, um nachzuschauen, sah drüben am Achberg Rauch aufsteigen und hörte immer noch mehr Schießen. Er kam wieder zurück, sagte, dass in der Schlechinger Gegend was los sein musste, und dass wir besser zu Hause blieben. Dann hat mich die Mutter hinauf geschickt, dass ich mich umziehe, weil ich halt noch recht jung war und mich immer gleich besudelt habe. Also bin ich hinauf, und als ich in meinem alten Kittel wieder aus der Kammer trat, da habe ich sie unten schreien gehört. Es klang so furchtbar, ich hatte solche Angst, deshalb hab ich mich in der Kornkiste versteckt. Irgendwann war es wieder still. Da bin ich aus der Kiste geklettert und hinunter und ...« Amrei schluchzte auf.

Korbinian nahm sie in die Arme. Er hielt sie fest und strich ihr über den Kopf, bis sie etwas ruhiger war, sich wieder aufrichtete und leise anfügte: » ... und als ich den Vater im Fletz liegen sah und die Mutter in der Küche und die anderen ... und alle waren tot, da bin ich wieder in die Kiste zurück, damit sie mich nicht finden.«

»Wer sollte dich nicht finden?«, fragte von Törring.

»Die, die das getan haben halt. Ich war ja noch ein Kind. Ich dachte, der Wolf vielleicht. Oder der Krieg. Ich wusst ja nicht, was ein Krieg war, hatte sie nur davon reden gehört. Als dann später alle sagten, es waren die Panduren, da habe ich das auch geglaubt, ohne zu wissen, was Panduren sind. Ich hatte ja nichts gesehen, nur das Schreien gehört, mir hätten sie alles erzählen können.«

Von Törring dachte eine Weile nach, dann wandte er sich wieder an Katharina. »Und wie ging es dann weiter?«

»Alois sagte, sie hätten gerade den Stein aus der Mauer gelöst, da stand plötzlich der alte Puchberger neben ihnen. Fast zu Tode seien sie erschrocken, denn sie hatten ja geglaubt, dass niemand zu Hause ist. Dann hätte der Otto einfach zugeschlagen mit dem Seitbeil, mit dem er gerade den Stein aus der Wand gelöst hatte, und im selben Moment kam die Maria, die Mutter von Amrei, aus der Küche und hat sie gesehen. Von da an, sagte der Alois, sei

213

es gewesen, als wären sie von einer fremden Macht getrieben. Die Maria ist schreiend in die Küche zurückgelaufen, der Alois ihr nach. Er wollte nur, dass sie aufhört zu schreien, aber dann lag da das Messer, und da hätte er zugestochen, ohne richtig zu wissen, was er tat. Und wo jetzt schon der Vater und die Mutter tot waren, haben sie gesagt, da hätten sie doch nicht einfach auf halbem Weg aufhören können. Der Otto ist dann durch die Fletztür in die Stube und hat das Ganze zu Ende gebracht – ja, genau so hat Alois sich ausgedrückt: Er hat das Ganze zu Ende gebracht, und jetzt sind sie alle tot.«

Amrei schluchzte auf. Ihre Brust bebte, aus ihren Augen quoll ein einziges Tränenmeer.

»Es tut mir so leid, ich schäm mich so.« Katharina griff nach ihrer Hand. »Ich weiß nicht, wie einer so ein abscheuliches Verbrechen begehen kann«, flüsterte sie, nun wieder in von Törrings Richtung. »Es muss wie ein Rausch sein, sonst kann man das doch gar nicht tun. Und wenn einer einen Rausch hat, dann kennt er oft seinen eigenen Namen nicht mehr. Nur so kann ich mir erklären, dass sie Amrei vergessen haben. Vielleicht auch, weil der Toni zu schreien anfing wie ein Wahnsinniger und fortgelaufen ist. Der Alois und der Otto sind dann hinter ihm her, ja und so hat sie der Vater am Waldrand aufgegriffen.«

»Und weiter?«, ließ von Törring nicht locker.

»Zu Hause, als sie ihm alles gesagt haben, da hat der Vater lange nachgedacht. Dann hat er plötzlich gefragt, wo das Geld ist. Das hatten sie beim Puchberger liegen lassen. Wieder hat der Vater lange nachgedacht, dann hat er gesagt, ich soll das Zeug von meinen Brüdern waschen und dafür sorgen, dass der Toni ruhig bleibt, der Alois soll sich nicht von der Stelle rühren und der Otto mit ihm zum Puchberger hinüber gehen, sie müssten das Geld holen. Der Otto ist auch gleich mit. Als der Vater zurückkam, war aber der Otto nicht mehr dabei. Der Vater hat das Haus verrammelt und dann das Geld versteckt. Er sagte, dass es am Achberg überall brennt und das Schießen immer näher kommt, und das könne nur Krieg bedeuten. Krieg sei vielleicht unser Glück, hat er gesagt, denn Soldaten morden und plündern. Und dann hat er uns verboten, auch nur ein Wort über das Geschehene verlauten zu lassen, egal zu wem. Auch die Mutter und der Großvater durften nichts davon wissen. Und wenn wir doch jemandem etwas sagten, dann sei das unser aller Ende.«

Katharina sah auf und bat den Burgsassen um etwas zu trinken. Er ließ eine Kanne gewässerten Wein bringen, einen Becher füllen und ihn herumgehen.

Als sie ihren Durst gestillt hatten, fuhr Katharina fort: »Wir haben das Haus nicht mehr verlassen bis zum nächsten Morgen. Da hat dann der Vater zu Alois gesagt, er soll mit ihm den Otto holen. Bis dahin wussten wir gar nicht, dass der auch tot war. Der Vater hatte ihn erschlagen, damit er uns nicht verraten konnte. Der war ein falscher Hund, hat Vater gesagt, dem konnte man nicht trauen, und überhaupt sei er ja an allem schuld. Dann sind auch schon der Greimbl und der Schafferer gekommen, haben nachgeschaut bei uns, und der Vater hat ihnen weisgemacht, er hätte den Otto tot im Wald gefunden. Da gab ein Wort das andere, und so haben wir erfahren was am Achberg passiert ist, und der Vater konnte alles so hindrehen wie es brauchte. Der Schafferer war im ersten Moment noch misstrauisch, aber schließlich ließ er sich doch überzeugen, und von da an hieß es, die Panduren hätten es getan. «

Katharina schneuzte sich. »Für den Vater und Alois«, sagte sie, »war damit alles erledigt, nur für Toni und mich nicht. Der Toni ist verrückt geworden darüber, der hat das nicht verkraftet, und ich – ich bin aufsässig geworden, und das hat mir Prügel eingebracht. Wie oft habe ich dem Vater gesagt, dass wir doch mit so einer Schuld nicht leben können, dass wir beichten müssen und sühnen. Aber er hat nicht auf mich gehört, nur immer wieder zugeschlagen und geschrien, dass ich sie wohl an den Galgen bringen will. Dann sollte ich nach Grassau heiraten. Vater dachte, wenn ich weit genug weg bin, würde ich das alles vergessen und endlich Ruhe geben. Doch ich wollte nicht und drohte sie zu verraten, wenn er mich verheiratet. Wie hätte ich denn meinem Mann und meinen Kindern so etwas antun können? Dass sie eine Frau und Mutter haben, die die Tochter und Schwester eines Mörders ist? Irgendwann kommt doch immer alles ans Licht ...«

Katharina ließ das Kinn auf die Brust sinken. »Es heißt, die Zeit heilt alle Wunden. Doch das stimmt nicht, denn meine Wunden hat sie nicht geheilt. Aber man lernt zu schweigen, so wie man lernt, mit Schmerzen zu leben. Ich habe mich dann mehr und mehr zurückgezogen, nur das Singen konnte ich nicht lassen. Vater wollte es mir verbieten, er hatte Angst, ich könnte dem Vikar doch noch alles verraten, aber da blieb ich stur. Also begleitete er mich, sang ebenfalls im Chor, so hatte er mich unter Kontrolle.«

Katharina sah Korbinian an. »Dann kam der Herr Lehrer nach Niederwessen und hat so schöne Musik mit uns gemacht. Mein Vater hat gleich geahnt, dass dabei für ihn nichts Gutes herausspringen würde, zumal als er hörte, dass ihm die Amrei den Haushalt führte. Immer schon hatte er ein Gespür dafür, ob etwas ihm Schaden oder Nutzen bringt.«

»Und die Anschläge und der Brand«, kam von Törring wieder zur Sache, »waren das auch dein Vater und dein Bruder?«

Katharina nickte. »Alois hat Amrei zweimal überfallen, der Brandstifter war aber mein Vater. Gewusst habe ich es nicht, vielleicht geahnt – bis ich sie heute in der Früh belauscht habe. Der Vater hat zu Alois gesagt, dass er den Brand gelegt hat, aber dass der Lehrer nicht tot sei, weil er in der Nacht beim Vikar war, und dass sie sich jetzt einen neuen Plan ausdenken müssten, um die Amrei endgültig zum Schweigen zu bringen. Und sie haben auch darüber geredet, dass sie den Vitus beschuldigen und wie sie das anstellen wollten. Da war mir klar, dass das alles nie ein Ende nehmen würde, wenn nicht endlich die Wahrheit ans Licht käme. Als sie fort waren, habe ich noch das Vieh gefüttert, dann bin ich ihnen ins Dorf gefolgt – und den Rest wisst ihr.«

»Ich verstehe aber nicht, warum sie das Haus des Lehrers anzündeten«, wunderte sich von Törring, »was macht das für einen Sinn?«

Katharina sah ihn an, als verstünde sie die Frage nicht. »Im ganzen Dorf ist doch bekannt, und Sie wissen auch, dass Amrei dem Lehrer die Buchstaben anzeigen kann, dass sie es aber nur bei ihm tut, sonst bei niemandem. Wenn sie also etwas weiß, dann hat sie es dem Lehrer bereits verraten oder würde es früher oder später noch tun. Und dann ...«

»Und dann?«, hakte von Törring nach.

Katharina senkte den Blick und fügte leise an: »Dass Amrei und der Herr Lehrer sich gerne haben, das sieht man doch. Als damals ihr Esel umkam, da wäre die Amrei vor Gram fast gestorben. Wenn der Herr Lehrer im Feuer umgekommen wäre, das hätte sie bestimmt nicht überlebt.«

Die beiden Männer tauschten Blicke. »So ist das also«, murmelte von Törring. Es schien, als verstand er plötzlich, warum Korbinian nicht nach München zurückkehren wollte. Er wandte sich wieder an Katharina. »Und das alles würdest du beschwören, Chronlachnerin?«

217

»Das und noch mehr«, antwortete sie.

»Noch mehr?« Von Törring stutzte.

»Etwas gibt es noch zu sagen.« Katharina trank noch einmal von dem gewässerten Wein, dann erzählte sie: »Der Schmidthauser, der Vater vom Vitus, war damals dabei, als sie die Leichen beim Puchberger entdeckten. Später hat er die Toten mit ein paar anderen abgeholt, um sie in der Kirche aufzubahren. Dabei hat er das Messer vom Toni bei der Leiche vom alten Puchberger gefunden, das muss er verloren haben. Er hat es erkannt, denn er hat es ihm selbst geschenkt – er war ja sein Pate und unser Onkel; ein Mutterbruder. Er hat es heimlich eingeschoben und ist damit zum Vater gegangen, und der hat ihm Geld gegeben, damit er schweigt. Er hat es genommen, aber ein paar Tage später hat ihn das schlechte Gewissen geplagt, und er wollte es ihm wieder zurückgeben. Doch da hat der Vater ihn ausgelacht. Mitgefangen – mitgehangen hat er gesagt, und jetzt sei kein Zurück mehr möglich. Damals fing der Schmidthauser mit dem Trinken an und als seine Kinder eins nach dem anderen umkamen, da hat er gedacht, dass das Gottes Strafe sei. Darum sollte der Vitus dann auch auf Gedeih und Verderben Pfarrer werden – um Gott zu versöhnen. Kurz vor seinem Tod war der alte Schmidthauser noch einmal bei meinem Vater. Ich habe gehört wie er gesagt hat, dass er jetzt keine Angst mehr vor ihm hätte, und dass er dem Vikar beichten würde. Am nächsten Morgen fand man ihn im Wald an einem Baum.«

Seufzend schüttelte von Törring den Kopf. »Und das ist jetzt alles?«

»Mehr weiß ich nicht.«

Von Törring sah Amrei an. Sie hatte sich wieder gefasst und saß still und aufrecht da. »Möchtest noch etwas fragen, Puchbergerin?«

»Nein. Aber sagen möcht ich etwas.«

»Bitte.« Von Törring nickte ihr zu.

Sie wandte sich an Karharina. »Du hättest ihre Tat anzeigen müssen, aber ich weiß nicht, ob ich es an deiner Stelle gekonnt hätte, darum kann ich nicht richten über dich. Ich bin dir nicht bös, du kannst nichts dafür, und gebüßt hast du genug all die Jahre.«

Katharina griff nach ihrer Hand und drückte sie an ihre Wange. »Wenn ich es mit meinem Leben wieder gutmachen könnte, ich würde es tun.«

Von Törring legte beide Hände auf den Tisch und sah Katharina an. »Du kannst für heute gehen, Chronlachnerin. Wenn ich dich wieder brauche, lasse ich dich holen.« Er sah von ihr zu Amrei. »Ich muss in dieser Sache natürlich auch das Kloster benachrichtigen. Der junge Chronlachner hat sich euren Hof durch Mord- und Totschlag angeeignet, er wird bestimmt an dich zurückfallen.«

»Den Hof will ich nicht mehr. Wie könnte ich je wieder dort leben.«

»Es wird sich eine Lösung finden, ein Tausch vielleicht. Zudem wurde hier Geld für deine Aussteuer hinterlegt, es stammt aus dem Verkauf zweier Felder, des Viehs und Mobiliars soweit ich mich erinnere.«

Er sah Katharina an. »Euer Hof, davon musst du ausgehen Chronlachnerin, wird ans Kloster zurückfallen. Unter solchen Umständen wird kein Lehen verlängert.«

»Mir ist es recht, ich kann mich als Magd verdingen. Aber noch lieber würde ich ins Kloster gehen, wenn ich eins finde, das mich aufnimmt. Und der Christian, der ist ein strammer Kerl, der kann auf die Walz, wenn Sie ihm ein Dienstbotenbuch ausstellen. Aber der Toni, wer nimmt denn den? Er hat ja niemanden umgebracht, er war nur dabei. Aber im Kopf ist er nicht mehr ganz richtig und taugt zu keiner anderen Arbeit als zum Gänsehüten.«

»Lass das nur meine Sorge sein«, sagte von Törring und wandte sich an Korbinian. »Was Sie betrifft, Hecht«, seine Stimme klang streng, »Ihnen muss ich sagen: Gehen Sie nach München zurück oder bleiben Sie für immer. Einer nochmaligen einstweiligen Verlängerung Ihres Aufenthaltes bei uns«, das Wort »einstweiligen« betonte er scharf, »werde ich keinesfalls zustimmen. Es gibt Dinge, Hecht, die müssen entschieden werden, so oder so.«

Erschrocken sah Amrei vom Burgsassen zu Korbinian, denn von einer einstweiligen Verlängerung wusste sie nichts. Sie hatte angenommen, er könnte bleiben, wenn er es nur wollte.

Später, als sie nach Hause gingen, fragte sie ihn danach, und er erzählte ihr von dem Brief, den er aus der Herzoglichen Kanzlei erhalten hatte.

»Das heißt, du musst gehen – jetzt oder irgendwann?«

»Gehen oder bleiben«, sagte Korbinian.

Sie wurde ganz bleich. Er schob seine Hand in ihre und drückte sie.

Lernen hat eine bittere Wurzel,
aber es trägt eine süße Frucht.

18. Kapitel

Er beugte sich über Winterholler und fühlte seine Stirn. Sie war lange nicht mehr so heiß. Als der Vikar die Augen aufschlug, lächelte Korbinian ihn an. »Es scheint, der dort droben kann noch auf Ihre Gesellschaft verzichten.« Er gab ihm zu trinken, setzte sich dann auf den Stuhl, der neben dem Bett stand.

»Wie lange liege ich schon hier?«, fragte Winterholler.

»Vier Tage.«

»So lange schon? Es kommt mir vor, als wären es nur ein paar Stunden.«

»Sie haben viel geschlafen.«

»Sie sagten, der Pfarrer war hier?«

»Sie wollten es so. Er gab Ihnen die letzte Ölung. Seitdem halte ich ihn auf dem Laufenden, was Ihren Gesundheitszustand betrifft.«

»Und hat es nicht gebrannt? Droben bei Ihnen? Oder war das nur ein schlimmer Traum?«

»Kein Traum. Mein Haus liegt in Schutt und Asche. Sie erlaubten mir, das Zimmer nebenan zu beziehen.«

»Stimmt, ich erinnere mich. Und der Brand? Wie kam er zustande?«

Korbinian erzählte es ihm.

Winterholler schloss die Augen, lag lange so da. Korbinian dachte, er schläft wieder und wollte gehen, da griff der Vikar nach seinem Arm. »Bleiben Sie. Es gibt noch etwas zu sagen.«

Korbinian setzte sich wieder, sah Winterholler abwartend an.

»Ich habe im Fieberschlaf gesprochen und einen Namen erwähnt?«

»Lena. Mehr habe ich nicht verstanden.«

»Lena ...« Winterhollers Blick ging zum Fenster, als ob er sie dort sehen könnte. »Ich liebte sie, und ich bin schuld an ihrem Tod. Immer habe ich gezaudert, immer gezweifelt. Das ist meine größte Sünde. Ich konnte mich nicht entscheiden zwischen ihr und Gott, und das ist noch heute so. Ich liebe und zweifle, zweifle und liebe. Nichts Schlimmeres gibt es als Zerrissenheit. Nicht nur, weil sie einen selbst zerstört, sie zerstört auch die, die uns lieben.« Er schwieg eine Weile, sagte dann: »Lena ist damals ertrunken. Es heißt, sie sei von einem Steg ins Wasser gefallen, und sie konnte ja nicht schwimmen. Aber ich weiß es besser. Meine Schuld ist unauslöschlich.« Er sah Korbinian an. »Ich mag Sie, Hecht, auch wenn Sie hin und wieder einen anderen Eindruck hatten. Als Freund sage ich Ihnen, das ist der ganze Jammer: Die Dummen sind so sicher, und die Gescheiten so voller Zweifel, aber Zweifeln ist Gift für die Seele. Entscheiden Sie sich! Wie auch immer, aber entscheiden Sie sich!«

Korbinian nickte. »Etwas Ähnliches hat mir von Törring auch gesagt – und ich habe mich bereits entschieden.«

Winterholler hatte die Augen wieder geschlossen, sein Kopf fiel zur Seite. Für einen Moment dachte Korbinian, er hätte seinen letzten Atemzug getan und griff nach seiner Hand, um den Puls zu fühlen. Aber der Vikar war nur eingeschlafen.

Korbinian stand auf und verließ leise das Haus.

Als er vom Weg auf den Schmidthauser-Hof einbog, war Vitus gerade dabei, einen alten Schweinestall abzureißen. Er kletterte über eine Leiter auf das Dach, doch das Holz war so morsch, dass es unter dem Jungen zusammenbrach.

Er stürzte zwischen die Balken und blieb dort kopfüber stecken, ohne vor oder zurück zu können, fluchte und schrie, strampelte und ruderte mit den Armen und krachte dadurch nur noch tiefer ein.

»Warte, ich komme!« Korbinian zog Schuhe und Strümpfe aus und watete durch den Schlamm zum Pferch. Das Schwein grunzte und freute sich offensichtlich über den Besuch, denn es kam näher und stieß Korbinian seinen Rüssel in die Kniekehle. »Lass das!«, schimpfte er, versuchte das Schwein abzuschütteln und gleichzeitig dem Jungen zu helfen. »Halt dich fest, ich zieh jetzt den Balken unter deinem Bauch weg!«

Vitus landete im Dreck. »Verdammt!« Er sah an sich runter – die Beine, der Bauch, die Hände, alles war voller Schlamm – blickte auf Korbinian, der nicht viel besser aussah, und brach in lauthalses Gelächter aus. Lachte erst recht, als das Schwein wieder herkam, sich zwischen sie schob und in offensichtlichem Vergnügen grunzte, was das Zeug herhielt.

Korbinian gab dem Jungen einen Stoß, dass er auf dem Hintern landete, und jetzt war er es, der lachte. »Wenn schon, denn schon«, sagte er, »lass uns das angefangene Werk zu Ende bringen.«

Sie packten an und rissen an den Balken, bis die Hütte endgültig in die Knie ging, zerrten die Dachbedeckung herunter, die aus Brettern und Holzschindeln bestand, schichteten die Balken hinterm Backhaus auf und verschlossen das Gatter wieder.

Vitus deutete auf Korbinians Kleider. »So können Sie nicht nach Hause gehen, Herr Lehrer, wenn der Herr Vikar Sie so sieht! Was wollten Sie eigentlich von mir?«

»Dir sagen, dass du wieder in die Schule kommen sollst.«

»Wozu?« Der Junge nahm einen Eimer, schöpfte Wasser aus dem Brunnen und stellte ihn vor Korbinian auf den Boden.

»Weil es gut ist für dich. Wer lesen und rechnen kann, ist nicht so leicht übers Ohr zu hauen.« Korbinian tauchte seine Hände in den Eimer, wusch erst sie, und dann sein Gesicht.

»Ich habe keine Zeit zum lernen, ich muss hier alles alleine machen, und meine Mutter hab ich auch zu versorgen. Und das Ross, das muss ich zurückgeben, denn ich kann es nicht bezahlen.« Vitus füllte einen zweiten Eimer mit Wasser, um sich ebenfalls zu waschen.

»Das Ross, hat Katharina gesagt, gehört dir, auch wenn sie jetzt die Felder nicht länger von dir pachten kann. Aber auch mit dem Ross kannst du den Hof nicht alleine bewirtschaften, das ist zu viel für einen Jungen von vierzehn Jahren. Gib die Felder dem Greimbl, der pachtet sie gerne für fünf Jahre. Danach kannst du entscheiden, wie deine Zukunft aussehen soll. Mit dem Ross kannst du Fuhrdienste übernehmen und trotzdem in die Schule gehen, so viel Zeit bleibt schon. Und mit deiner Mutter, da hilft dir die Färbinger-Magda, die sind ja Kusinen. Das hätte sie auch früher schon getan, wenn dein Vater sie ins Haus gelassen hätte.«

»Ich werd mir's überlegen, Herr Lehrer.« Vitus gab ihm ein Tuch zum Abtrocken.

»Die Schule ist vorerst beim Schafferer, der hat ein Zimmer leergeräumt.« Korbinian zog Strümpfe und Schuhe an. »Hast nicht vielleicht einen Umhang für mich?«

Vitus brachte ihm einen Wettermantel.

Korbinian warf ihn sich um die Schultern. Er lächelte. »Also, ich erwarte dich.«

Er war schon auf der Straße, als Vitus ihm nachrief: »Danke, Herr Lehrer, fürs Helfen und auch, dass Sie mir vertraut haben, als die mich lynchen wollten – und es tut mir leid, wegen der Milch.«

»Schon recht, Vitus.«

Es war Abendbrotzeit, kaum jemand auf dem Weg. Korbinian ging schnell, so schmutzig sollte ihn niemand sehen.

Als er bei Winterholler die Haustür öffnete, hörte er Amreis Stimme aus der Stube. »Wissen Sie, Herr Vikar«, sagte sie, »das ist, wie wenn man an einem windstillen Sommertag vor einem Teich steht. Die Oberfläche ist glatt und ruhig, die Berge spiegeln sich in ihm und alles sieht so friedlich aus. Man denkt, das gehört so und bleibt für immer so, doch dann kommt einer und wirft einen Stein hinein, und plötzlich ist das schöne Bild zerstört. Wellen ziehen Kreise, und man ahnt auf einmal, wie tief und gefährlich der Teich unter seiner glatten Oberfläche wirklich ist. So war das, als Korbinian kam. Eigentlich hat er doch nicht viel getan. Ein kleines Steinchen hat er ins ruhige Wasser geworfen, und plötzlich geriet alles in Bewegung. Früher dachte ich, es ist gut, wenn alles ruhig bleibt, dann kann mir auch nichts passieren. Aber nichts war gut, denn ich war zum tot sein zu lebendig, fürs Leben aber zu tot.«

Winterholler entgegnete etwas, doch Korbinian konnte ihn nicht verstehen. Dann wieder Amrei:

»Geredet hab ich schon all die Jahre, aber nur mit den Tieren. Die Agathe und den Michel hab ich gern gehabt und die Anna Greimbl auch, aber reden konnte ich trotzdem nicht mit ihnen. Ich war ja wie erstarrt. Aber die Musik, die hat mir das Herz geöffnet, und ich hab gespürt, dass ich doch noch lieben kann.«

Korbinian hustete, bevor er die Tür öffnete. Winterholler saß eingepackt in einem Lehnstuhl am Feuer, Amrei neben ihm auf einem Hocker. Sie sprang auf, als sie ihn sah, kam zu ihm und hielt ihm einen Brief hin. »Der Vater war beim Pfleger, um wegen der Holzzuteilung zu fragen, und da hat von Törring ihm das für dich mitgegeben.«

Korbinian brach das Siegel überflog die Zeilen, gab darauf Amrei das Schriftstück, damit sie selbst lesen konnte und sagte zu Winterholler: »Von Törring hat unser Verehelichungsgesuch bewilligt.«

Der Vikar nickte. »Da gratuliere ich.« Er deutete auf Korbinian. »Ein Wettermantel, wo es heute doch so warm ist?«

Korbinian zog ihn sich von den Schultern und sah verlegen an sich herunter. »Bin ausgerutscht und hingefallen, dummerweise in ein Schlammloch.«

»Aha.« Winterholler schmunzelte. »Da hatten Sie aber Glück, dass Schuhe und Strümpfe sauber blieben.«

»Ich muss gehen«, sagte Amrei, »heute ist Spinnstube beim Jager drüben. Wollte bloß das Schreiben bringen.«

Korbinian begleitete sie hinaus. Als er sah, dass niemand auf der Straße war, fasste er sie um die Taille. »Ich konnte hören, was du zu Winterholler über mich gesagt hast.« Er küsste sie. »Das war schön.«

»Ich hab dir noch mehr Schönes zu sagen.« Mit einem Lächeln sah sie ihn an.

»So – was denn?«

»Dass ich dich lieb hab und mich freu darauf, deine Frau zu sein.«

Er küsste sie wieder, und sie lachte. »Aber jetzt muss ich wirklich gehen!« Schon war sie über der Straße, öffnete beim Jager die Tür, winkte noch einmal und zog sie hinter sich zu.

Niederwessen, am 26. Oktober anno 1754

Mein lieber Ignaz,

sag der Mutter vielen Dank für die neue Flöte, die
noch besser ist und schöner klingt als die, die den Flammen zum Opfer fiel. Der Sohn vom Schafferer hat sie
heute aus Grassau mitgebracht, und schon habe ich ein
wenig auf ihr gespielt, damit wir uns langsam aneinander gewöhnen. Es ist ja – wie in der Liebe – ein Prozess
des wechselseitigen Kennenlernens und je mehr Acht-
samkeit ich ihr entgegenbringe, um sie an Wärme,
Feuchtigkeit und mein Temperament zu gewöhnen,
desto mehr wird sie es mir mit schönen Klängen danken.

Du wunderst Dich und die Mutter weint, weil ich
hier bleiben will – hier, am dunklen Ende der Welt?
Aber so dunkel, lieber Bruder, erscheint einem dieser
Ort ja gar nicht mehr, wenn man erst einmal verstanden
hat, wie trügerisch der Glanz bei Hofe ist. Ganz im
Gegenteil. Hast du gelernt, dich hier mit dem Herzen
umzuschauen, dann entdecken deine Augen eine Leichtigkeit des Lichts und eine ganz besondere Kraft der
Farben, und man wünschte sich ein Maler zu sein.

Auch die Menschen lernt man zu verstehen, mit ihrem
bäuerlichen Stolz. Es scheinen selbst die noch mit auf-
rechtem Gang zu schreiten, die gebückt gehen müssen,
weil ihre Körper von der schweren Arbeit zerschunden
sind – das berührt mich mehr, als ich es sagen kann. Und
glaube nicht, Bruder, dass ich es einmal bereuen werde.
Ich liebe meine Amrei von ganzem Herzen, und sie liebt
mich. Es ist doch so, dass erst die Liebe das in uns sicht-
bar macht, was wertvoll ist, und so wurde ich wertvoll
durch sie und sie durch mich.

Meine Gedanken sind voll von ihr. Manchmal träume
ich, dass ich schlafe, dann geht die Tür auf, und sie tritt

ein, flüstert mir Liebesworte zu, und ich lausche nach
dem Klang ihrer Stimme, der noch eine Weile im lauen
Nachtwind schwebt.

Du willst wissen, wie der Prozess verlief? Toni Chronlachner wurde befragt. Es zeigte sich, dass sein Vater ihn
nicht grundlos weggesperrt hatte. Auch wenn er an Geist
und Seele Schaden genommen hatte, sein Erinnerungs-
vermögen in dieser Sache ist ausgezeichnet und es schien,
als würde das Reden ihn erleichtern. Ohne Punkt und
Komma erzählte er dem Richter das Geschehene, und es
deckte sich ganz mit Katharinas Aussagen. Auch fand
Vitus eine Kassette unter einer Diele im Schlafzimmer
seiner Eltern, darin ein kurzes, holpriges Schreiben seines Vaters, in dem er kundtat, dass und wofür er von
Xani Chronlachner Schweigegeld erhalten hatte; das
Geld lag bei, kein Taler fehlte.

Weil die beiden Gefangenen trotz allem nicht reden
wollten, ließ man den Nachrichter kommen, der nahm
die Peinliche Befragung vor. Alois brach schon bald
zusammen und gestand die Morde in genau derselben
Weise, wie von seinem jüngeren Bruder berichtet. Nur
der alte Chronlachner blieb noch eine Weile dabei, dass
er unschuldig sei. Schließlich aber sah er ein, dass alles
gegen ihn stand, und so wurden Vater und Sohn zum
Tod durch den Strang verurteilt. In zwei Wochen werden sie hingerichtet. Anton, der ja weder gemordet noch
gestohlen hat, wurde eine Zuchthausstrafe auferlegt. Als
sich jedoch einer unserer Großbauern bereiterklärte, ihn
als Hüte- und Sennerbuben zu sich zu nehmen, verzichtete der Richter auf die staatliche Umerziehung.

Dass die Mörder endlich ihre Strafe erhalten, erfüllt
Amrei mit Genugtuung, doch sie möchte nicht dabei
sein. Wie in der Stadt ist auch hier auf dem Land eine
Hinrichtung ein großes Volksspektakel. Um dem zu

entfliehen dachten wir daran, euch in München zu besu-
chen. So lernt ihr meine Amrei endlich kennen und sie
euch. Was haltet ihr davon?

Katharinas Stimme wird den Niederwessener Kirchsängern bald fehlen, denn sie hat ein Kloster gefunden,
in dem man sie aufnehmen will. Seit sie weiß, dass sie
eine Braut Christi sein wird, strahlt sie eine Ruhe und
eine innere Zufriedenheit aus, die ich selten bei einem
Menschen gesehen habe. Ihr Blick ist voll der Liebe, und
ihre wunderschöne Stimme klingt noch engelsgleicher
als zuvor.

Nach unserem Herrn Vikar hast Du Dich ebenfalls
erkundigt. Er ist wohlauf. In alter Frische hält er wieder
Gottesdienst, und er lacht! Nie zuvor habe ich ihn so
gutgelaunt erlebt. Vor allem, das fällt mir immer wieder
auf, wenn Amrei in seiner Nähe ist. Er mag sie, sie ist
ihm so lieb wie eine Tochter geworden.

Das Haus, das wir an derselben Stelle errichtet haben,
an dem das Niedergebrannte einst stand, ist nun endlich
ganz fertig. Es ist größer und schöner als das alte, und
ein kleiner Stall kam dazu. Dort wird Amrei ein paar
Tiere halten; etwas Federvieh, eine Kuh, ein paar Schafe
und vielleicht wieder einen Esel oder gar zwei oder drei,
denn sie spielt mit dem Gedanken zu züchten. Dazu
stickt sie, und ihre Stickarbeiten will sie verkaufen. Ich
leite den Chor, gebe den Kindern Unterricht, helfe den
Kranken und komponiere.

Du siehst, für unser Auskommen ist gesorgt, lieber
Bruder, und es wird auch noch für ein paar Kinder reichen. Macht euch also keine Gedanken um mich. Mehr
als Amreis Lachen, meine Musik und das Nötigste zum
Leben brauche ich nicht.

Ob ich als Fremder an diesem Ort je ganz und gar zu
Hause sein kann, ich weiß es nicht – aber wo ist ein

*Mensch schon wirklich zu Hause? Eins weiß ich jedoch,
denn ich habe es hier gelernt: wer seine Welt hinter sich
lässt, findet eine neue.*

Dein Bruder Korbinian

Nachwort

Ich habe in meinem Roman Menschen mitspielen lassen, die tatsächlich einmal in Unterwössen lebten, wie Emmanuel Graf von Törring und Gronsfeld zu Jettenbach, Vikar Winterholler, die Familie Greimbl, die heute Greiml heißt, oder der Schafferer-Wirt. Doch weiß man nur wenig über ihr Leben und Wirken. Die Geschichte, die ich hier erzählt habe, ist frei erfunden.

Die Theorie, dass ein Stummer mehr ein Tier als ein Mensch ist, wurde im 18. Jahrhundert tatsächliche diskutiert – auch unter Medizinern in Fachkreisen.

Vikar Winterholler verhielt sich in meinem Roman nach damaligem Denken vollkommen korrekt, körperliche Züchtigungen waren an der Tagesordnung, und »Scheitelknien« wurde sogar noch im zwanzigsten Jahrhundert als Strafe verhängt. Kinder galten ab etwa acht Jahren als erwachsen und hatten sich in die bestehende Ordnung einzufügen.

Bis zur Säkularisation unterstanden die Lehrer der Geistlichkeit.

Als Grundlage meiner Recherchen über Unterwössen (damals Niederwessen), diente mir Dr. Aschenbrenners Werk »Unterwössener Heimatgeschichte«. Auch Gespräche mit Herrn Anton Greimel, Heimatpfleger von Unterwössen, und Herrn Andreas Horn, Pfarrer von Grassau, haben mir bei meinen Recherchen weitergeholfen – mein herzlicher Dank an beide. Danken möchte ich auch Trachtenberaterin Barbara Schweiger und Musiklehrerin Sandra De Crescenzo für Beratung und Probelesen.

Personen

Anna und Wolf Greimbl –	mit Kindern und Enkeln – Niederwessener Bauernfamilie, Wolf Greimbl ist einer der Vierer
Puchberger	– Bauernfamilie die ermordet wurde. Georg – der Vater, Maria – die Mutter, Michel – der Jungbauer, Elisabeth – seine Frau, Maria – die Tochter, Johann – der jüngste Sohn
Amrei Puchberger	– einzig Überlebende nach dem Überfall
Joseph Fux, Schafferer-Wirt	– einer der Vierer
Peter Brandstetter vom Jagerhof	– einer der Vierer
Nepomuk Schmidthauser	– einer der Vierer
Xani Chronlachner	– und seine Söhne Alois, Toni und Thomas – Nachbarn vom Puchberger
Katharina Chronlachner –	Xanis Tochter
Otto	– Knecht vom Chronlachner
Agathe und Michel Rexauer	– Amreis Zieheltern

Korbinian Hecht	–	Musikus aus München
Ignaz Hecht	–	Korbinians Bruder
Balthasar Winterholler	–	Vikar am Ort
Vitus Schmidthauser	–	Schüler
Andreas Färbinger	–	Kirchsänger
von Törring	–	Kämmerer und Pfleger zu Marquartstein (Burgsasse)

Glossar

Achtel- oder
Zwölftellehen
— Diese Begriffe beschreiben die Größe eines Lehnhofes, also eines Hofes, der einem Kloster oder einem anderen Lehensherren gehörte, jedoch von einem Bauern (Lehensträger) gegen Abgaben bewirtschaftet wurde. Das Lehn selbst konnte nicht vererbt werden, es wurde aber nach dem Tod des Lehenträgers im Allgemeinen gegen eine Art Erbschaftssteuer an dessen Kinder weitergegeben.

Alant
— Heil und Gewürzpflanze

Blessen
— Pferde (mit weißem Fleck auf der Stirn)

Bloßhäusl
— Kleine Häuser ohne Stall – auf die Bloßhäusler oder Häuslersleut sahen die Bauern im Allgemeinen herab.

Drachen- und
Ringestechen
— Geschicklichkeitsspiele zur Volkserheiterung

Erdbirnen
(Topinambur)
— Gehört zu den Korbblütlern und zählt zur Gattung der Sonnenblume. Sie ist eine Nutzpflanze, deren Wurzelknolle primär für die Ernährung genutzt

	wurde und vermehrt wieder genutzt wird.
Feuerschläger	– Diente zusammen mit dem Feuerschlagstein und Zunder zum Feuer machen.
Fletz	– Breiter Flur
Fußmaß	– Nach dem Fußmaß wurde die Größe der Höfe berechnet, wenn letztlich auch der Ertrag entscheidend war und nicht die abmessbare Größe.
Gebildbrot	– (von Gebilde, Bild abgeleitet) Gebäck in Form eines Menschen, Vogel, Hasen usw., das zu religiösen oder traditionellen Anlässen verschenkt und verzehrt wurde und wird.
Grand	– steinerner Wassertrog, in den Wasser aus einer Quellfassung fließt
Gütel	– kleiner Hof
Haferl	– Große Tasse, kleiner Topf
Hausmutter und Hausvater	– so betitelte das Gesinde die Bauern, für die sie arbeiteten
Kasten	– Schrank
Kletzenbrot	– Kletzen sind mit der Schale getrocknete Birnen, die schon teigig, also braun, weich und süß geworden sind. Sie werden kleingeschnitten unter den Teig gemischt, aus dem dann das Kletzenbrot gebacken wird. Es zählt in Bayern zu den ältesten Weihnachtsgebäcken überhaupt.

Leichenbitter	– Er lädt die Verwandten und Nachbarn ein, zur Beerdigung zu kommen.
(Das) Libera	– Totengesänge, die am Grab gesungen werden
Marterl	– Flurkreuz, aufgestellt am Wegrand oder einer Wegekreuzung zu Ehren eines Heiligen, aber auch zum Gedenken an jemanden, auf Grund eines Gelübdes oder zum Dank für Heilung usw.
Mettenwürste	– Blut- und Leberwürste. Es ist das Essen der einfachen Leute nach der Christmette. Ein Teil dieses »Heiligen Mahls« wurde zusammen mit Gebild- und Kletzenbrot für die im Vorjahr Verstorbenen aufgehoben und den Armen geschenkt.
Niederwessen	– im 18. Jahrhundert hieß Unterwössen noch Niederwessen
Panduren	– wegen ihrer Gräueltaten berüchtigte österreichische Freischar, auch Rotmäntler oder Tollpatschen genannt
Plumeau	– Federdeckbett
Präzeptor	– Bezeichnung für Lehrer, besonders für Hauslehrer in geachteter Stellung, also auch bei Hofe
Sackgreifer	– Taschendieb
Saumtiere	– Tragtiere, die im Gebirge auf sogenannten Saumpfaden (Saum von mittellateinisch salma,

236

sauma = Traglast) eingesetzt werden.

Schafferer oder Fux? – Noch heute ist es in Bayern auf dem Land durchaus üblich, die Leute nicht mit ihrem Familien- oder Taufnamen sondern mit dem Hof- bzw. Hausnamen anzusprechen. Um den Lesern allzu viel Verwirrung zu ersparen, beließ ich es hier aber meist beim Familiennamen.

Scharwerksleistungen (Fronarbeit) – Jeder Bauer musste für seinen Lehnsherren eine Anzahl von Diensten verrichten, für die er nicht entlohnt wurde. Dies konnten z.B. Arbeiten an Straßen und Wegen sein, Mähen der Wiesen des Lehnsherren bedeuten oder auch das Vorspannen. Die Menge/Größe der Scharwerksleistungen waren vertraglich festgelegt. Viele Bauern sahen das als eine Art Sklaverei an, denn sie waren verpflichtet und mussten die eigene Arbeit liegen lassen, egal wie dringlich sie auch war.

Schnitzger – scharfes Holzmesser

Schupfen – Schuppen

Stör – Ein alter Ausdruck für Wanderschaft. Auf die Stör gingen reisende Handwerker, die ihre Tätigkeit im Haus des Auftraggebers ausführten und dort für

	diesen Zeitraum auch wohnten und aßen.
Vierer	– Nannte man Gemeindebevollmächtigte, die für Ordnung zu sorgen hatten. Meist waren es vier, manchmal auch drei oder nur zwei Männer aus dem Dorf.
Vorspannen	– Fuhren Fuhrwerke mit schweren Ladungen z.B. über die Alpen, konnten die Rösser, die den Wagen zogen, das an sehr steilen Stellen oder in anderem schwierigem Gelände nicht alleine bewältigen. Dann spannten die Ortsansässigen Bauern gegen Entgelt ihre Pferde vor die Rösser, die das Fuhrwerk zogen. So wurde aus einem Zweispänner für kurze Strecken ein Vier- oder gar Acht- oder Zwölfspänner.
Zuchthaus	– Im 18. Jahrhundert war ein Zuchthaus eine Umerziehungsanstalt. Bettler, Diebe, Prostituierte usw. wurden dort zu vermeintlich »besseren Menschen« gemacht. Aus diesen Umerziehungsanstalten entwickelte sich nach und nach unser heutiges Zuchthaus.

Durch Todesnacht bricht ew'ges Morgenrot. (Körner)

Es kommt geschwind ein Leid und nimmt beim Gehen sich Zeit. (Sprichwort)

Auf ein zerrissenes Dach fliegen keine Tauben. (Sprichwort)

Alle sieben Jahre ändert sich die halbe Welt. (Sprichwort)

Zu ernst hat's angefangen, um in nichts zu enden. (Schiller)

Wem bange ist, den beißt der Teufel. (Sprichwort)

Aller Anfang ist zwar schwer, doch ohne ihn kein Ende wär. (Sprichwort)

Was du vor dem Berg nicht hinter dir hast, hast du hinter dem Berg noch vor dir. (Sprichwort)

Die Zeit bringt Frucht, nicht der Acker. (Sprichwort)

Und die Angst beflügelt den eilenden Fluss. (Schiller)

Samen säet man und schütt' ihn nicht mit Säcken aus. (Sprichwort)

Blüten sind noch keine Früchte. (Sprichwort)

Wer Rosen brechen will, scheue die Dornen nicht. (Sprichwort)

Ein kleines Loch stopf zu, denn groß wird es im Nu.
(Sprichwort)

Wo ist ein räudig Schaf im Stall, da werden räudig all.
(Sprichwort)

Nichts verbreitet sich schneller als ein Gerücht. (Sprichwort)

Wer mit dem Teufel essen will, muss einen langen Löffel
haben. (Sprichwort)

Lernen hat eine bittere Wurzel, aber es trägt eine süße
Frucht. (Sprichwort)